Claudia Konrad

SCHWARZE VILLA

Kriminalroman

pingueletta

Claudia Konrad

SCHWARZE VILLA

ISBN 978-3-948063-01-6

2. Auflage 2020

Titelmotiv: © ›DIE SCHWARZE VILLA‹, Künstler Andreas Sarow
Titelfoto: © Christian Metzler Photography
Foto Rückseite: © ›Wildsee‹, Helmut Speer
Covergestaltung: © Sabrina Furrer, Helmut Speer
Produktion: Helmut Speer
Lektorat: Michael Lohmann, www.worttaten.de

Druck: www.druckterminal.de
KDD Kompetenzzentrum Digital-Druck GmbH
Leopoldstraße 68 * D-90439 Nürnberg

Printed in Germany 2020

www.pinguletta-verlag.de

DIE SCHWARZE VILLA

© Künstler Andreas Sarow

© Christian Metzler Photography

Die Handlung und alle handelnden Personen sind frei erfunden. Jede Ähnlichkeit mit lebenden oder realen Personen ist rein zufällig und nicht beabsichtigt.

PROLOG

Jähzorn, Mord. Schizophrenie.
Verlust, Tod. Tragik.
Fußspuren, Spuk. Schaurig.
Ermittlungen, Mumie. Phänomenal.
Angst, Familiengeschichte. Apokalypse.
Die schwarze Villa. Kunst.
Dieser Kriminalroman. Wahrheit und Fiktion.

Vergebens flehte er um Sex. Bettelte und erniedrigte sich, bis es eines Tages mit ihm durchging. Gnadenlos trieb er sie in den Keller und verging sich grauenvoll an ihr. Wie ein ausgehungertes Raubtier auf Beutezug stürzte er sich auf sie, vergewaltigte sie. Nicht ein Mal, nicht zwei Mal, er wusste nicht, wie oft er das arme Ding geschunden hatte. Wie ein Irrer hatte er auf sie eingeschlagen, bis sie sich nicht mehr bewegte. Sein Drang, der Wahn, die Begierde, die Lust nach ihr war noch nicht gestillt. Er quälte den bewusstlosen, geschundenen Körper weiter. Immer und immer wieder, unermüdlich, bestialisch.

Stunden später ließ er endlich erschöpft von ihr ab.

KAPITEL EINS

Pforzheim, 21. Februar 1945

Wie er diesen Krieg hasste. Was war nur aus der einst blühenden Stadt geworden? Was aus seinem Betrieb? Wütend schob er die Schreibtischschublade zu, in der die Ideen für edle Schmuckstücke ruhten. Dieser verdammte Krieg, wer weiß denn schon, wann er sich wieder seiner eigentlichen Arbeit widmen, die eingemotteten Feinmechanik-Maschinen endlich auspacken und Zeichnungen das lang ersehnte Leben einhauchen konnte. Diese Ungewissheit, ob die Franzosen auf der anderen Seite des Rheins nur auf eine passende Gelegenheit warteten, den Fluss überqueren zu können, um die Stadt zu überrennen oder gar zu besetzen.

Heinrich Goldammer saß hinter seinem klobigen Eichenschreibtisch und beobachtete die fünfzehn Mitarbeiter durch eine mit Feinstaub belegte Glasscheibe. Munition stellten sie her, anstatt Gold- und Doubleketten zu produzieren.

Seit heute Morgen schwelte die neue verfluchte Angst, dass Hitler nun völlig durchdrehen könnte. Man hatte dem Führer vom unbemerkten Treffen zwischen Heinrich Himmler und dem ehemaligen Schweizer Bundespräsidenten Jean-Marie Musy in Wildbad berichtet. Geheim und doch nicht geheim. In Windeseile, hinter vorgehaltener Hand und ganz im Vertrauen, verbreitete sich die Nachricht durch die noch lebenden Verwandten, dass Himmler angeblich seine Schuld am Holocaust mindern wollte und in gemeinsamer Arbeit mit Musy versuchte, Juden über die Schweiz in die Vereinigten Staaten zu schleusen. Wohl schafften zwölfhundert Menschen die erste nächtliche Zugfahrt. Was, wenn Hitler seinen Zorn auf die Region ausbreiten würde?

Goldammer stierte vor sich hin, spielte gedankenversunken mit der linken Hand in einer kleinen Box, die randvoll mit Edelsteinen gefüllt war. Steine, die für seine Schmuckstücke gedacht waren und die im Moment als totes Kapital vor ihm lagen.

Er dachte an Walter, seinen jüdischen Freund, Schulfreund und Geschäftspartner, den man 1933 mitsamt Familie deportiert hatte. Die Schmuckfabrik wurde arisiert. Tradition und Zukunft ausgelöscht. Welch große Pläne sie hatten! Walter arbeitete als Goldschmied in der Firma seines Großvaters, die er bald hätte übernehmen sollen. Seine Eltern starben, als er gerade einmal neun Jahre alt war. Goldammer fragte sich, ob es besser gewesen wäre, ebenfalls tote Eltern gehabt zu haben oder solche wie die seinen. Fusionieren wollten sie, gemeinsam zur weltweiten Anerkennung für ihre Schmuckwaren gelangen, Pforzheim zu weiterem Ruhm durch hochkarätiges Design verhelfen. Vorbei.

Sirenen heulten, Fliegeralarm.

Ermattet erhob er sich. Da war sie wieder, diese ätzende Angst, dass Pforzheim dieses Mal bombardiert werden könnte. Solche Gedanken wurden dann doch von der Bevölkerung verdrängt. Überhaupt glaubte niemand so recht daran, da die Schmuckstadt bisher größtenteils verschont geblieben war, wenn auch die erste Bombardierung durch die United States Army Air Force im April 1944 knapp einhundert Menschenleben gefordert hatte. Die sich häufenden

Angriffe der Alliierten gegen Ende 1944 hinterließen ebenfalls verhältnismäßig geringe Schäden. Nach der Bombardierung Dresdens war man sich in seinen Freundes- und Geschäftskreisen relativ sicher, mit einem blauen Auge davonzukommen.

Eine halbe Stunde verbrachte Goldammer gemeinsam mit seinen Arbeitern im Keller. Genügend Zeit, um die Zwangsarbeiter genauer zu beobachten. Jedes Unternehmen in der Stadt, das Kriegsmaterial – und wenn es noch so kleine Teile waren – herstellen musste, bekam solch arme Teufel zur Arbeitsverrichtung zugewiesen. Konnte er den beiden KZ-Häftlingen zur Flucht verhelfen? Lag es überhaupt im Bereich des Möglichen? Und wenn, dann wie? Was, wenn es schiefginge? Offensichtlich würde man ihn auf der Stelle erschießen. Die Stadt wimmelte von Hitler-Treuen und Soldaten. In der Ferne grollte es. Es hörte sich wie das Abladen von Kartoffeln von einem Lastkraftwagen an.

Der Entwarnungston der Sirenen drang durch das dicke Gemäuer. Einmal mehr nur ein Fehlalarm, Glück gehabt. Man schüttelte sich die Hände, umarmte sich, ging erneut an die Arbeit – erleichtert, am Leben zu sein.

Goldammer klopfte seinen Anzug aus und hing im Büro seinen Gedanken abermals hinterher.

Was war heute bloß los mit ihm? Er kannte solche Gefühlsseligkeit und Sentimentalitätsausbrüche von sich nicht, er vermochte es sich nicht zu erklären und steckte sich eine Zigarre an. Den Rauch entließ er in großen Ringen aus dem Mund. Seine verkorkste Jugend tauchte vor seinem geistigen Auge auf, mit einem weichlichen Vater und einer Mutter, die er nur selten zu Gesicht bekam. Liebe und Geborgenheit wurden ihm eher wenig zuteil. Ein fataler Umstand, der sein Leben prägte. Zumindest hatte man ihm die Goldschmiedeschule ermöglicht, so gelang es ihm, sich schon in jungen Jahren eine kleine Schmuckmanufaktur aufzubauen. Es war sehr vorteilhaft, dass sein Vater Ausbilder in der ersten Berufsschule für diese Branche war. Seine Mutter stammte aus Wildbad, einem Erholungs- und Kurort, nur fünfundzwanzig Kilometer von Pforzheim entfernt. Sie war eine Gebürtige von Stetten, deren Familie in der dritten Generation ein Hotel führte, in dem zu besseren Zeiten Herzöge, Könige und der Kaiser speisten. Wildbad wurde von der oberen Schicht beherrscht. Fabrikanten aus nah und fern urlaubten und genossen die Thermalbäder inmitten des Schwarzwaldes.

Wo ist diese Idylle nur geblieben, fragte er sich. Seit 1941, mit dem Feldzug gegen die Sowjetunion, mutierte Wildbad zu einer Lazarettstadt. Kliniken, Hotels, alles, was Platz bot, wurde für Verwundete, Ärzte und Pflegepersonal bereitgestellt. Das Fliegerheim beherbergte die meisten Kriegsopfer. Militär, so weit das Auge reichte. Selbst auf dem Sommerberg oberhalb von Wildbad wurden beide Hotels zu Lazaretten umfunktioniert.

Nichts war, wie es einmal war. Seine Großeltern waren ebenfalls verstorben. Großvater traf es 1931. Er erlag während der Autofahrt von Pforzheim nach Wildbad einem Wandersplitter, der von einer Verwundung im Ersten Weltkrieg im Körper zurückgeblieben war. Das Metallstück saß so ungünstig im Gehirn, dass die Ärzte eine Operation ablehnten. Was er so Wichtiges an diesem Tag mit Vater zu besprechen hatte, blieb im Verborgenen. Vermutlich drehte sich wie immer alles um das Familiengeheimnis.

Großmutter verstarb 1930. Mit an Sicherheit grenzender Wahrscheinlichkeit aus Gram. Sie hatte nie den Tod ihrer Tochter, seiner Mutter, überwunden, dessen Schuld sie eindeutig ihrem Enkelsohn, also ihm, zuwies, wobei sie es nie ausgesprochen hatte. Ihr Verhalten glich psychischem Terror. Wahrscheinlich hätte er besser damit umgehen können, wenn sie ihm ihre Meinung ins Gesicht geschrien hätte.

Sommerberg – ein Lächeln huschte kurz über sein Gesicht. Auf dem Sommerberg hatte er mit seiner zwei Jahre älteren Schwester, einem Kindermädchen und einer Haushälterin, den größten Teil seiner Kindheit verbracht. Das nicht allzu große Holzhaus gehörte seiner Mutter und wurde gerne als Wochenendquartier genutzt. Der Wald bot den Kindern Platz zum Toben, wenn sie sich unbeobachtet fühlten.

»Adele, ich habe dich gehasst«, rutschte es ihm heraus. Goldammer schnellte aus dem Sessel, blickte sich um. Nervös fingerte er durch sein volles Haar. Niemand schien ihn zu beobachten. Gemächlich zog er an der Zigarre, holte ein vergilbtes Fotoalbum hervor und sah seine Schwester vor sich. Hübsch war sie, ohne Zweifel. Hatte langes blondes Haar, stahlblaue Augen, genau wie er. Sanft strich er über die Fotografie.

Eigentlich waren sie alle Vorzeige-Arier. Zumindest gingen sie ohne Probleme als solche durch. Goldammer amüsierte sich. Seinem Onkel väterlicherseits war es zu verdanken, dass sie lebten. Ja, es war zunächst ein Schock für ihn, als ihm Vater anvertraute, dass die Ahnen jüdischer Abstammung waren, und er immerhin noch Halbjude sei. Dieser Onkel, den er nie kennengelernt hatte, sei als Flugzeugingenieur tätig gewesen, und betrieb noch vor dem Ersten Weltkrieg einen hohen Aufwand, um die Familiengeschichte ein für alle Mal auszulöschen. Juden waren die ganze menschliche Geschichte hindurch immer und immer wieder verhasst, gejagt und sinnlos ermordet worden. So hatte der Onkel Geistliche und Verwaltungsräte dermaßen erfolgreich bestochen, dass seitenweise Blätter aus Kirchenbüchern herausgetrennt, Urkunden verbrannt und somit die Herkunft der Familie vernichtet wurde. Wenn dieser irrsinnige Krieg vorüber ist, wollte er versuchen, doch noch etwas aus der Vergangenheit ausfindig zu machen, was ihn geringstenfalls berechtigen würde, den Freiherren-Titel wiederzuerlangen. Schließlich handelte es sich, den Erzählungen seines Vaters nach, zwar um einen verliehenen, aber immerhin einen Erbadel. Die Familie konvertierte zum katholischen Glauben, nahm den letzten Vornamen als Nachnamen, der Adelstitel wurde abgelegt. Oder doch nicht? Wer weiß, ob die Geschichte mit dem Onkel nicht nur vorgeschoben ist? Inbrünstig hoffte er darauf, dass Archive die erforderlichen Nachweise eingelagert hätten und die nicht einer Zerstörungswelle zum Opfer gefallen waren. Andererseits … hätte bei Hitlers Vernichtungszug nur ein kleiner Verdacht bestanden, wäre seine Familie längst abtransportiert worden. Dessen wurde er sich Tag um Tag bewusster.

Goldammer rückte seine silberfarbene Nickelbrille zurecht und blätterte eine Seite des Albums um.

Seiner zwei Jahre älteren Schwester Adele wurde schon immer jeder Wunsch erfüllt. Sie konnte sich stets einer Extrabehandlung gewiss sein. Sie war es auch, der gestattet wurde, auf Mutters Schoß zu sitzen, die sich anlehnen durfte, die liebevoll zu Bett gebracht wurde. Er, der 1910 das Licht der Welt erblickte, war stets der ungeliebte Schwächling. Wer war in Wirklichkeit seine Bezugsperson, fragte er sich. Opa? Eindeutig der Wildbader Großvater mütterlicherseits. Über Vaters Eltern, den jüdischen Ahnen, wusste er nichts. Man redete nicht.

Reitunterricht bekam Adele, durfte sogar mit ihrem Reitlehrer durch den Wald auf dem Sommerberg reiten. Und er?

Er durfte nicht einmal einem Fußballklub beitreten, wo all seine Freunde waren. Also hatte er kaum Freunde. Je älter Adele wurde, desto mehr nahm sie Mutters Züge an. Er begann sie zu hassen. Nicht genug, dass er vor Eifersucht schier platzte, aber dann fing sie mit diesen Erniedrigungen an, wie Mutter …

Es geschah an einem lauen Sommertag 1924. Die Haushälterin fuhr mit der Standseilbahn ins Tal, um Lebensmittel zu besorgen. Das Kindermädchen widmete sich dem Gartenbeet. Vergeblich hatte sie ihn um Hilfe gebeten, denn er hatte sich für diesen Tag vorgenommen, seiner Schwester eine Lektion zu verpassen. Mit einem Rucksack und Gummistiefeln machte er sich auf, in den Moorrandwald.

Er kannte sich, dank seines Großvaters, dort sehr gut aus. Opa war der Einzige, der ihn zu verstehen schien, der ihm Dinge beibrachte, die sein Vater für lapidar hielt. »Was muss man über die Entstehung eines Naturgebietes wissen, wenn Krieg ist. Es gibt Wichtigeres«, meckerte der Vater. Sein Großvater war es auch, der mit ihm die Hochebene zwischen Kaltenbronn, Gernsbach, Forbach und Wildbad durchwanderte und das Besondere an diesem Gebiet erklärte. Neben Waldwegen und Holzplanken über dem Moor wusste er genau, welche Stellen man betreten durfte und welche nicht.

Nur wenige Hundert Meter vom Haus entfernt schlug er sich in den Wald. Nach einer halben Stunde war sein Ziel erreicht. Er stülpte sich einen schwarzen Kapuzenumhang über, den er bei seinem Großvater hatte mitgehen lassen. Unhandlich und schwer war der Stoff. Aber er schaffte es rechtzeitig, als Adele sich hoch zu Ross näherte. Sie war allein unterwegs. Erwartungsvoll höhnte er unter der Kapuze, schnellte vor, als das trabende Tier auf seiner Höhe war, und brachte es mit einem mörderischen Aufschrei und heftigen Armbewegungen zum Steigen. Adele stürzte rückwärts aus dem Sattel und fiel auf den Rücken.

Er hörte ihre Knochen brechen, drehte sich aber nicht um, sondern verschwand lautlos im Wald.

Es dauerte nicht lang und die Nachricht wurde gebracht, dass Adeles Pferd reiterlos in den Stall zurückgekehrt sei. Keine Stunde später befand sie sich in der Klinik in Wildbad. Querschnittslähmung, lautete die Diagnose.

Heinrich Goldammer zog kräftig an der Zigarre. Er schaute durch die Glasscheiben seines Büros.

»Dieser verfluchte Krieg raubt mir die Nerven, ich dreh noch durch.«

Adele … geplant war das so nicht, nach dem Reitunfall wurde alles noch ärger. Jetzt spielte er erst recht die zweite Geige. Mutter wich nur selten von ihrer Seite. Erst litt sie mit ihrer Tochter, dann schämte sie sich zusehends, bis sie sich vor Schande, ein Jahr nach dem Unfall, auf dem Dachboden der Familien-Villa in der Friedenstraße erhängte. Vater schien Mutters Tod nicht sonderlich zu schockieren, sie hatten sich auseinandergelebt, schlussfolgerte er heute. Ihm, dem ungeliebten Sohn, nahm sie mit ihrem Tod den letzten Rückzugsort. Wie gerne saß er stundenlang auf dem kalten, halbwegs ausgebauten Dachboden. Hier wurde Wäsche getrocknet und gespielt. Und sie stritten sich um die Schaukel. An lauen Sommerabenden durfte er mit seinem Vater die Sterne betrachten. Sie stiegen auf einen Schemel, quetschten ihre Oberkörper durch die einzige Dachluke und manchmal, ja, manchmal brachte Vater ein Teleskop aus der Schule mit. Er kannte sie alle. Alle Planeten im Sonnensystem und unzählige Sternbilder. Ab und an konnte Vater richtig nett sein, aber das war bei Weitem nicht genug.

Ein Hauptgrund, dass er seinen Sohn, den Franz, verwöhnte. Zumindest bemühte er sich. Wann immer es Zeit und Umstände erlaubten, war die kleine Familie unterwegs. Wenn klarer Himmel über Pforzheim war, quetschten sie sich gemeinsam durch das Dachfenster, um vielleicht eine Sternschnuppe zu erhaschen.

Wie er das vermisste! Beim Gedanken an Frau und Kind träumte er von einer Versöhnung. Er liebte sie, er brauchte sie. Was war er nur für ein verdammter Idiot!

Tief sog er den Rauch in die Lunge.

Seine Schwester Adele mutierte zur Tyrannin. Ihre geifernde Stimme hallte permanent durch das Haus. Im Frühjahr 1926 warf sie ihm vor, dass sie ihn hinter dem Unfall vermutete. Sie erpresste und scheuchte ihn. Tu dies, tu das, hol mir – was auch immer.

Da war er wieder, dieser Hass. Wie damals.

»Heinrich, Heinrich, komm her!«, rief sie nach ihm.

Er reagierte nicht, überlegte.

»Heinrich, ich weiß, dass du mich hörst. Komm sofort her und gib mir etwas zu trinken.«

Er rührte sich nicht.

»Heinrich! Ich sag es dem Vater! Ich weiß, dass du es warst. Du hast das Pferd erschreckt. Deinetwegen leide ich. Kann nichts mehr entfachen und bin ein Krüppel. Null und nichts ist an diesem Leben lebenswert. Du hast alles zerstört, du warst und bist ein Nichtsnutz. Und Mutter hast du auch auf dem Gewissen. Gäbe es dich nicht, wäre das nicht passiert, und sie hätte sich meiner nicht schämen müssen.« Sie kreischte es heraus, hysterisch, unkontrolliert.

Er geriet unter psychischen Druck, vermochte sich derartige Behandlung nicht länger bieten zu lassen. Er musste endlich intervenieren …

Gemächlich schleppte er sich in ihr Zimmer, guckte sie an. Pure Boshaftigkeit sprudelte ihm aus ihren Augen entgegen.

»Heinrich, ich weiß es. Leugnen ist zwecklos. Ab sofort wirst du verrichten, was ich dir befehle, sonst ...«

Es sollten ihre letzten geschwollenen Worte sein. Ruckartig befreite er das Kopfkissen unter ihrem Kopf und drückte es ihr auf das Gesicht. Erst sachte, dann stärker. Adeles Todeskampf dauerte nur kurz, dann war es still.

Endlich Ruhe.

Befreiung.

Er fühlte sich frei. Schuldlos und frei.

»Chef, wir machen Feierabend«, riss ihn sein Kapo aus der Lethargie, »was ist denn heute mit Ihnen los? Immer noch wegen Ihrer Frau?«

»Ja und nein. Schönen Feierabend.« Goldammer löschte die Lichter seines kleinen Betriebes und fuhr nach Hause.

Es trieb ihn in den Luftschutzkeller der alten Villa. Gedemütigt von seiner Vergangenheit schaute er sich um. Zögernd strich er mit der Handfläche über die Wand der Ostseite, trank die mitgebrachte Cognacflasche mit einem Zug zur Hälfte leer und warf den Rest gegen das Mauerwerk.

Tränen quollen aus seinen Augen, sturzbachartig rannen sie über sein Gesicht. Er fühlte sich miserabel, inadäquat und als Versager. Er, der von blauem Blut abstammende Kettengoldschmied Heinrich Goldammer, mit Tausenden Schmuckideen … ein gebrochener Mann. Er überlegte ernsthaft, seinem Leben ein Ende zu setzen.

Schwankend glotzte er in einen Spiegel. Dieser hässliche Zeitgenosse mit dickem angeschlagenen Barockrahmen befand sich im Haus, so lange er denken konnte.

»Heinrich, du bist erledigt! Schau dich an. Dünn, ausgemergelt und unrasiert. Elisabeth, Martha, mein Sohn, mein geliebter Sohn ...«

Er brach in sich zusammen, kauerte wie ein Embryo auf dem kalten Boden des Kellers und schluchzte sich in den Schlaf.

KAPITEL ZWEI

Peter Wellendorf-Renz, den Freunde und Bekannte kurzerhand Welle nennen, lebt als pensionierter Kriminalhauptkommissar im Nordschwarzwald; er war immer noch als Sonderermittler tätig. Im Jahr 2010 quittierte er seinen Dienst bei der Pforzheimer Kriminalpolizei aus gesundheitlichen Gründen. Welle, 1952 geboren, stolperte von nun an über mysteriöse Fälle, Tote und seltsame Geschichten, die den Polizeichef dazu veranlasst hatten, ihm den Sonderermittlerstatus zu gewähren. Seither spaziert er im Präsidium ein und aus, was seinem Nachfolger Igmar Keller zu Beginn ein heftiger Dorn im Auge war. Inzwischen verstand man sich und wusste sich zu schätzen. Man saß sogar mit den Honoratioren der Stadt gemeinsam am Stammtisch mit dem witzigen Namen ›Alte Hasen‹.

Welle freundete sich wenige Wochen nach Eintritt in den Ruhestand im Tierheim mit einem Staffordshire Bullterrier an, den er kurze Zeit später adoptierte und ihm den Namen Trollinger verpasste. Ob an der Namensgebung ein oder zwei Schoppen zu viel vom guten Lemberger schuld waren, bleibt bis dato Welles Geheimnis. Jedenfalls ergeben Herr und Hund ein Ermittlergespann der Extraklasse.

Heute traute Welle seinen Augen nicht, als er die Trauerkarte las, die er soeben aus dem Briefkasten gefischt hatte.

»Sehr geehrter Herr Wellendorf-Renz, als Befürworter und Unterstützer Pforzheimer Kultur und Künstler möchte ich Sie, der Sie mir als solcher ebenso bekannt sind, recht herzlich zur Trauerfeier am kommenden Dienstagabend in die ›Schwarze Villa‹, Friedenstraße in Pforzheim, einladen. Ein Kondolenzbuch wird ausliegen. Mit freundlichem Gruß Kai Sander, Architekt.«

»Trollinger«, sagte er. Welle sprach oft mit seinem Hund. »Jetzt gibt Sander den Sesselpupsern im Amt die letzte Breitseite. Da werden wir ungeniert hingehen. Bin gespannt, ob sich die Obrigkeit blicken lässt.« Welle freute sich und rieb sich schadenfroh die Hände.

Pforzheim, die Goldstadt im Nordschwarzwald, die gerne vom ehemaligen Oberbürgermeister Dürr als ›multikulturelle Stadt‹ bezeichnet wurde. Eine Stadt, die ansässige Vereine und Künstler meist an der langen Hand verhungern ließ, Projekte und Veranstaltungen stattdessen für Abertausende Euro an Auswärtige vergab, diese Stadt erfuhr an einem warmen Spätsommermorgen ihren größten Kulturschock. Eine schwarze Villa ward über Nacht geboren, und das in einem exklusiven Wohnviertel, dem Rodgebiet. Inmitten strahlend weißer alter Villen, die allesamt in neoklassizistischem Stil erbaut und aus den Anfängen des vorigen Jahrhunderts stammten. Ein Viertel, das von der bestialischen Zerstörung Pforzheims zum Ende des Zweiten Weltkrieges so gut wie verschont blieb.

Schwarz, nicht nur die Fassade, die Holzläden, Glasscheiben, die Eingangstreppe mit Tür, das Geländer, die Dachziegel, Dachrinne, die Antenne, sogar die Lampe am Eingang, alles kohlrabenschwarz. Und dies tatsächlich in nur einer Nacht, in der die Nachbarschaft so tief geträumt haben muss, dass niemand das geringste Geräusch wahrgenommen hatte. Allein diesen Moment der Überraschung konnte Welle nicht wirklich verstehen. Er ist der Überzeugung, dass so eine Aktion ohne Geräusche gar nicht funktionieren konnte.

Als in den einschlägigen Tageszeitungen darüber berichtet wurde, machte sich Welle mit seiner griechischen Freundin Tula auf, um das schwarze Werk zu besichtigen. Ein Frevel war es schon, aber lustig fanden sie es dennoch. Kunst eben.

Durch Zufall trafen sie auf den Besitzer, den Architekten Kai Sander. Lange unterhielten sie sich. Sander fand es belustigend, wie sich die Kritiker auf ihn stürzten. Klar musste es so kommen. Wer ein denkmalgeschütztes Haus schwarz streicht, provoziert. Die Idee, die Villa als Ausstellungsort zu nutzen oder gewisse Veranstaltungen darin zu organisieren, fand in Welles Bekanntenkreis großen Anklang. Man empfand die herbe Kritik, die in der Presse kursierte, lächerlich. Hugo Wert, Rechtsmediziner und Freund von Welle, und ebenfalls Mitglied des Honoratioren-Stammtisches der ›Alten Hasen‹ meinte dazu: »Pforzheim ist zu Wichtigem nicht in der Lage, ergo muss man sich mit Unwichtigem beschäftigen.«

»Kriminächte, düstere Musik, Hunderte Kerzen, und an den Wänden mystische Kunstgegenstände, das ist auch eine Maßnahme«, hatte Sander gemeint. »Das Ambiente wäre perfekt.«

Und dann? Ausgeträumt. Die Stadtverwaltung hatte Ausstellungen in dem Gebäude untersagt. Darüber hinaus hatte man Sander so zugesetzt, dass er mit einem hohen Bußgeld – Vorwurf: Verunstaltung eines denkmalgeschützten Objekts – zu rechnen hatte. Und das, obwohl er immer beteuerte, der Villa nach gewisser Zeit wieder den originalen Anstrich zu verpassen. Die Rückseite des Hauses war ja weiß geblieben, was allerdings niemand wissen sollte. Doch in den sozialen Netzwerken tauchte ein Foto auf. Auftraggeber, wie sich schnell herumgesprochen hatte: ein Kulturbeauftragter der Stadt.

»Unbefugtes Betreten fremden Grundstückes … das gehört wohl zu dem Unwichtigen in Pforzheim«, regte Wert sich auf.

Und nun Sanders letzter Schachzug, die Trauerfeier.

Fackeln, die in schwarz gestrichenen Halterungen steckten, und die der einstigen Herrschaftsvilla ein glimmendes Aussehen gaben, säumten die Treppen zum Eingang. Mystisch, gespenstisch, geheimnisvoll wirkte es. Der Zulauf war enorm, damit hatte sicher niemand gerechnet, am allerwenigsten Sander. Kunstliebhaber, Unterstützer und auch Neugierige waren gekommen. Sehen und gesehen werden, lautete die Devise. Und jeder, ausnahmslos jeder dieser Besucher, trug sich voller Stolz und Mitgefühl gegenüber Kai Sander in das Kondolenzbuch ein. Dietmar Maier, ein ehemaliger Stadtrat, war ebenfalls anwesend. Freudig begrüßte er den Ex-Kommissar mit seiner Lebensgefährtin.

»Wellendorf-Renz, ich freue mich, Sie zu sehen. Frau Diamantopoulos.« Händeschütteln. Eine anerkennende, leichte Verbeugung. »Ich bedaure sehr, dass dieses Projekt so kläglich scheitert.«

»Dem stimme ich zu. Nichtsdestominder, das Gebäude ist sehr beeindruckend. Die Räumlichkeiten, grandios. Sehen Sie sich diesen Kronleuchter an, wo Sander den nur ausgegraben hat«, sagte Welle. Begeistert deutete er auf einen alten sechsarmigen Leuchter, der klassisch, an einer Kette befestigt, sein warmes Licht ausstrahlte.

»Schön, Sie zu sehen, ich grüße Sie recht herzlich.« Mit diesen Worten drückte Sander den dreien ein Glas Sekt in die Hand.

»Die Damen vom Catering werden für gefüllte Gläser sorgen, hier drüben finden sie ein paar Canapés, bitte bedienen sie sich.«

»Mich würde die obere Etage der Architektur wegen interessieren«, setzte Welle an.

»Gerne zeige ich sie Ihnen, jedoch nicht jetzt. Ich habe absichtlich absperren lassen, wie einige Räume hier unten auch. Es wird gebaut und es gibt da oben kein Licht. Wir finden einen Termin«, bot Sander an.

Es wurde ein interessanter Abend, viele Gespräche, zwei, drei Gläschen Sekt und leckere Häppchen. Welle und Tula amüsierten sich gut und verabschiedeten sich erst zu später Stunde.

Penetrant klingelte das Telefon. Welle blinzelte auf seinen Funkwecker. Es war zwei Uhr vierzig.

»Herrschaftszeiten, i komm ja.« Mürrisch riss er den Hörer aus der Ladestation.

»Ja?«

»Herr Wellendorf-Renz. Sander hier. Kai Sander. Sie müssen entschuldigen, aber hier geht etwas sehr Merkwürdiges vor, ich ... ich zweifle an meinem Verstand.«

»Was ist denn passiert?«

»Ich sehe eine Frau. Eine Frau in einem hellgrauen Kleid. Sie … sie steht oben am Treppengeländer und stiert mich an.«

»Wo sind Sie?«

»In der Villa.«

»Mann, Sander, haben Sie zu tief ins Glas geschaut?« Welle schnaubte. Tula tauchte gähnend neben ihm auf.

»Sie bewegt sich langsam, jetzt – jetzt kommt sie die Treppe herunter. Ihr Kopf hängt dran, als gehöre er nicht zu ihr. Die Kerzen flackern und erlöschen, an denen sie vorbeischwebt – nein, sie geht … schwebt doch … nein, geht.«

»Sander! Sander, kommen Sie zu sich. Es gibt keine Geister«, schallte Welle.

»Oh Gott, das Kleid, es ist blutverschmiert – am Kragen, nein, die rechte Seite ist getränkt von Blut. Was macht sie denn jetzt? Hej, was soll das? Was wollen Sie von mir?«

Sanders Stimme vibrierte panisch. Es krachte am anderen Ende der Leitung. So laut, dass selbst Tula die Augenbrauen hochzog, was nun wirklich Welles Eigenart war.

»Sander … Sander?«

Er antwortete nicht.

Es klirrte. Hörte sich nach zu Bruch gehendem Glas an.

»Sander! Verdammt, was ist da los?«

Es tutete im Hörer, das Gespräch war beendet. Welle suchte die Taste für Anrufer-Informationen und drückte auf Wählen.

Besetzt.

»So ebbes, der isch doch nimmer ganz bache.« Welle blickte nachdenklich zu Tula und dann in den Flurspiegel.

»Was hast du gesagt?« Tula verstand kein Badisch, wollte es auch nicht.

»Der spinnt.« Kopfschüttelnd schlurften beide zurück ins Bett. Welle lag noch nicht richtig, als er gleich wieder heraussprang. Was, wenn Sander Hilfe brauchte?

»Schlaf weiter, ich fahre hin«, flüsterte er Tula ins Ohr. »Trollinger! Schwing deinen Hintern vom Kissen.«

Welle holte seinen Kult-VW-Käfer aus der Garage und fuhr geradewegs zur schwarzen Villa. Sanders Wagen stand noch immer an der Straße, die Kerzen am Eingangsbereich und im Garten waren erloschen. Lediglich der Schimmer einer einzelnen war in einem der Fenster des Untergeschosses auszumachen. Welle sog tief die Luft ein und drückt gegen die massive Eingangstür. Sie gab nach. Trollinger knurrte.

»Sander, wo sind Sie?« Welle zog eine Taschenlampe aus seinem Trenchcoat – auch so eins seiner Lieblingskleidungsstücke und nebenbei sein Erkennungsmerkmal – und schaltete das Licht an. Das Ding hatte einen ziemlich großen Radius und leuchtet die Eingangshalle komplett aus. Langsam schloss er die Tür hinter sich.

»Heidenei, was isch da hanne passiert?« Welle verfiel in tiefsten badischen Dialekt. »Trollinger, geb Acht, hier sind überall Scherben. Sander?«

Langsam bewegte sich Welle über die Glassplitter zerbrochener Sektgläser. Er leuchtet in die Küche. Das Buffet war abgebaut, der Boden sauber. Er ging durch den Eingangsbereich in das Wohnzimmer. Glas knirschte unter seinen Tritten. Das Zimmer war leer und blitzblank. Wieder leuchtet er die Halle ab. Sanders Jackett hing über einem Stuhl. Welle lief hinüber. Jetzt sah er ein Handy unter einem der Stehtische liegen. Er bückte sich. Trollinger knurrte. Welle tippte auf das Display, seine Telefonnummer erschien.

»Sander? Verdammt, antworten Sie!«

Trollinger fletschte bedrohlich die Zähne, knurrte wie ein Wolf. Dieses tiefe, alarmierende Knurren seines Staffordshire Bullterriers ließ Welle herumfahren. Er leuchtet die Treppe ab – und sah nichts.

»Sag emole, schpinnschd du etst? Los, komm mit!« Er winkte den Hund zu sich. Mit Bedacht erklomm er die Stufen zum Obergeschoss, als Trollinger plötzlich die Nackenhaare zum Kamm erhob, an ihm vorbeischoss, und vor einer Malerplane verharrte. Welle riss sie zur Seite und stutzte. Da war nichts. Der Rüde brach seinen spektakulären Auftritt ab und lief geradewegs in einen der Räume, um dort zu wuffen. Bellen konnte man das nicht nennen. Trollingers Stimmbänder gaben tiefere als tiefe Laute frei. Furchterregend für denjenigen, der ihn nicht kannte. Praktisch für Welles Verbrecherjagd.

Sander rappelte sich augenblicklich auf. Er lag auf einer heruntergerissenen, durchsichtigen Plastikplane. Die Hose gesprenkelt mit weißer Farbe, das Hemd zerrissen, und am Kopf klaffte eine Platzwunde.

»Welle, Gott sei Dank! Haben Sie sie gesehen?«

»Wen?«

»Die Frau.« Sander zitterte leicht, machte aber keinen betrunkenen Eindruck.

»Nein, ich sehe nur Sie. Wie haben Sie das geschafft?« Welle deutet auf die Wunde.

»Sie hat mit Gläsern geworfen, eines hat mich getroffen.«

Trollinger schnellte herum und suchte den Weg nach unten. Ein kurzes Aufjaulen drang nach oben. Eine Tür knarzte. Welle packte Sander am Arm und zog ihn mit sich.

»Trollinger!«, schrie er hinunter. Im Schein der Taschenlampe fegte eine Katze zur offenen Haustür hinaus.

»Trollinger! Nein!« Der Hund gehorchte. »Kommen Sie, ich fahre Sie ins Krankenhaus. Sieht aus, als müsse es genäht werden.«

»Aber die Tür. Es muss sie jemand geöffnet haben.«

»Wahrscheinlich habe ich sie nicht richtig geschlossen. Ich verspreche, mit Ihnen wieder herzukommen, und ich versichere, eine Erklärung zu finden. Wir benötigen dafür Tageslicht.«

»Die Tür ist doch offen, wie kann sie dann knarzen?« Sander blickte sich ängstlich um.

»Ich weiß es nicht, jetzt kommen Sie endlich.«

Welle lieferte Sander in der Notaufnahme ab, wo die Wunde mit drei Stichen genäht wurde. Nach dreißig Minuten waren sie schon auf dem Weg zu Sanders Haus.

»Vielen Dank, ich melde mich bei Ihnen, bevor ich zur Villa fahre.«

»Jetzt überstürzen Sie nichts, ruhen Sie sich aus, vermutlich werden Sie tüchtiges Schädelbrummen bekommen. Gute Nacht.«

Welle fuhr den Wartberg hoch, wo er seit Jahren hoch über Pforzheim wohnte, stellte den Wagen in die Garage und öffnete leise die Tür. Er wollte Tula nicht wecken. Tula, seine große Liebe. Gut zehn Jahre nach dem Unfalltod seiner Frau hatte er diese großartige Griechin vor drei Jahren in Alepochori kennengelernt. Sie ist die Mutter eines deutsch-griechischen Kommissars, mit dem er einen sehr suspekten Fall während seines Griechenland-Urlaubs gelöst hatte. Ein toter Taucher hing erschossen in einem verbrannten Waldstück ohne Gerätschaft in einem Baum. Intrigen, Hass und Korruption begegneten ihm in diesem Fall.

Welle zauberte es ein Lächeln auf das Gesicht, wenn er an die erste Begegnung mit dieser wunderbaren Frau dachte. Ihre Herzlichkeit, die mandelförmigen braunen Augen, ihr duftendes schwarzes, leicht mit Grau durchzogenes Haar.

»Ella, agapi mou«, sagte sie leise, »was ist mit Trollinger?« Welle war so in Gedanken versunken, dass er sie nicht kommen hörte. Er stand immer noch im Flur.

»Was? Oh.« Schnell warf er den Mantel an den Garderobenhaken. Trollinger lag auf seinem Kissen und leckte sich ausgiebig die rechte Pfote.

»Zeig mal, alter Kumpel.« Welle kniete sich hin und inspizierte das leicht blutende Pfötchen. »Jetzt weiß ich, warum du vorhin so gejault hast. Tula, bringe mir bitte Trollingers Notfallkoffer, Jod und eine Schere.«

Welle zog zwei kleine Glassplitter heraus und versorgte professionell die Wunde. War nicht das erste Mal, dass er Tierarzt spielen musste. Trollinger, das Gemütstier, ließ es geduldig über sich ergehen.

»Von wegen Kampfhund. Eine ganz treue Seele bist du, mein Lieber.« Tula brachte nach der Tortur ein paar Leckerchen, nach deren Verzehr Trollinger ins Schnarchen geriet. Welle nahm sich vor, Tula zu berichten …

Er schlief prompt ein.

Ganz gegen Welles Gewohnheiten ruhte er bis zehn Uhr.

»Kalimera agapi mou.«

»Ebenfalls einen guten Morgen, mein Schatz. Ich komme gleich.« Er hatte sich inzwischen so an den deutsch-griechischen Mix gewöhnt, dass er langsam begann, die Sprache zu verstehen. Nur selbst reden, da fühlte er sich gehemmt. Allerdings fand er es ausgesprochen lustig, in diesem Stil zu schimpfen.

»Was war denn mit Sander los?«, fragte Tula. »Jetzt erzähl schon! Heute Nacht bist du nach dem ersten Satz eingeschlafen.«

»Ehrlich? Das kann nicht sein.«

»Ist aber so.«

»Nun, ich habe keine Ahnung. Er erzählte etwas von einer Frau, die ein blutbeflecktes Kleid angehabt und ihn mit Gläsern beworfen hätte. Das Foyer sah wirklich wüst aus. Ihn fand ich in einem Zimmer der obersten Etage mit einer Platzwunde. Stell dir vor ...« Welle tupfte seinen Mund ab, trank ein Schluck Kaffee und griff nach einem weiteren Brötchen. »Sander wurde panisch, als unten eine Tür quietschte.«

»Wer kam denn um so eine unchristliche Zeit noch?«, fragte Tula.

»Niemand. Vermutlich hatte ich die Tür nicht richtig zugemacht. Das hat eine Katze genutzt, um zu verschwinden.«

»Wegen einer Katze wurde er panisch?«

»Ich habe keinen blassen Schimmer. Erst dachte ich, er sei betrunken, war er aber nicht. Dann vermutete ich, dass er sich irgendetwas eingeworfen hätte, dafür waren seine Augen aber zu klar. Der Arzt, der die Wunde genäht hat, sah keine Veranlassung zu irgendwelchen Tests. Vielleicht erklärt er es mir noch.«

KAPITEL DREI

Seitdem Welle und Tula ein Paar waren und sie abwechselnd in Alepochori, sechzig Kilometer westlich von Athen, und in Pforzheim lebten, hatte sie Welles Kleidung-Stil drastisch verändert. Einst gehörten Cordhosen in verschiedenen Farbgebungen und leichtem Schlag zu seinen Markenzeichen ebenso wie karierte Hemden. Wenn er heute sein Gegenüber im Spiegel betrachtete, war er zufriedener und wirkte zugegebenermaßen auch viel jünger. Der Cord verschwand als Erstes und wurde durch Jeans in Blau, Grau und Schwarz ersetzt. Heute trug er sein letztes kariertes Hemd. Die anderen fünfzehn seien während eines zu heißen Waschgangs eingegangen, behauptete Tula mit einem spitzbübischen Grinsen im Gesicht, das ihre Grübchen bezaubernd hervorhob. Sonst trägt er meist leichte weiße Hemden aus Biobaumwolle oder Leinen. Wenn schon, denn schon. Ebenso haben einige kurzärmelige Shirts in seinem Schrank Einzug gehalten. Niemals hätte er es für möglich erachtet, einmal T-Shirts zu tragen, außer als Unterhemd. Aber an seinem in die Jahre gekommenen Trenchcoat und einem Hut erkannte man ihn dennoch – zumindest in Pforzheim. Obwohl der Hut inzwischen den Sommer über einer Kappe weichen musste.

»Na, Schatz, gefalle ich dir?« Leicht provozierend wandte er sich vom Spiegel ab, weil er Tula hinter sich bemerkt hatte.

»Bis auf das Hemd ...«

»War mir klar.« Übertrieben rollte er die Augen nach oben, schnappte sich seine Tula und hielt sie fest umschlungen.

»Kann ich dich mit in die Stadt nehmen? Ich fahre zur Villa.«

»Nein, ich mache ein bisschen Hausarbeit.«

Welle traf Sander gegen vierzehn Uhr vor der Villa. Zwei Tage hatte es gedauert, bis der Architekt sich gemeldet hatte. Gemeinsam wollten sie die Räume durchsuchen. Ein leichter Luftzug wehte durch das Haus.

»Spüren Sie das auch?«, fragte Sander. »Es kann gar nicht sein, die Mitarbeiter hatten nach dem Fest alle Fenster und Türen geprüft, bevor sie sich verabschiedeten.«

»Lassen Sie uns nachsehen. Es kommt ja nur ein offen gebliebenes Fenster infrage.« Welle schloss die Eingangstür. Ein leichter Wind war dennoch zu spüren. Automatisch legte er die Stirn in Falten und zog eine Augenbraue in die Höhe. Auch so ein Markenzeichen des Sonderermittlers.

Welle marschierte vorweg in die obere Etage. Mit dem Fuß schob er die Malerplane beiseite, die er in der Nacht abgerissen hatte. Er hätte aber schwören können, dass sie nicht mitten im Weg lag. Behielt es allerdings für sich. Sander erweckte einen nicht standfesten Eindruck.

»Na, habe ich doch gesagt, das Fenster dort ist gekippt.« Welle durchschritt den Raum und klatschte es hörbar zu. »Tolle Räumlichkeiten, die Stuckdecken … schön.« Kleine Blutspritzer auf dem Boden erinnerten ihn, dass er Sander hier angetroffen hatte. »Sie lagen doch auf einer Plane, als mein Hund sie fand. Ich sehe sie nicht. Es war doch dieses Zimmer?«

»Ja, schon.« Irritiert suchte Sander den Boden ab und stolzierte in den nächsten Raum. »Verstehe ich nicht, hier ist sie auch nicht.« Ebenso wenig fand sich das Objekt in den anderen drei Räumen des Obergeschosses.

»Sander, es kann doch gar nicht anders sein, als dass einer der Bauarbeiter hier war, der das Fenster geöffnet und die blutverschmierte Plane entsorgt hat.«

»Das glaube ich nicht, denn dann hätte er auch die Scherben in der Eingangshalle weggefegt.« Sander kratzte leicht über den Verband seiner Platzwunde. Sie juckte augenscheinlich.

»Was ist da oben?«, fragte Welle.

»Der Dachboden. Lassen Sie mich vorneweg gehen.«

Die ausgetretenen Holzstufen knarrten unter seinen Schritten. Übertrieben vorsichtig, wie Welle fand, öffnet er die Tür. »Der Dachboden befindet sich im Originalzustand. Sehen Sie, die Schaukel ist ein Kriegsprodukt.« Er drehte sie um und deutete auf ein Brandsiegel einer Schreinerei aus Enzklösterle. »Das Brett ist dick und noch immer wurmfrei, das Kunstseil könnte aus den Siebzigern stammen. Hängen wird sie hier schon ewig, schauen Sie mal die Vertiefungen im Holzbalken an.«

»In der Tat. Wissen Sie, wem die Villa während des Krieges gehörte?«

»Familie Goldammer, der habe ich sie abgekauft.«

»Der Name sagt mir gar nichts.«

»Ging mir genauso. Sie waren Schmuckfabrikanten in Generationen. Franz Goldammer erwähnte es kurz.«

»Und warum hat er verkauft? Das scheint doch ein solides Haus zu sein?«

»Vielleicht jetzt, nach der Grundsanierung der Außenfassade und des Daches. Sie hätten den Kasten vor ein paar Monaten sehen sollen. Ehrlich, das besterhaltene Stück ist hier der Ausbau des Dachbodens. Natürlich muss hier noch einiges renoviert werden, so kann ich das Haus nicht verkaufen.«

»Und wann gedenken Sie den Anstrich zu ändern?« Welle lachte.

»Ich schätze, dass ich der Nachbarschaft noch zwei Wochen diesen Anblick gönnen werde. Kommen Sie, ich zeig Ihnen den Keller, dann fege ich die Scherben zusammen.«

Eine Tür quietschte. Welle kräuselte die Stirn.

»Isch ebber da unne?«, rief er hinunter. Er hörte ein Rascheln. »Hallo? Herrgottsackzement, will mi da oiner verseggeln? Hallo?«

Flink wie ein Reh huschte er die Stufen hinunter zum Eingangsbereich. Glasscherben knirschten erneut unter seinen Schritten. Die Tür zum Keller war ein Spalt geöffnet. Er verpasste ihr einen kräftigen Tritt, der sie nach hinten schlagen ließ. Fluchtartig stob eine weiße Katze an ihm vorbei und brachte Sander ins Straucheln, der an seinen Fersen zu kleben schien.

»So e saudomms Vieh«, bruddelte Welle.

»Wenn Sie so badisch schimpfen, nimmt das die ganze Tragik.«

»Was bitte ist hier tragisch?«

»Das zum Beispiel.« Sander lief auf eine Malerplane zu, zog sie auseinander und erkannte eindeutig Blut. Sein Blut. »War das vielleicht auch eine Katze – oder wie ist die Plane Ihrer Meinung nach hierhergekommen?«

»Unwahrscheinlich, aber nicht unmöglich«, sagte Welle. Er schaute sich in dem Keller um, beäugte das inzwischen angetrocknete Blut, ohne Zweifel schien dies das aus dem Obergeschoss verschwundene Utensil zu sein. Er stöberte durch Bauzubehör. Eine Maurerkelle fiel zu Boden. Sander entfuhr ein kleiner Schreckensschrei.

»Jetzt reißen Sie sich mal zusammen. Ich werde daran gestoßen sein.«

»Sie standen doch schon ewig hier drüben, bevor das Ding herunter gefallen ist.«

»Sander, Sie strapazieren meine Nerven!« Welle drehte sich um und stieg die Treppe hinauf.

»Würden Sie mir den Gefallen tun und in der Nähe bleiben, während ich die Scherben zusammenfege?«

»Wenn es Sie beruhigt. Ich hole Trollinger aus dem Auto und gehe auf das Wiesenstück gegenüber.«

»Hej, Kumpel, musst sicherlich Gassi, na, dann raus aus dem Käfer.« Der Staffordshire Bullterrier sprang vor Freude an seinem Herrn hoch. Er war es nicht gewohnt, im Wagen zu warten. Trollinger jagte nicht ganz so schnell wie sonst über die Wiese, der Verband um seine Pfote hemmte ihn. Er erledigte ein kleines Geschäft, kam zu Welle zurück und stierte auf das Haus. Da der Rüde sich meist ohne Leine bewegen durfte und Welle das Verhalten seines Hundes gerade eben nicht einschätzen konnte, wies er ihn energisch an, Platz zu machen. Trollinger brummte leise vor sich hin.

Beide starrten auf das Haus, der Sonderermittler meinte, eine Bewegung im oberen Stockwerk wahrzunehmen. Er kniff die Augen zusammen, um sich auf das schwarze Fenster zu konzentrieren.

»Bei Fuß!« Welle überquerte die Straße. Als er seine Hand auf die Türklinke der Haustür legte, hörte er ein undefinierbares Geräusch. Er trat ein. Sander stand kreidebleich, mit offenem Mund und einem entgeisterten Gesichtsausdruck an der Küchentür.

»Haben Sie etwas umgeworfen?«, fragte Welle.

»N … nein. Das war sie.«

»Wer sie?«

»Die Frau im blutverschmierten Kleid, die von vorgestern Abend«, flüsterte Sander.

»Alderle, jetzt fangen Sie nicht schon wieder damit an! Trollinger! Such!« Als ob er darauf gewartet hätte, wetzte er die Stufen hoch und verschwand zielstrebig in dem Zimmer, wo sie Sander gefunden hatten. Es folgten ein kurzes

Rumpeln, dann ein Fauchen und eine weiße Katze, die panisch die Treppe heruntergeschossen kam. Trollinger stand schwanzwedelnd auf dem obersten Absatz. Welle öffnete instinktiv die Haustür und entließ das Tier.

»Sander, das ist das Vieh von vorhin im Keller. Wenn da etwas anderes wäre, hätte Trollinger es gefunden.«

»Sie glauben mir nicht!« Sander verzog sein Gesicht.

»Nein, das tue ich nicht. Das ist doch Quatsch. Hier ist niemand.«

»Dann erklären Sie mir bitte, wo die Katzen herkommen. Vorgestern eine schwarze, heute eine weiße. Und dann erläutern Sie mir gleich noch, warum ich diese Frau sehe.«

»Vermutlich haben sich die kleinen Biester zwischen Ihren Gästen hereingeschmuggelt. Die Tür stand die meiste Zeit offen. Natürlich können Sie sich auf die Suche nach Katzenkot begeben, um festzustellen, wie lange Ihre Untermieter sich hier in der Villa bereits aufhalten. Und was die Frau angeht, da scheint Ihre Fantasie mit Ihnen durchzugehen.«

»Vielen Dank. Ich weiß, dass ich nicht blöd bin, und ich weiß, was ich gesehen habe. Da mag Ihr Hund zwanzig Mal so ruhig neben Ihnen liegen. Mir wäre es ein großes Anliegen, Sie zu überreden, sich mit mir einen Abend hier aufzuhalten? Ich lade Sie und Ihre Frau ein und lasse uns einen Imbiss richten. Meinen Sie, Herr Kuhlmann würde ebenfalls eine Einladung annehmen, wenn Sie, als sein ehemaliger Chef, ihn fragen? Mit zwei Hauptkommissaren an der Seite fühle ich mich besser. Wenn dann nichts Außergewöhnliches in Erscheinung tritt, gebe ich mich geschlagen.«

Welle sah tief in Sanders blaugrüne Augen, er überlegte einen Moment.

»Das meinen Sie tatsächlich ernst, oder?«

»Natürlich! Für die kommenden Tage ist die Renovierung des Dachbodens geplant und ein Aufputz der Wände im Obergeschoss. Samstag wäre gut. Sagen wir gegen neunzehn Uhr?«

»Wenn es Sie glücklich macht. Aber wir möchten etwas Rechtes zum Essen. Badisch, deftig, bitteschön – und einen guten Wein dazu.« Welle reichte ihm die Hand.

»Danke. Ich komme gleich mit.« Eilig verschloss Sander die Tür und eilte zu seinem Wagen.

Welle hatte immer noch ein Grinsen um die Mundwinkel, als er schon längst um die Ecke gebogen war.

»Trollinger, da wollte der Angstmeier wohl nicht allein zurückbleiben.«

KAPITEL VIER

Zielstrebig marschierte Welle in das Polizeigebäude in der Bahnhofstraße, während Tula zu einer Shoppingtour durch Pforzheims Innenstadt aufbrach. Seine ehemalige Abteilung lag im fünften Stock. Mehr als zwanzig Jahre lang hatte er den Aufzug benutzt, bis er im letzten Jahr mit Trollinger und einem wohlbeleibten Kollegen stecken geblieben war. Jedes Mal, wenn er an der Aufzugstür vorbei kam, musste er daran denken. Schnaufend klopfte er an Kuhlmanns Tür.

»Ja bitte.«

»Wann wird eigentlich ein moderner Aufzug genehmigt?« Kuhlmann war an solche Begrüßungen seines Ex-Chefs gewöhnt.

»Kaffee?«

»Gern.« Welle ließ sich in einen Sessel fallen und nahm dankend den Pott mit dem Gebräu entgegen.

»Wie geht es dir, außer, dass du dich über den Aufzug echauffierst?«

»Mir geht es gut. Ich sorge mich aber um Sander.«

»Ach ja, du warst ja auf der Trauerfeier für die schwarze Villa. Wie war es denn?«

»Das Gebäude ist toll. Etwas anderes fällt mir dazu nicht ein. Große Räume, eine elegante Treppe, die in den oberen Stock führt und mit einem fulminanten Geländer ausgestattet ist. Einige Pforzheimer mit Rang und Namen waren zugegen. Sander hatte wirklich keine Mühe und Kosten gescheut.«

»Und warum bereitet er dir Kopfschmerzen?«

»Er sieht Geister.«

»Wie bitte? Das ist ein Scherz, oder?«

»Ganz im Gegenteil. Er hatte mich mitten in der Nacht aus dem Bett geklingelt. Also, per Telefon. Ich bin dann hingefahren und fand ihn … sagen wir mal … in einem leicht verwirrten Zustand mit Platzwunde im Obergeschoß.«

»War er betrunken?«

»Nein. Einen leichten Geruch nach Sekt, aber den hat man nach einem Glas.«

»Und was hat er gesagt?« Kuhlmann wurde sichtlich ungeduldig.

»Dass es diese Geisterfrau gewesen sei, sie hätte mit Gläsern geworfen, wobei ihn eins getroffen habe. Wenn du mich fragst, ist er hingefallen. Allerdings habe ich keine Erklärung für die Glasscherben. Im Foyer gingen einige Sektgläser zu Bruch. Trollinger ist in eine hineingetappt. Apropos Trollinger. In dieser Nacht hatte er sich seltsam verhalten. Er schoss wie ein Depperter die Treppen hoch und knurrte eine Malerplane an. Ich zog sie beiseite, aber da war nichts. Später rannte er wieder die Stufen hinunter, dieses Mal war eine Katze schuld. Und gestern, ja, das war schon komisch. Ich war mit ihm auf dem Wiesenstück gegenüber und meinte tatsächlich an einem Fenster, im Obergeschoss, eine Bewegung gesehen zu haben. Was zugegebenermaßen wegen des Schwarzanstrichs nicht einfach ist. Als ich die Eingangstür öffnete, hörte ich ein Klappern wie ein Topfdeckel, der zu Boden fällt und vorher rotiert. Sander behauptete, die Frau wäre es gewesen. Er war weißer als die Küchenwand. Lach jetzt nicht, aber Trollinger stellte eine weitere Katze, der wir zuvor im Keller begegnet waren.«

»Für mich hört sich das nach geistiger Umnachtung an. Nimmt der Kerl Drogen?« Welle antwortete nicht. Er stierte vor sich hin und war tief in Gedanken versunken.

»Peter.« Jetzt erhob Kuhlmann seine Stimme. »Peter, was grübelst du?«

»Ist eine Katze in der Lage, eine Malerplane vom ersten Stock in den Keller zu ziehen?« Welle sah Kuhlmann an, ohne eine Miene zu verziehen.

»Wohl kaum. Ein paar Stufen vielleicht. Warum fragst du?«

»Ich fand Sander auf solch einer Plane liegend. Durch seine Platzwunden gelangte etwas Blut darauf. Gestern lag das Ding im Keller.«

»Sicher, dass es sich um dieselbe Plane handelt?«

»Definitiv.«

»Vielleicht waren es die Arbeiter.«

»Nein. Es wurde nicht gearbeitet. Die Scherben lagen ja auch noch alle herum. Wie kommt diese scheiß Plane in den Keller?«

»Wenn Sander so neben der Kappe war ... hat er vielleicht ...?«

»Nein. Du müsstest ihn sehen. Er hat Angst. Richtig Angst. Und er hat mich gebeten, dich für kommenden Samstag einzuladen. Er möchte mit uns in dem Haus verweilen und hofft darauf, dass wir dieser Dame ebenfalls begegnen.«

»Ich hocke mich doch nicht in eine Baustelle.«

»Stell dich nicht so an. Tula kommt auch mit. Ich habe vernünftiges Essen gefordert und überlege gerade, ob wir nicht Wert ebenso dazu bitten sollten.«

»Du meinst wegen seines Faibles zu paranormalen Fähigkeiten? Warum nicht. Dann wird es zumindest ein lustiger Abend.« Kuhlmann griff zum Telefon.

»Rechtsmedizin Wert.«

»Kuhlmann hier, bist du in einer Obduktion oder hast du einen Moment?«

»Bis jetzt liegt noch niemand in Warteschleife zum Aufschnippeln. Ich arbeite an einer Aufzeichnung über Bakterien. Was gibt es?«

»Warte, ich gebe dich an Welle weiter.«

Mit drei Sätzen überzeugte Welle den Rechtsmediziner zum Abendmahl in der Villa, ohne Hintergründe zu verraten, er wollte, dass er unvoreingenommen ist.

»Schon clever. Mit Essen kriegst du ihn immer«, lachte Kuhlmann.

»Ich informiere Sander. Und wir werden die Vorfälle nicht erwähnen, bis sich etwas ergibt – oder auch nicht, einverstanden?«

»Natürlich. Soll ich euch abholen?«

»Sehr gerne. Dann bis Samstag.« Welle verabschiedete sich und schlug den Weg zur Stadtbibliothek ein.

Vorbei am ›Dicken Mann‹, einer übermannshohen Bronzefigur, einem Kultobjekt und Verabredungspunkt Pforzheims, von Einheimischen liebevoll ›Der Dicke‹ genannt, lief er Sander in die Arme.

»Na, Sie haben es ja eilig.« Sander begrüßte Welle mit festem Händedruck. »Haben Sie Zeit für einen Kaffee?«

»Zeit schon, allerdings habe ich gerade Kaffee getrunken, vielen Dank. Aber wenn ich Sie gerade treffe: Ich habe mir erlaubt, einen Freund, den Rechtsmediziner Hugo Wert, für Samstag mit einzuladen. Er setzt sich als Wissenschaftler ab und an mit Phänomenen auseinander. Jedoch bitte ich Sie, nichts von den Vorfällen zu erwähnen. Lassen wir es einfach auf uns zukommen.«

»Gut. Dann sehen wir uns Samstag, ich freue mich. Das gewünschte badische Essen habe ich bestellt. Bringen Sie ordentlich Appetit mit!«

»Da machen Sie sich mal keine Sorgen.« Welle lupfte kurz seine Kappe zum Gruß und eilte zur Bücherei.

Zwar wusste er nicht genau, wonach er zu suchen hatte, wurde aber dennoch fündig, und trat den Heimweg mit einem Sachbuch über Paranormalitäten an.

»Alles Mumpitz, hier steht es, schwarz auf weiß. Menschliche Sinnestäuschung. Alles physikalisch erklärbar. Siehst du, Schatz, der Autor ist ganz meiner Meinung.«

»Ich kenne in Griechenland einige Artikel, die davon berichteten, dass sich Geister in einem Haus aufhielten, um eine Nachricht mitzuteilen.«

»Liebes, ich bitte dich. Diese Geschichten gibt es gleichermaßen in Deutschland und auf der ganzen Welt zur Genüge. Ist es nicht so, dass es doch alles Scharlatanerie ist?«

»Dann erkläre mir bitte, wie die Plane in den Keller gelangte. Und wer hatte Sander verletzt? Irgendetwas muss in diesem Haus sein.« Tula war keinesfalls davon überzeugt, dass Erscheinungen nur der Einbildung eines Menschen entsprangen.

»Glaubst du Sander etwa?« Welle war sprachlos.

»Das kann ich so nicht beantworten. Aber es empfiehlt sich, der Sache auf den Grund zu gehen. Du bist doch sonst nicht so voreilig in deiner Meinungsbildung. Und noch einmal: Wie kam die Plane in den Keller?«

Tula schaute Welle an.

Sein Blick verlor sich in ihren mandelförmigen braunen Augen. Ein Glückstreffer, diese Frau. Gott, was war er in sie verliebt! Stolz trug sie die goldene Kette mit dem Anhänger des Athener Käuzchens. Tula, die Geschichtslehrerin in der deutschen Schule in Athen war und ihren Doktor in griechischer Mythologie hat, erklärte ihm, dass die berühmte Athener Eule in Wirklichkeit ein Kauz war. Er hatte es ihr vor seiner Abreise aus Griechenland geschenkt. Welle war sich relativ sicher, dass sie es seither nicht einmal abgelegt hatte.

»Peter, du sollst nicht schon wieder über mich nachdenken. Ich merke das, weil es mir nicht unangenehm warm wird.« Sie wurde verlegen. Welle liebkoste sie mit den Augen, was seiner Liebsten eine leichte Röte auf die Wangen trieb. Er fand es grundsätzlich lustig.

»Peter, hör auf. Ich hasse es, rot zu werden!« Tula schlug die Hände vor das Gesicht. Zärtlich nahm Welle sie beiseite und drückte ihr einen Kuss auf den Mund.

»Du hast recht, ich liebe es. Ich liebe dich!«

»Jetzt antworte. Was ist mit der Plane? Gib es zu, du hast keine Erklärung. Da fällt mir ein, hast du nicht von einem Fall erzählt, in dem du an deine Erfahrungen mit einem Witchboard erinnert wurdest? Die alte Dame hatte dir mit ihrem Übersinnlichem ganz schön zugesetzt. War es nicht so?«

Die Griechin konnte hartnäckig sein. Eine typische Polizistengattin, wenn auch, wie in ihrem Fall Witwe, und Mutter eines fähigen Kriminalkommissars, der in München studiert und als Profiler beim LKA gearbeitet hatte. Jetzt ist sie die Lebensgefährtin eines pensionierten Kriminalhauptkommissars, der zum Sonderermittler mutierte, nämlich Welle. Er nickte und lächelte. Stolz, diese Frau an seiner Seite zu wissen.

»Ich gebe mich geschlagen. Die Sache mit dem Hexenbrett war nicht lustig! Lust auf ein Gläschen Wein?«

Welle schlappte in die Küche und kam mit einem Trollinger zurück. Nein, nicht mit seinem Hund. Mit einer Flasche Rotwein der Traube Trollinger.

KAPITEL FÜNF

Hugo Wert klopfte als Erster an die Villentür.

»Sie müssen der Rechtsmediziner sein, Welle schätzt Sie sehr. Willkommen im Trauerhaus. Kommen Sie herein und sehen sich um.«

»Vielen Dank für die Einladung. Sieht ja schon ein bisschen kriminell aus, dieser Anstrich. Aber Sie haben für kräftigen Gesprächsstoff gesorgt, und das ist gut so. Hoffentlich brummen Ihnen die Banausen nicht eine überzogene Strafe auf. Finde es sowieso übertrieben, Sie deshalb anzuzeigen. Erstens gibt es in anderen Städten auch schwarze Häuser, gut, die sind nicht gerade denkmalgeschützt, aber so ein Affentheater daraus zu basteln, das können wirklich nur die Pforzheimer. Darf ich mich umsehen?«

»Gerne. Der Dachboden ist original. Gehen Sie ruhig.«

Inbrünstig hoffte Sander, dass Wert Schwingungen von Haus und Geist spüren würde. Welle hatte ihn dahingehend neugierig gemacht. Etwas nervös schob er eine Strähne seines hellblonden, feinen Haares zurück, die sich aus der leicht gegelten Frisur gelöst hatte. Es klopfte erneut. Der Catering-Service war eingetroffen.

»Prima! Bitte, wie beim letzten Mal, in der Küche aufbauen. Die Wärmetherme dort links abstellen.«

»Hallo, jemand zu Hause?« Welles Bariton dröhnte durch die Eingangshalle.

»Herzlich willkommen! Frau Diamantopoulos, Herr Wellendorf-Renz, Herr Kuhlmann.« Sander, der die meisten Anwesenden um Kopflänge überragte, schüttelte überschwänglich die Hände seiner Besucher. »Ich freue mich sehr, dass es geklappt hat. Herr Wert ...«

»Hier oben.«

»Möchten Sie sich auch umsehen? Nur zu.«

Kuhlmann warf Welle einen wissenden Blick zu. »Dann hänge ich mich mal an Hugo.« Welle nickte und folgte seinem Hund in die Küche.

»Herr Sander, Sie waren schon bei meiner Namensabkürzung angekommen, lassen wir es dabei. Das duftet recht vielversprechend, darf ich?« Wie üblich, wartete er die Antwort nicht ab, sondern lüftete den ersten Deckel eines Wärmebehälters. »Schäufele! Ich werd verrückt. Bravo, Sander.«

»Ich bin so aufgeregt, meinen Sie, Herr Wert spürt etwas?«

»Pst, leise. Es hallt hier drin. Behalten Sie die Nerven und versuchen Sie, einmal nicht daran zu denken.«

»Super schön«, sagt Tula. Sander fuhr herum. »Ich wollte Sie nicht erschrecken, Entschuldigung.«

»Alles okay, ich habe Sie nicht gehört.« Sander holte tief Luft, lächelte und versuchte, sich krampfhaft zu beruhigen. Verdammt, er musste runterkommen. Sein Herz schlug bis zum Kragen.

»Darf ich auch in den Keller?«, hörte er Wert fragen.

»Ja, aber passen Sie bitte auf, dort haben gestern die Handwerker mit den Arbeiten angefangen.« Er hatte sich wieder im Griff.

Kurz darauf standen sie alle in der Küche, um die Teller mit den Köstlichkeiten zu füllen. Neben dem Schäufele gab es auch einen Wildschweinbraten. Spätzle, viel Soße – die südwestliche Region ertränkt das Essen generell darin –, verschiedene Salate, Kartoffelsalat und als Dessert eine Vanillecreme.

»Sagen Sie, Herr Wert, wenn ich Sie mir so anschaue, kann ich mir gar nicht vorstellen, dass Sie Pathologe sind.«

Sander legte seine Gabel beiseite und prostete in die Runde.

»Ich mir auch nicht, denn ich bin Rechtsmediziner.«

»Ist das denn nicht identisch?«

»Keineswegs. Ein Rechtsmediziner und ein Pathologe haben lediglich eine Gemeinsamkeit: Ein abgeschlossenes Medizinstudium.«

»Aber beide obduzieren, bin ich da richtig informiert?«

»Ja, allerdings läuft die bei einem Pathologen ganz anders ab. Der untersucht überwiegend Biopsate von meist noch lebenden Personen. Oder wenn zum Beispiel ein Tumor entfernt wurde, prüft er den auf Krebszellen und kann somit Hinweise auf eine Therapie geben.«

Sander war fasziniert. Er mochte diesen rau wirkenden Mediziner mit vollen grauen Haaren und stahlblauen Augen, die seinem Gesicht etwas Mystisches verliehen.

»Was sind Bispa...«

»Biopsate? Gewebeproben.« Wert antwortete mit vollem Mund und fuchtelte mit seinen Armen Entschuldigungen.

»Aber zu einem Tatort werden Sie gerufen?«

»Schon, ich bin ja kein Pathologe. Aber ›Tatort‹ ist auch so ein fraglicher Ausdruck. Ich bediene mich da eher des Worts ›Leichenfundort‹. Der entspricht nämlich oftmals nicht dem Tatort.«

»Verstehe. Aber Sie bekommen in einem Mordfall schon die Anweisungen eines Richters, oder liege ich da wieder falsch?«

»Von der Staatsanwaltschaft, denn die beschlagnahmt eine Leiche, und sie wird auch wieder von ihr freigegeben. Also, ich muss schon sagen, das Wildschwein zergeht auf der Zunge. Und bei der Menge reicht es locker noch für einen Mitternachtsimbiss, falls ihr so lange ausharrt.« Wert griff zu Serviette, dann zum Glas. »Auf Ihr Wohl, und noch mal vielen Dank für die Einladung.«

Sander überlegte sich, wie er aus dieser Nummer wieder herauskommen konnte. Er war auf dem besten Weg, sich nach Strich und Faden zu blamieren. Entspricht wohl doch nicht der Wahrheit, was man in den Krimis im Fernsehen vorgesetzt bekommt.

»Stimmt. Vorzüglich«, sagten Welle und Kuhlmann gleichzeitig.

Das war die Gelegenheit!

»Ja, der Caterer bekommt das Wild direkt von einem Jäger aus Bad Liebenzell.«

»Ich hatte neulich einen Bericht in der Hand, da war die Rede davon, dass gerade das Schwarzwild im Schwarzwald immer noch Spuren von Tschernobyl in sich tragen würde. Stimmt das denn?« Tulas Blick richtete sich an Wert.

»Hab ich auch gehört. Allerdings sind wir doch mal ehrlich, wie lange ist das her? Dreißig, nein, zweiunddreißig Jahre. Haben wir in dieser Zeit nicht Pilze, Salat und Wild gegessen? Und … ist einer von uns krank? Versteht mich nicht falsch. Wir reden über unsere Region, mir schmeckt's und ich habe keine suspekten Spuren in mir. Selbstverständlich ist der Boden um Tschernobyl noch kontaminiert. Trotz aller Krankheiten, die diese Katastrophe ausgelöst hatte, ziehen die Bewohner inzwischen wieder zurück, was mir beileibe nicht in den Sinn käme.«

Wuff! Trollinger brachte sich in Erinnerung.

»Darf ich ihm meinen Schäufeleknochen geben?«, fragte Sander.

»Wenn wir fertig sind, gerne. Vom Tisch gibt es nichts.«

Welle schien konsequent zu sein. Sander hatte ab und zu bemerkt, wie Trollinger Welle unterm Tisch angeschubst hatte. Frei nach dem Motto: Wirf was herunter!

Es war kurz vor Mitternacht, die Stimmung ausgelassen, als das Licht am Kronleuchter plötzlich flackerte.

»Pünktlich zur Geisterstunde, das haben Sie gut hinbekommen«, scherzte Wert. Sander lief es kalt den Rücken hinunter. Ginge es jetzt los? Ein leichter Luftzug fegte über den Tisch, gerade genug, um eine der vier Kerzen auszulöschen. Welle merkte, wie Sander die Farbe aus dem Gesicht wich.

»Jetzt verstehe ich. Ich sollte hierherkommen, um Ihre telekinetischen Fähigkeiten zu bewundern, oder haben Sie nur ein bisschen Magier gespielt, um uns zu unterhalten? Macht sich gut in diesem Haus.« Wert sah seine Freunde an. »Was ist?« Er vermochte die Reaktionen nicht zu deuten.

»Am Tag der Trauerfeier trat dieses Phänomen ebenfalls auf. Wir wollten testen, ob es sich wiederholt.« Welle log.

»Na, und ihr alle habe das gewusst und dem armen Wert nichts erzählt. Ihr seid mir vielleicht Früchtchen! Hätte ich es geahnt, wäre endlich mein neues Equipment zum Einsatz gekommen. Man kann damit Schwingungen feststellen.«

»Wert als Ghostbuster.« Kuhlmann konnte sich vor Lachen nicht mehr halten. »Die Geister, die ich rief …«

Tula und Welle wurden von der Lachsalve angesteckt.

Der Luftzug wurde stärker, im Obergeschoss knallte eine Tür.

»Ups, ich habe die Dachbodentür nicht wieder verschlossen. Entschuldigung.« Wert erhob sich.

»Wenn du schon hochmarschierst, schließ doch bitte das Fenster, bevor es weiter zieht.« Tula nickte Wert zu.

»Aber sicher doch, für dich tu ich alles, meine Liebe.«

Welle räusperte sich mit erhobenem Finger. Trollinger knurrte leicht.

»Freilich, halte nur zu deinem Herrchen«, rief Wert von der Mitte des Aufgangs zurück. »Guck mich nicht so an, Trollinger!« Wert drehte sich um, verharrte kurz, schüttelte den Kopf und ging die letzten Stufen hinauf.

Sander versuchte, sich aus seiner Starre zu befreien. Gebannt schaute er zur Treppe. Schweißperlen bildeten sich auf seiner Stirn. Nein, das gibt es nicht! Spinnt er jetzt? Geht Wert merkfrei an ihr vorbei? Wie kann das sein? Oder hatte er doch? Zumindest hatte er kurz gezögert. Galt das nur Trollinger? Der Hund, ja, der musste es gespürt haben. Schließlich knurrte er. Ich denke Müll. Was macht sie denn jetzt? Gott, was ist das für eine Scheiße in diesem Haus? Sander starrte nach oben. Sie lächelte ihm zu, drehte sich um und folgte Wert.

»Nein!«, rutschte es ihm heraus. »Welle, könnten Sie mir kurz behilflich sein?« Er sprang auf und verschwand in der Küche. Ihm war schlecht. Sein Herz raste so sehr, dass er meinte, jeden Moment ohnmächtig zu werden. Er stützte sich an der Spüle ab. Welles Hand auf seiner Schulter wirkte beruhigend. Sander zwang sich, ihn anzusehen.

»Sie steht auf dem Treppenabsatz. Wert ist direkt an ihr vorbeigelaufen.«

Trollinger knurrte nun bedrohlich.

»Sie ist Wert hinterher.« Sanders Knie gaben leicht nach. Welle stützte ihn.

»Holger!« Welles scharfer Ton ließ Kuhlmann hochschnellen und seinen Stuhl umkippen. Durch das Poltern sackte Sander in sich zusammen. Tula sprang ebenfalls auf. Trollinger peste die Treppen hinauf.

»Wir legen ihn auf den Boden«, sagte Welle. Tula klaubte zwei Geschirrtücher zusammen und hielt sie unter fließendes Wasser.

»Hier, wickle eines um den Hals, das zweite leg ihm auf die Brust.« Ein Tuch nach dem anderen flog Kuhlmann entgegen.

»Was war denn?«

»Er behauptet, der Geist hätte auf der Treppe gestanden und Wert sei an ihr vorbeigegangen.« Welle schüttelte instinktiv mit dem Kopf.

»Sander! Haaallllooo! Sander, aufwachen!« Kuhlmann klatschte recht kräftig die Wangen.

Mann, ich höre dich, schlag mich nicht. Mein Gehirn arbeitet wieder. Was will diese Frau? Warum kann nur ich sie sehen. Ich bin mir keiner Schuld bewusst, in meinem Leben jemanden derart verärgert zu haben, dass er mir Geister schickt.

»Sander!« Klatsch – klatsch. »Sander!«

Au! Ich wache gleich auf. Ich blinzle jetzt. Bitte lasst das eine Fata Morgana sein. Sagt mir, dass das alles nur Show ist, dann wache ich auf. Hört ihr mich?

»Sander! Ja, komm, Kerle, werd wach. Er kommt zu sich!«

Mühevoll schraubte Sander seinen Oberkörper empor und hielt sich den Kopf. Schwindlig war es ihm. Kuhlmann lehnte den schlaffen Körper an einen Unterschrank.

»Hier, trinken Sie.« Tula stand mit einem Glas Wasser parat.

»Bleibt bei ihm, ich sehe nach Wert und Trollinger«, sagte Welle. Mit seinem rechten Zeigefinger tippte er an sein Ohr. Jetzt hörten es alle. Trollinger knurrte bedrohlich.

KAPITEL SECHS

Welle nahm leise Stufe um Stufe. Lautlos schlich er voran. Vorsichtig prüfte er die offenen Räume. Es fehlten überall die Türen, die zum Lackieren ausgehängt waren. Sein Blick richtete sich auf die Holztreppe zum Dachboden. Die Tür war angelehnt. Von Trollinger vernahm er ein minimales Knurren, aber da quietschte etwas – im Rhythmus, wie bei einer gleichmäßigen Bewegung. Die Schaukel, schoss es ihm in den Kopf. Hockt Wert etwa auf der Schaukel? Na, zuzutrauen wäre es ihm. Welle lächelte. Breitbeinig trat er vorsichtig auf die Außenseiten der Holzstufen. Es half nichts, sie knarrten. Er verdrehte die Augen, lief normal weiter und verpasste der Tür einen Schubs. Wert saß auf einer Holzkiste und kraulte Trollinger.

»Was treibt ihr da?«

»Kann ich so nicht beantworten.«

»Hast du geschaukelt? Es hörte sich so an.«

»Nein. Aber irgendetwas hat die Schaukel in Bewegung gesetzt. Erst dachte ich, Trollinger wäre daran gestoßen, war er aber nicht, denn dann hätte sie sich ungleichmäßig bewegen müssen. Aber sie schwang gemächlich hin und her, was deinen Hund zum Knurren anregte. Das Ding hielt ohne Nachschwingen schlagartig an, als die Treppe knarrte.«

Welle griff sich eines der Seile, um die Schaukel in Bewegung zu setzten. Wie erwartet, wankte sie ungleichmäßig und abgehackt, bis sie sich eingependelt hatte und schließlich stehen blieb. Die spärliche Beleuchtung flimmerte. Welle betrachtete die zuckende Birne am Ende eines Kabels, das um den Holzbalken des offenen Gebälks geschwungen war; sie schwankte nur leicht.

»Das Ding ist doch gar nicht mehr zugelassen.« Unmerklich schüttelte er den Kopf. »Lass uns nach unten gehen. Sander sollte sich wieder erholt haben.«

»Was war mit ihm?«

»Er wurde ohnmächtig.«

Das Licht zuckte noch mal und erlosch mit einem kleinen Knall.

»Das habe ich schon lange nicht mehr gehört. Plomb, und dunkel ist es.« Ein schwacher Lichtschein vom Treppenhaus musste den Männern genügen, um sicher den Dachboden zu durchqueren. Merklich drang Luft durch den Boden. Trollinger grollte, tief und bedrohlich.

»Was? Lass mich doch mal los«, bat Wert.

»Ich halte dich doch gar nicht fest.« Welle stand mindestens zwei Meter von Wert entfernt.

»Alter, was geht denn hier ab? Du hast doch meinen Unterarm festgehalten.«

»Nein, verdammt noch mal, so lang sind meine Griffel auch wieder nicht.« Trollinger setzte sich in Bewegung, streifte dabei an Werts Schenkel vorbei, rannte zur Tür hinaus, die nach ihm ins Schloss fiel. »Vielen Dank, Trollinger!«, schrie Wert ihm hinterher.

»Hast du ... du hast, gut.«

Welle hatte eine kleine LED-Lampe eingeschaltet, die an seinem Schlüsselbund hing. Da er den stets in der Hosentasche trug, war er schneller, als Wert es auszusprechen vermochte.

»Peter?« Tula stand auf der Treppe, als Welle die Tür öffnete.

»Hoppla, Schatzi, jetzt hast du mir einen schönen Schrecken eingejagt.«

»Trollinger steht vor der geschlossenen Kellertür und bellt sie an. Ich glaube, Kuhlmann ist eben hinuntergegangen.« Tula wirkte kein bisschen nervös. Welle fragte sich, was passieren musste, um sie aus dem Gleichgewicht zu bringen.

Sander saß, ein wenig blass um die Nase, am Tisch.

»Sind gleich da«, sagte Welle, »sitzen bleiben, Tula bleibt bei Ihnen.«

Wert genehmigte sich einen kräftigen Schluck Wein, bevor er Welle in den Keller folgte. Kuhlmann saß auf einer umgedrehten Bierkiste und starrte vor sich hin.

»Holger, ist alles klar?« Welles Tonlage klang unbeabsichtigt scharf.

»Ja.«

»Gut.«

»Nein.«

»Was, nein?« Welle war irritiert.

»Nachdem Trollinger die Kellertür angekläfft hatte, habe ich sie geöffnet. Er fegte hinunter. So weit, so gut, bis dahin. Dann gab es eine markante Luftbewegung, die ich mir nicht erklären kann, denn keine zehn Sekunden vorher hörte jeder oben die Tür zufallen. Und diese – ich nenne es ›Luftgasse‹ – verschonte die Kerzen auf dem Tisch. Ist es möglich, dass Sander doch nicht spinnt?«

»Freunde, ihr verschweigt mir etwas. Was ist hier los?« Wert fragte zu Recht.

»Stimmt. Ich erzähle es oben. Trollinger, was ist da?«

Welle hatte eine ganze Weile seinen Hund beobachtet, der vor einem Mauerspalt lag und daran herumschnüffelte.

»Zunächst hockte er knurrend vor der Kiste, auf der ich jetzt sitze, seither liegt er dort drüben«, sagte Kuhlmann.

Wert fingerte in dem Schlitz herum.

»Gib mir mal deine LED.« Er streckte Welle seine Hand

entgegen. Trollinger stand schwanzwedelnd daneben. »Ich erkenne nichts. Kein Stück. Der Schlitz ist zu klein, zu eng. Nee. Hier, dein Schlüssel.« Wert hievte sich hoch. »In meinem Alter auf den Knien herumzurutschen, ist nicht das Wahre.«

»So alt bist du doch gar nicht.« Kuhlmann grinste frech.

»Komm du erst mal in meine Epoche.«

»Hab dich nicht so, die fünf Lenze.«

»Auf jeden Fall fünf Jahre eher in Rente als du.« Welle stand grinsend daneben.

»Genau diese Frotzeleien fehlen mir.« Es gab Zeiten, da dachte Welle täglich an sein Team bei der Pforzheimer Kriminalpolizei. War die Frühpensionierung wirklich notwendig? Freilich, gesundheitlich ging es ihm damals miserabel. Er war beträchtlich ramponiert. Den Tod seiner geliebten Erika hatte er nicht verdaut. Was verfluchte er den LKW-Fahrer! Stauende übersehen. Seine Frau zerquetscht. Dieser Schweinehund! Erst Tula hatte ihm den Sinn des Lebens zurückgegeben. Wobei er zu Beginn enorm mit sich gehadert hatte. Stundenlange Gefühlsduseleien trommelte er Kuhlmann durch das Telefon. Schon eine treue Seele, der Kerl. Der Sinn des Lebens. Was ist das? Ergibt das Leben überhaupt einen Sinn? Eine Frage, die er sich auch heute noch stellt, wenn er mit einer Leiche konfrontiert wird.

»Kann ich dir bei deinen Überlegungen behilflich sein?« Kuhlmann riss Welle aus seinen Gedanken.

»Nicht wirklich. Gehen wir.« Er schickte sich voranzugehen. Trollinger drückte sich, wie gewohnt, an allen vorbei, um als Erster den Keller zu verlassen. Prompt fiel hinter ihm die Kellertür zu. »Was soll das?« Angesäuert drückte Welle auf die Klinke und trat in das Foyer. »Hat der sich rumgedreht, als er hochkam?« Welle beäugte Trollinger böse, der sich inzwischen von Sander kraulen ließ.

»Nein. Was war denn da unten?« Sander hampelte ungeduldig auf seinem Stuhl herum.

»Gleich. Erst einmal hole ich eine Flasche Wein aus dem Kühlschrank.« Welle tätschelte ihm im Vorbeigehen die Schulter.

Gemächlich schenkte er jedem ein Glas Wein ein, während Tula die zweite Flasche öffnete.

»Wohl bekomm's.« Wert erhob sein Glas. »Und jetzt raus mit der Sprache, was verschweigt ihr mir.« Gespannt schaute er Sander an.

»Hier gibt es einen Geist, und Welle glaubt es mir nicht.« Sanders Stimme drohte sich zu überschlagen.

»Glauben Sie denn, dass es ein Geist ist? Sehen Sie ihn?« Werts Aufmerksamkeit steigerte sich sichtlich.

»Es ist eine Frau. Sie hat ein graues Kleid an. Das Oberteil ist blutverschmiert. Sie hat eine Platzwunde an der Schläfe.«

»Von einer Platzwunde haben Sie bislang nicht gesprochen«, warf Welle ein.

»Ich habe sie vorhin erst gesehen. Sie stand kurz in der Küche neben mir.«

»Und Sie sind sich sicher, dass es sich nicht um eine Täuschung Ihrer Sinne handelt? Verstehen Sie mich nicht falsch. Es gibt keinen wissenschaftlichen Beweis dafür, dass es Geister gibt. Der meiste Spuk hat eine physikalische Erklärung.« Wert sah Sander an, als der nicht gleich antwortete.

»Ich sehe diese Frau. Sie sind vorhin an ihr vorbeigegangen, auf dem Weg nach oben.«

»Da fällt mir ein: Hattest du ein offenes Fenster finden können?«, fragte Tula.

»Nein. Die Dachbodentür war nicht geschlossen.«

»Was hat dann den Luftzug hervorgerufen? Wir haben ihn alle gespürt.«

»Ich weiß es nicht, Tula. Ich bin der Meinung, dass es sich um ein Phänomen handelt, das auf dem Hintergrund der gegenwärtigen wissenschaftlichen Voraussetzungen physikalisch möglich und somit erklärbar erscheint. Und bevor du fragst ...« Wert blickte zu Welle. »… auch die Schwingungen der Schaukel sind mit Sicherheit zu erklären.«

»Wie zum Beispiel?«

»Eine geringe Erdbewegung, die für uns nicht spürbar ist, vermag einen alten Kasten wie diesen leicht ins Schwanken zu bringen. In solch einem Moment kann sich durchaus eine Schaukel in Bewegung setzen oder eine Tür zufallen.«

»Und wie erklären Sie meine Wunde?« Sander deutete auf sein Pflaster an der Stirn. »Sie warf mit Gläsern nach mir. Madame lockte mich in das dunkle Obergeschoss. Sie war es auch, die mich zu Fall brachte. Ich spürte genau ihre kalte Hand auf meinem Arm. Als sie mir dann einen Kuss auf die Wange hauchte, habe ich das Bewusstsein verloren, bis Trollinger neben mir stand.« Sander atmete schwer und schob sich zum wiederholten Mal die Strähne aus der Stirn.

»Suspekt! Wirklich eigenartig. Ich hätte vorhin auch schwören können, dass Welle meinen Arm festgehalten hat. Und Sie spürten diesen Geist? Echt mal, es wäre schon nett gewesen, wenn ihr mir im Vorfeld etwas gesagt hättet. Dann stünde ich nicht wie ein Esel da«, sagte Wert.

»Entschuldige. Wir … okay, ich … ich wollte, dass du neutral und ohne Vorurteile dieses Haus betrittst. Insgeheim hoffte ich auf dein Hellwissen.«

»Wie kommst du denn darauf? Wenn ich Hellwissen besäße, wäre ich höchstwahrscheinlich nicht Rechtsmediziner.« Wert lachte. »Von Vorteil wäre es allenthalben, bei einer äußeren Leichenschau schon zu wissen, was Sache ist, ohne im Innenleben herumfuhrwerken zu müssen.«

»Hat Hellwissen etwas mit Hellsehen zu tun? Ich habe diesen Ausdruck noch nie gehört.« Tula zuckte mit den Schultern. »Entschuldigung, aber mich interessiert das schon.«

»Du brauchst dich nicht zu entschuldigen. Hellwissen bedeutet übersinnliche Wahrnehmungen. Es handelt sich hierbei um paranormale Fähigkeiten. Da fällt mir ein, Herr Sander, hatten Sie je vorher solche Erscheinungen?«

»Nein.«

»Ist Ihnen diese Frau gegebenenfalls zu Hause begegnet?« Jetzt wollte es Wert genau wissen.

»Um Himmels willen. Das fehlte mir womöglich! Ich habe mit den Bauarbeitern gesprochen, ob sie irgendetwas Ungewöhnliches bemerkt haben. Außer, dass ihr gesamtes Werkzeug an einem anderen Platz lag, als sie es zurückgelassen hatten … nichts.«

»Meine physikalischen Erklärungsversuche sind soeben zerstört.« Wert leerte sein Glas. »Haben Sie von dem guten Tröpfchen Reserve?«

»Hier ist noch etwas drin«, sagte Tula. Als sie nachschenkte, flimmerte erneut das Licht. Trollinger drückte sein Unbehagen durch Knurrlaute aus. Ein zarter Windhauch brachte Tulas Haar zum Fliegen. Erschrocken schnellte sie herum.

»Gamoto, a de malaka, was war das?«

Welle liebte es, wenn seine Angebetete griechisch fluchte.

»Sander, sehen Sie etwas?« Kuhlmann sprang von seinem Stuhl.

»Frau Diamantopoulos, bleiben Sie bitte hier stehen.«

Sanders Stimme vibrierte. »Sie steht am Tischende.«

Welle, der ebenfalls aufgestanden war, stand nun neben Tula.

»Wo? Hier?« Er trat einen Schritt nach links.

»Sie ist ebenfalls einen Schritt nach links gegangen.«

»Trollinger, such!« Der Rüde bewegte sich brummend und dehnend unter dem Tisch hervor. Mehr nicht.

»Wo ist sie jetzt?«

»Sie steht weiterhin neben Ihnen. Sie scheint sich zu amüsieren. Ich erkenne ein Schmunzeln.«

Wert, der sich bis dahin nicht gerührt hatte, sprang vom Stuhl auf, der kippte unter Getöse um. Mit einem Satz war er an beschriebener Stelle. Er umfasste die Luft derart schnell, dass seine Arme ihn selbst umschlangen. Eine Aktion, die sogar Sander mit in das Lachen einstimmen ließ.

Unvermittelt erlosch das Licht. Der Tisch wurde allein vom kargen Kerzenschein beleuchtet. Sander gluckste, ansonsten war es leise. Keiner rührte sich. Kurze Stille. Plötzlich fielen zwei volle Weingläser um, der Wein schwappte über das weiße Tischtuch. Dann bewegte sich die Obstschale langsam an den Rand des Tisches. Wert kroch mit seiner Nase heran, schnupperte, als hätte er auf diese Weise etwas wahrzunehmen vermocht. Tula stoppte die Schale, bevor sie zu zerschellen drohte, und stellte sie in die Mitte des Tisches zurück. Eine kurze Weile tat sich nichts, dann fiel Welles Stuhl nach hinten. Wert beobachtete Sander ganz genau. Sein Blick hatte sich an ihm festgesogen. Sanders Mimik spiegelte eine Mischung aus Entsetzen und Hilflosigkeit wider.

Welle wusste nicht, wen er zuerst beäugen sollte. Kuhlmann stand regungslos neben Tula, beide schienen gelassen. Er selbst würde sich gerne bewegen, um dem Spuk ein Ende zu setzen. Anderseits kam ihm die Begegnung mit der alten Frau Naht in den Sinn. Er schüttelte leicht mit dem Kopf, um seinen Gedankenausflug zu stoppen und sich darauf zu konzentrieren, ob etwas unmittelbar folgen würde.

Oder war es vorbei? Seine Gedanken drehten sich dennoch weiter um den suspekten Fall Naht. Ein unbeliebter Polizist, den er gemeinsam mit Hans Häberle, einem ehemaligen Richter, Freund und ebenfalls Teilnehmer am Stammtisch ›Alte Hasen‹, aus der Enz gezogen hatte. Dessen Mutter lebte in einer Senioren-WG. Er kannte diese exzentrische Frau von früher. Ob sie noch lebt? Als er ihr die Todesnachricht übermittelte, fand er in ihrem völlig überfüllten Zimmer eine Voodoo-Puppe, in deren Bauch- und Magengegend Nadeln steckten. Später stellte sich heraus, dass Naht an seinem Erbrochenem erstickte. Und dann dieser Vorfall, als Kuhlmann und er bei der Alten gemeinsam auftauchten. Mit ihrem Blick hatte sie Welle das Blut aus den Adern weichen lassen. Für ihn glich es der Vorstufe zur Hölle unter Zeugen, denn Kuhlmann sorgte sich damals ordentlich um ihn.

Welle verlagerte sein Gewicht auf den linken Fuß und sah seinen ehemaligen Mitarbeiter an. Alle schauten sich an, suchten den Blick des anderen. Eine unheimliche Anspannung war von jedem spürbar.

Das Licht ging wieder an. Trollinger, den man in den letzten Minuten brummen gehört hatte, lag vor der Kellertür und glotzte sie an.

»Was jetzt?« Kuhlmann hatte sich als Erster gesammelt. »Wir haben alle gesehen, dass hier irgendetwas ist. Peter, ich habe gerade an Naht denken müssen. Ich bin geneigt, durchaus daran zu glauben, dass hier ein Geist umhergeht.«

»Quatsch! Herr Sander, ich habe Sie beobachtet, Ihre Augen, wie beschreibe ich es? Ich vermute, Sie haben, wenn auch unbewusst, psychokinetische Fähigkeiten. Durch diese Telekinese sind Sie in der Lage, Gegenstände zu bewegen. Und was den Geist angeht, dass Sie ebenfalls in der Lage sind, feinstoffliche Phänomene wahrzunehmen, sprich: Energiefelder und Auren.«

Betretenes Schweigen durchzog den Raum, Werts Ausführung musste sich zunächst jeder zu Gemüte führen. »Kuhlmann, das ist Gedankenübertragung! Aufgrund meiner unangenehmen Erfahrung im Fall Naht glaube ich das nicht. Sander übermittelt mir nichts. Ich meine, ich hege weder Unbehagen, noch wird es mir heiß oder kalt.« Welle klopfte Sander auf die Schulter. »Haben Sie unseren Hausgeist am Lichtschalter sehen können oder haben Sie irgendetwas gesehen?«

»Nein. Das hat mich ja so verwirrt. Herr Wert, wahrscheinlich habe ich deshalb so komisch geschaut.«

»Herr Sander, sind Sie mir bitte nicht böse, aber Sie sollten sich nicht weiter mit der Sache beschäftigen. Ignorieren Sie es. Sie sind ja nicht dazu verpflichtet, allein die Villa zu betreten.« Kuhlmann sorgte mit seiner Bemerkung für ein kurzes Raunen von Welle.

»Was ist denn mit dem Vorbesitzer? Können Sie ihn nicht anrufen oder hinfahren und fragen, ob er von Auffälligkeiten weiß?« Kuhlmann versuchte einzulenken.

»Das Haus stand knapp drei Jahre leer.«

»Spielt das eine Rolle? Wo wohnt und wie heißt er?«

»Goldammer. Er lebt in Dietlingen bei seinem Sohn.«

»Der Name sagt mir etwas«, warf Wert ein. »Meines Wissens gab es einen Franz Goldammer an der Goldschmiedeschule. Ich müsste meine Nichte anrufen.«

»Das wird er sein. Er unterrichtete dort.« Sander nickte.

Im Keller krachte und rumpelte es, so, als wolle jemand Aggressionen mit Werkzeugweitwurf abbauen.

Trollinger wuffte. Als Bellen waren die Laute des Staffordshire Bullterriers auch jetzt nicht zu bezeichnen, das träfe nicht im Geringsten die Wahrheit.

»Es reicht!« Welle war mit einem Satz an der Tür, riss sie auf und stürmte mit seinem Hund nach unten. Die anderen folgten ihm. »Aktuell falle ich wirklich vom Glauben ab. Wert, eine Erklärung bitte!«

Welle betrachtete fassungslos das Chaos. Handwerkszeug lag verstreut im Raum. Die Bierkiste stand vor der Mauer. Der Eindruck täuschte nicht, dass hier jemand kräftig für Unordnung gesorgt hatte.

»Ich bin sprachlos und habe keine Erklärung.« Wert scannte perplex, mit offenem Mund, den Raum.

Welle betrachtete die Mauer.

»Das sieht aus, als sei die Wand verstärkt worden. Sie ist ungewöhnlich dick.« Welle lief um einen Bausandsack herum und lugte in ein Stück freigelegtes Mauerwerk.

»Um den Keller zu sanieren, mussten wir uns zunächst die Substanz der Grundmauern genauer ansehen. Tatsächlich gibt es eine nachträglich eingezogene Mauer innerhalb der Grundmauern. Sie ist sehr massiv. Der Länge nach sind je zwei und an den Ecken je eine Drainage eingebaut. Ich habe das bei einem Abriss eines Vorkriegshauses schon einmal gesehen. Es war die einfachste Art, sich seinen eigenen Luftschutzbunker zu bauen«, erklärte Sander.

»Und woher wissen Sie, was darin verbaut ist?«, fragte Tula.

»Heutzutage gibt es Geräte und Techniken, da staunen Sie nur, was die über ein Mauerwerk ausspucken.«

»Bleibt diese Innenmauer oder lassen Sie sie entfernen? Ich meine, so einen Bunker hat nicht jeder.« Kuhlmann schien entzückt zu sein.

»Sehen Sie, hier drüben ist der Boden gerissen. Wir sind gezwungen aufzumachen und nach der Ursache zu schauen. Feuchtigkeit wäre der Tod dieses Hauses.«

»Sie könnten aber die Risse einfach auffüllen und fertig.«

Wert verzog seinen Mund zur Schnute.

»Nein, mein Lieber, ich verkaufe nur vernünftige Häuser, keinen Pfusch.«

»Was ist mit dem Schlitz dort drüben?« Wert deutet auf die Wand, in der er vor wenigen Stunden herumzufingern versuchte.

»Wie gesagt, wenn sich keine Nässe findet, wird der zugespachtelt.« Sander hatte noch nicht ganz zu Ende gesprochen, als die Bierkiste mit Schwung in die Mitte des Kellerraums rutschte. Trollinger hüpfte wie ein Hase zur Seite und knurrte gefährlich. Jedem Einzelnen war anzusehen, wie er eine Interpretation der hier vorgehenden Dinge suchte.

»Hast du inzwischen an Erkenntnis zugenommen?« Welle wurde ungeduldig, und sah Wert erzürnt an.

»Nein. Ich bleibe bei Telekinese. Aber ich schlage vor, dass Sie sich, Herr Sander, mit den Ghosthunters Germany in Verbindung setzen. Diese Leute sind wissenschaftlich so fähig drauf, haben entsprechendes Equipment und sind auf paranormale Untersuchungen spezialisiert.«

Kuhlmann prustete vor Lachen.

»Geisterjäger. Du spinnst doch!«

»Aus dem Weg ist das nicht«, sagte Welle. »Wann kam die Geistergeschichte auf der Charlottenhöhe auf? 2007? 2008? Immerhin hatte man dort die Ghost Hunters aus Amerika hinzugezogen. Ich erinnere mich daran.«

»Davon habe ich nichts mitbekommen. Was meinen Sie?« Sander stand stirnrunzelnd auf der Treppe.

»Auf der Charlottenhöhe gibt es große, leer stehende Gebäude im Wald zwischen Schömberg, Höfen und Calmbach. Sie waren früher ein Lungensanatorium für Tuberkulosekranke. Nach dem Leerstand des Anwesens behaupteten Menschen, die sich gerne in der Nacht dort trafen, dass es spuken würde.«

»Und? Konnten die Geisterjäger etwas herausfinden?« Sander stand angespannt und kerzengerade, was seinen hochgewachsenen, schlanken Körper noch größer wirken ließ.

»Ja, dass es dort nicht spukte.«

»Egal, ich werde mich gleich übermorgen ...« Sander blickte auf seine Armbanduhr, »… morgen, darum kümmern. Ich danke Ihnen, dass Sie das hier mit mir durchgezogen haben. Es hätte mir nie jemand geglaubt. Trinken wir noch einen zum Abschluss?«

Inzwischen war es zwei Uhr.

»Wer fährt?« Tulas Einwurf wurde von allen gleichzeitig mit einen Händewischer abgetan. »Fein, da ich jetzt ebenfalls in Ruhe ein Glas Wein trinken werde, rufen wir ein Taxi.«

Bis halb vier diskutierten die fünf kräftig weiter. Welle kam nicht umhin, von dem Naht-Fall zu berichten. Und überhaupt, ein Thema kam zum anderen.

In dieser Nacht gab es keine weiteren Vorkommnisse, außer dass eine feucht-fröhliche Runde lautstark ein Taxi bestieg.

KAPITEL SIEBEN

Tags darauf rief Welle einen ehemaligen Klassenkameraden an, der in Schömberg wohnte und mit dem er sporadischen Kontakt hatte. Joachim Berger war Geschichtslehrer und dürfte die Geschichte der Charlottenhöhe kennen.

»Joachim, Peter hier. Ich hoffe, ich störe dich nicht am heiligen Sonntag. Hast du einen Moment Zeit?«

»Ja, sicher, worum geht's?«

»Ich bin auf die Charlottenhöhe aufmerksam geworden und wüsste gerne mehr über deren Geschichte. Weißt du etwas darüber?«

»Sehr viel sogar. War eines meiner Lieblingsthemen für Klassenarbeiten. Sollen wir uns treffen?«

»Mir fehlt, ehrlich gesagt, die Zeit. Eventuell sind Angaben wichtig für eine Sache, an der ich dran bin. Wenn es dir nichts ausmacht, erzähle es mir am Telefon.«

»Na dann ... gebaut wurde die Charlottenhöhe in den Jahren 1905 bis 1907 vom Verein für Volksheilstätten in Württemberg. Das letzte württembergische Königspaar, Königin Charlotte und König Wilhelm II., war bei der Einweihung im Mai 1907 anwesend. Weit über Schömberg und das Land hinaus erlangte die Volksheil- und Forschungsstätte für Tuberkulosekranke großes Ansehen. Das Areal, bis auf einige Nebenbauten, hatte schon damals seinen baulichen Endzustand erreicht. Warst du schon einmal dort?«

»Ja, dienstlich.«

»Na, dann kennst du ja die Gebäude. Jedenfalls war Schömberg aufgrund des exzellenten Klimas auf einer Höhe von sechshundertfünfzig Metern schon vor dem Ersten Weltkrieg ein angesehener Luftkurort mit mehreren Sanatorien, die Kurgäste in Scharen anlockten. Das Schwarzwald-Örtchen boomte und notierte 1918 etwa siebenhundert Kurgäste. Das war enorm für die Zeit. In beiden Weltkriegen zählten auf der Charlottenhöhe ebenso deutsche Offiziere und Generäle zu den Patienten, was dem Ruf zugutekam.

Die Charlottenhöhe hatte unversehrt den Zweiten Weltkrieg überstanden. Die große Not nach Kriegsende ließ die Zahl der Tuberkuloseerkrankungen in ganz Deutschland beachtlich ansteigen. Registriert wurden knapp hundertvierzigtausend Fälle, die Mehrzahl der Patienten zwischen zwanzig und dreißig Jahre alt. Eine Altersgruppe, die mit den erheblichen Einschränkungen während des Kuraufenthaltes, der durchschnittlich einhundertvierzig Tage dauerte, nur schwer zurechtkam. Stell dir das mal vor, abgeschieden in einem Waldstück, umgeben von Diakonissen, Ärzten und günstigenfalls ein paar Rehen – ein Albtraum! Mir hat mal jemand erzählt, dass böse Zungen das Sanatorium ›Mottenbude‹ nannten.«

»Oh, das ist arg!«

»Nebenbei bemerkt war es dem Calmbacher Chefarzt Doktor Erwin Dorn, der die Charlottenhöhe von 1920 bis 1957 leitete, zu verdanken, dass der Ausbau und Neubau eines Nebenhauses für Kinder genehmigt wurde. 1927 war Eröffnung. Zu diesem Zeitpunkt konnten einhundertfünfzig Erwachsene und fünfzig Jugendliche aufgenommen werden. Dorn stellte von Beginn seiner Arbeit an die Forschungsfrage nach einer Arbeitstherapie für Tuberkulosekranke. Es gelang ihm, mehrere Arbeitsheilstätten in Betrieb zu nehmen, die vorerst von der Charlottenhöhe verwaltet wurden. Hier bot er Rekonvaleszenten und chronisch Lungenkranken einige Stunden Arbeit am Tag. Diese Stätten bekamen später den Namen ›Erwin-Dorn-Werk‹.«

»Ach ja. Der Name ist mir schon untergekommen, jedoch fehlte mir ein Zusammenhang.«

»Leider, leider – in Bezug auf die Gebäude wurden alle Arbeitsheilstätten unrentabel. Bessere Medikamente und Chemotherapien bedeuteten das Aus. 1973 ordnete der Trägerverein die komplette Schließung an und übergab im selben Jahr die Gebäude an das Berufsförderwerk Schömberg, das es bis 1994 als Zentrum II für Umschulungen und Vorbereitungslehrgänge nutzte. Dann wurde der Komplex an einen Immobilienmakler verkauft. Im Hauptgebäude entstand ein betreutes Wohnen für ältere Menschen mit Tages- und Kurzzeitpflege. Der große Erfolg blieb aus. Ehrlich, das war doch vorhersehbar. Da oben hat man null soziale Kontakte. Da gehst du ein wie eine Primel. Also wurde 2001 die Charlottenhöhe abermals verkauft. Der Plan des neuen Investors, eines Consulting Unternehmens, eine Ayurveda-Klinik entstehen zu lassen, scheiterte an dessen Insolvenz. Ein paar der kleineren Nebengebäude gingen in Privatbesitz über und wurden genutzt. Letztmalig wurde das Sanatorium im Jahr 2007 versteigert. Was daraus hätte werden sollen, bleibt ein Geheimnis des verschollenen Besitzers. Seither steht die inzwischen denkmalgeschützte Charlottenhöhe leer.«

»Ja, das weiß ich. Würde mich interessieren, was der Kerl für einen Dreck am Stecken hatte, oder noch hat. Ist dir etwas über die Geistergeschichten bekannt? Ich weiß darüber nicht allzu viel. Ein paar Diensteinsätze von den Kollegen und ein bisschen aus den Zeitungen über den Einsatz der Geisterjäger aus den USA. Das ist alles.«

»Hör mir auf! Diese Fanatiker! Die Gerüchte um Geister und Spuk mehrten sich, das Anwesen mutierte zum geheimnisvollen Ort. Menschen, die nachts die Charlottenhöhe aufsuchten, berichteten von Poltern und Ähnlichem. Erste selbst ernannte Geisterjäger gaben sich ein Stelldichein. Bevor die Sache zu eskalieren drohte, bat jemand – bis heute ist nicht bekannt, wer – die Denver Ghost Hunters, sich den Gebäudekomplex anzusehen. Knapp vier Wochen verbrachten die Geisterjäger mit professioneller Ausrüstung dort. Ergebnis: In einem Dreißig-Sekunden-Beitrag im Fernsehen wurde das Areal samt Gebäuden als unspektakulärster Ort Deutschlands bezeichnet. Es hatte dort nie Geister oder ähnliche Erscheinungen gegeben. Alles Quatsch! Damit aber nicht genug. Diese wissenschaftlichen Fakten heizten die Neugier erst richtig an. 2011 war es meines Wissens nach, als die Geisterjagd bedrohliche Auswirkung annahm. Komische Gestalten mit Taschenlampen schlichen nachts herum, trampelten über die Grundstücke von Anwohnern, lärmten und nervten sie mit Fragen zu dem vermeintlich seltsamen und grusligen Ort. Eine der suspekten Fragen lautete, ob man ernsthaft einen Menschen in dem Sanatorium verflüssigt hätte. Stell dir nur mal so einen wahnwitzigen Umstand vor! Ich fragte mich seinerzeit, in welcher Galaxie die Person lebt, um auf so eine Idee zu kommen. Und durch so einen Mist fanden sich in Geisterforen im Internet immer wieder Einträge. Musst mal nachsehen, du findest sicherlich heute noch einiges darüber. Das war die Zeit, wo deine Kollegen alle Hände voll zu tun hatten. Fast täglich waren sie vor Ort. Eine Bekannte von uns wohnt nämlich in einem dieser kleineren Häuser, daher weiß ich das so genau.«

»Stimmt, da war ordentlich Randale. Ich wurde auch einmal dazu gerufen. Und inzwischen verfällt die einst so bedeutende Lungenheilanstalt. Schon traurig. Sinnlose Zerstörungswut und beschmierte Wände lassen die Gebäude abbruchreif aussehen. Wahrscheinlich sind sie es auch.«

»Nicht ganz, das sind solide Bauten, man müsste halt für eine Sanierung Millionen in die Hand nehmen. Viel schlimmer empfinde ich, dass die Gemeinde nichts auszurichten vermag, denen sind die Hände gebunden, der Besitzer ist nicht greifbar. Punkt. Aus. Fremde, die das Gelände unberechtigt betreten, werden zur Anzeige gebracht. Die Anwohner spaßen damit nicht.«

»Ja, das ist mir bekannt. Zum Glück haben die nächtlichen Besuche sich drastisch reduziert. Joachim, ich danke dir für deine Zeit.«

»Klar, immer wieder gerne. Bringt dich das jetzt zu einer Erkenntnis? Woran arbeitest du? Du verstreust Neugierde!«

»Hm ... ich habe noch keine richtige Meinung dazu ... zumindest dreht es sich um Abnormalitäten.«

»Das hört sich spannend an. Lass uns mal treffen, ist einige Zeit her, dass wir uns zuletzt gesehen haben. Und bestelle Tula liebe Grüße!«

»Mach ich. Ich melde mich.«

Welle hatte wieder etwas Geschichtliches aus der Region erfahren, äußerst interessant, aber nichts, was ihm gerade weitergeholfen hätte.

KAPITEL ACHT

Kai Sander gelang es, die deutschen Geisterjäger neugierig zu machen, sie wollten am Mittwoch eintreffen. Die Stadt Pforzheim und das Denkmalschutzamt saßen Sander im Nacken. Er hatte eine Auflage mit einem Termin bekommen, zu dem die Fassade der Villa wieder weiß gestrichen sein musste. Er buchte die Geisterjäger für drei Tage. Genug Zeit, wie Rainer Artmann, Chef der Hunter, versicherte, um allerlei Tests und Aufzeichnungen zu starten und auszuwerten.

Nachdenklich stierte Sander aus dem Fenster seines Büros. Welche Frage konnte er dem Verkäufer stellen, ohne dass der ihn für verrückt hielt? Er wollte den älteren Herrn nicht erschrecken. Er fingerte ungelenk das Telefon aus der Ladestation und erschrak dabei selbst über die Heftigkeit.

»Sander. Guten Morgen, Herr Goldammer.«

»Guten Morgen, haben Sie die Nase von der Villa voll?«

Sander war kurz perplex über diese Äußerung.

»Nein, wie kommen Sie denn darauf? Haben Sie mir etwas verschwiegen?«

»Blödsinn, das war ein Scherz. Was kann ich für Sie tun?«

Franz Goldammer schien gut gelaunt. Sander konnte nicht ahnen, dass der alte Herr gerne skurrile Schelmereien hervorbrachte und des Öfteren für kräftige Verwirrung sorgte.

»Die Renovierungsarbeiten gehen gut vorwärts ...«

So ein Quatsch. Das interessiert ihn doch gar nicht. Sander schalt sich selbst. »Im Keller ist eine Steinmauer eingezogen, die bestimmt zur Stabilisierung des Hauses eingebaut wurde.«

»Stimmt. Mein Vater ließ eine Mauer einziehen. Wir saßen oft in dem Keller, als über uns die Bomber hinwegflogen. Was ist damit?«

»Faktisch nichts. Haben Sie jemals in dem Haus irgendetwas Seltsames wahrgenommen?«

»Ich verstehe Ihre Frage nicht.«

»Zum Beispiel einen Luftzug, den Sie nicht zuordnen konnten … oder Geräusche.« Sander hielt den Atem an.

»Mein Lieber, wissen Sie, wie es in einem alten Haus zieht und knarzt? Allein das Gebälk, Ausdehnen und Zusammenziehen vom Holz.«

»Sie haben ja recht. Eine dumme Frage von mir. Haben sich Ihre Mieter dazu geäußert?« Sander nahm sich vor, dass es die letzte Nachfrage sein sollte, er wollte sich nicht lächerlich machen.

»Nein. Die Familie zog aus, als der Mann einem schweren Krebsleiden erlag. Die Witwe wollte nicht in dem großen Haus allein leben, mit all den Erinnerungen an ihren Gatten. Und das junge Ehepaar danach wohnte nicht lange dort.«

»In welchem Jahr haben Sie vermietet?«

»Lassen Sie mich kurz rechnen. 1998, nein, seit 1999. Aber, warum wollen Sie das wissen?«

»Mich hat etwas irritiert. Fragen Sie mich bitte nicht, was. Ich bin offenkundig überarbeitet und sehe Gespenster.« Scheiße, das sollte mir jetzt nicht herausrutschen. Sander lachte verlegen.

»Na, Ihnen sitzt wohl auch der Schalk im Genick.« Goldammer stimmte fröhlich ein.

»Ja, ab und an galoppiert meine Fantasie mit mir durch. Entschuldigen Sie bitte. Ihnen einen schönen Tag und vielen Dank für das Gespräch.«

»Rufen Sie mich an, wenn Sie Ihr Gespenst gefunden haben.«

Sander atmete tief durch. Was bin ich doch manchmal ...

Das Telefon klingelte und unterbrach seine Gedanken.

»Guten Morgen, Sander. Die Geisterjäger schon erreicht?« Welles Bariton dröhnte durch den Hörer.

»Ja, und stellen Sie sich vor, die kommen am Mittwoch.«

»So schnell? Womit haben Sie die bestochen?« Welle lachte.

»Sie wissen doch, dass mir die Stadt mit höllischem Bußgeld droht, wenn ich die Villa nicht binnen der Frist weißele. Ich stehe gewaltig unter Druck.«

»Diese, mit Verlaub … diese Halbseckel haben doch von nichts eine Ahnung, und von Kunst schon gar nicht. Ich hoffe, dass Ihr Anwalt denen so richtig die Meinung geigen wird. Boah, da könnte ich mich jetzt hineinsteigern! Haben Sie Herrn Goldammer erreicht?«

»Eben hatte ich mit ihm telefoniert. Er weiß von nichts. Ich würde Sie gerne dabei haben, wenn die Ghosthunter kommen. Darf ich Sie anrufen?«

»Aber selbstverständlich. Ich glaube ja immer noch nicht an so einen Mist, aber irgendetwas ist in der Bude schon komisch. Bin gespannt.«

»Danke. Grüßen Sie mir bitte Ihre Frau.«

»Wir sind nicht verheiratet, aber ich richte es ihr trotzdem aus.«

Sander war sicher, dass er Welle ein Grinsen ins Gesicht zauberte. Seiner Meinung nach passten Welle und seine Lebensgefährtin ausgesprochen gut zusammen; sie schienen sich zu ergänzen. Gerne würde er sich öfter mit der Gruppe treffen. Er mochte sie alle. Vielleicht nehmen ihn die ›Alten Hasen‹ als neues Stammtischmitglied auf. Er fände eine

Menge Kunst-Befürworter unter ihnen, die ganz nebenbei im Rathaus ein Wörtchen mitzureden hatten. Er nahm sich vor, Welle darauf anzusprechen.

Am Mittwochmorgen, pünktlich um acht Uhr, wartete Sander vor der Villa auf das Eintreffen der Geisterjäger und Welle. Der traf als Erster ein. Trollinger sprang ihm freudig entgegen.

»Na, du treue Seele.« Sander, der blaue Jeans, weiße Turnschuhe und ein weißes Hemd trug, ging in die Knie, um Trollinger zu kraulen.

»Guten Morgen, alles in Ordnung?« Welle streckte ihm die Hand zur Begrüßung entgegen. In diesem Augenblick hielt ein schwarzer Van hinter Welles VW-Käfer. Sander war erleichtert, dass es keine Reklame für das Unternehmen auf dem Bus gab. Der Hohn dieser konservativen und tratschenden Nachbarschaft hätte ihm gerade noch gefehlt.

»Moin, Sie sind Herr Sander?« Der Fahrer war ausgestiegen und herumgekommen.

»Ja, hier sind Sie richtig. Sie sind Herr Artmann? Darf ich vorstellen ...«

»Warten Sie, sonst müssen wir mehrmals anfangen.« Artmann öffnete die Schiebetür des Transits. »Aussteigen, die Adresse ist korrekt.«

Aus dem Wagen stieg eine junge, hübsche Frau mit blonden, langen Haaren, Sander schätzte sie auf Mitte zwanzig. Ihr folgte ein verschlafener Typ, der aussah, als hätte er just im Moment in eine Steckdose gefasst. Seine wenigen Haare standen vom rundlichen Kopf ab. Er dürfte an die vierzig sein.

»So, jetzt. Das ist Fabienne Kindermann, sie ist unsere Ingenieurin und für die hochsensiblen Instrumente zuständig. Mein Kollege Bart van der Halde ist Doktor der

Naturwissenschaften, und ich bin Rainer Artmann, ebenfalls Ingenieur und in zweiter Laufbahn Wissenschaftler.«

»Angenehm. Ich freue mich, dass Sie so schnell kommen konnten. Ich möchte Ihnen Herrn Wellendorf-Renz vorstellen, pensionierter Kriminalhauptkommissar und heutiger Sonderermittler. Er war anwesend, als hier ein paar seltsame Dinge passierten.« Welle schüttelte eifrig Hände.

»Ich hätte nicht gedacht, dass Sie studierte Berufe haben. Respekt. Verstehen Sie mich nicht falsch, die ganze Situation ist eher surreal. Nichts für ungut.« Nachdem auch Trollinger sich von den Neuankömmlingen hatte streicheln lassen, trugen die das Equipment in die Villa. Sander machte große Augen, was da alles aufgebaut und installiert wurde.

Welle hatte es sich auf einem Stuhl gemütlich gemacht, und betrachtete die Angelegenheit mit Abstand. Zu gerne hätte Sander in seinen Kopf blicken mögen.

»Herr Artmann, interessiert Sie denn gar nicht, was sich zugetragen hat?« Sander wunderte es, dass die Geisterjäger souverän ihre Sachen aufbauten, aber nichts fragten.

»Was Sie mir am Telefon erzählt hatten, genügt vorerst. Wir möchten das Objekt erst einmal ohne Vorurteile und vorgefertigte Meinung scannen. Sollten sich danach Fragen ergeben, so können wir das morgen besprechen.«

Artmann installierte die dritte Kamera im Foyer. Die erste richteten sie auf die Treppe aus, die zweite auf die Kellertür mit Eingangsbereich, sie erfasste Tisch und Kücheneingang.

»Versuchen Sie die Geräusche, die Sie haben wahrnehmen können, zu definieren.« Fabienne Kindermann hatte ihre lange Mähne mit einem Haargummi gebändigt, sie trug jetzt Pferdeschwanz. Sander war fasziniert von ihr, ihm fehlten die Worte. Hilflos schaute er zu Welle, der das Wort ergriff.

»Die Geräusche beschränkten sich auf den Kellerbereich. Für uns klang es, als werfe jemand wütend Gegenstände an die Wände. Tatsächlich fanden wir eine gewisse Unordnung, die Stunden vorher so nicht vorhanden war.«

»Hörten Sie auch Schritte, Stimmen oder andere Geräusche?« Bart van der Halde unterbrach seine Arbeit und schaute Welle an.

»Stimmen? Nein. Nur dieser seltsame Luftzug, den sich keiner von uns erklären konnte.«

»Gut. Wir schließen jetzt die restlichen Instrumente an und starten die Aufnahmegeräte. Ich muss Sie nun bitten, das Haus zu verlassen.« Artmann stand neben Sander.

»Hier ist der Schlüssel. Und hier Ihre Zimmerschlüssel. Ich habe im ›Parkhotel‹ für Sie reserviert. Ich lade Sie dort heute Abend zum Essen ein.«

»Vielen Dank, aber nein. Lassen Sie uns den Gaumenschmaus auf den letzten Abend verschieben. Wir werden heute noch öfter hierherkommen.«

»Wirklich?« Sander rutschte dieses Wort über die Lippen. Er ärgerte sich schon wieder selbst darüber. Artmann lachte kurz.

»Alles gut. Sie wären der Erste, dem auf Anhieb unsere Vorgehensweise logisch erschiene. Ich erkläre es kurz. Zunächst führen wir Basismessungen durch, die uns erste Aufschlüsse geben. In dieser Zeit sind wir nicht anwesend. Etwa fünf Stunden später bauen wir das Equipment um. Dem folgen Messungen, während wir im Haus sind und dann erneut, wenn wir es verlassen haben. Da Sie die Hauptzeit um Mitternacht angeben, müssen wir uns auf diesen Zeitraum vorbereiten. Was passiert, ob überhaupt etwas geschieht, weiß niemand im Voraus. Wir melden uns, wenn wir Sie brauchen. Okay?«

Welle hatte sich erhoben.

»Wenn ich das alles betrachte …« Welle zelebrierte eine ausladende Bewegung durch den Raum. »… ich bin inzwischen dermaßen auf die Ergebnisse gespannt. Gutes Gelingen. Sander, Sie rufen mich an?«

»Ja. Dann bleibt mir nur, Ihnen ebenfalls Erfolg zu wünschen.«

Sander und Welle verließen die Villa.

KAPITEL NEUN

Artmann hatte sich nach dem Telefonat mit Sander einen Plan erarbeitet, den er jetzt mit seinen Kollegen umsetzte. Ihm erschien es außergewöhnlich, dass gleich mehrere Menschen Zeuge eines paranormalen Phänomens gewesen waren, was im Umkehrschluss seine Hoffnung steigerte, de facto einmal etwas zu belegen, was nicht wissenschaftlich und physikalisch erklärbar ist. Es könnte ein Durchbruch für sein Unternehmen bedeuten.

Nachdem die Installationen abgeschlossen waren, richtet sich das Team im ›Parkhotel‹ ein. Gegen Mittag erarbeiteten sie erste Auswertungen in der Villa. Das hochsensible Gerät zur Luftstrommessung zeichnete um zehn Uhr dreißig auf einer Skala von null bis zehn immerhin acht auf – für zwei Minuten. Eine Stunde benötigten die Geisterjäger, um die ernüchternde Ursache zu finden. In der Villa gab es mehrere Zwangsentlüftungen, die aus vergangenen Zeiten des Hauses stammen mussten und der damaligen Gasheizung zuzuschreiben waren. Stand der Wind günstig, verursachten diese Luftröhren eine wahrzunehmende Luftbewegung. Auf den Digitalgeräten fanden sich keine Aufzeichnungen.

Das Team bereitet als Nächstes einen Langzeittest vor. Präzise platzierten sie mehrere EMF-Geräte. Großen Optimismus setzten Artmann und seine Leute auf den Cell Sensor und den Gaußmaster. Der ist für feinste Messungen von Magnetfeldern zuständig und macht Geräusche wie ein Geigerzähler. Den Cell Sensor setzt die Truppe vornehmlich für den Move-Test ein. Bart van der Halde präparierte den

Keller. Zunächst räumte er das herumliegende Werkzeug in mehrere Obstkisten, um einzelne Gegenstände gezielt auf feinem Sand abzulegen, den er zuvor gestreut hatte. Diktiergerät und Videokameras richtete er auf die ausgelegten Objekte. Fabienne Kindermann legte eine Sandfalle von der Treppe im Foyer, eng am Tisch vorbei, bis zur Kellertür. Artmann stopfte frei liegende Luftabzüge zu und half dann seiner Kollegin, Gegenstände auf Tisch und Boden zu drapieren. Kameras und die Trifeldmeter platzierte er direkt neben das ausgelegte Gebrauchsgut. Diese Geräte zeichnen Geräusche auf einer Skala auf, die durch das leichteste Berühren eines der Objekte ausgelöst würde. Durch den Move-Test erhoffte man sich sichtbare Spuren.

Die Ghosthunter kehrten zwanzig Minuten vor Mitternacht zurück in die Villa. Eine Zeit, in der nach Sanders Aussage der Spuk schon angefangen hatte.

Vorsichtig leuchteten sie mit einem Pointer den Sand ab. Nichts. Die Objekte auf dem Tisch waren unverändert. Van der Halde prüfte den Keller, hier war nicht das Mindeste verändert. Das Trio war auf solche, für sie niederschmetternde Ergebnisse vorbereitet. Fabienne Kindermann packte einen Mitternachtsimbiss aus. Artmann platzierte Cola- und Mineralwasserflaschen auf dem Tisch. Van der Halde, der die Gerätschaft neu justiert hatte, stellte eine Kerze auf den Tisch. Sich die Nächte um die Ohren zu schlagen, waren sie gewohnt.

Gegen halb zwei nahmen die Freunde einen Lufthauch wahr. Skeptisch sah sich Artmann im Raum um. Gab es noch andere Luftschächte? Und wenn ja, wo hatten sie diese übersehen? Nein, das konnte nicht sein.

Der Gaußmaster, der die ganze Zeit regungslos auf dem Tisch lag, zeichnete schlagartig auf. Ein Magnetfeld, aber wo? Fabiennes Gabel erhob sich etwa drei Zentimeter vom

Teller, schwebte für Sekunden knapp über ihm, um dann klirrend darauf zu fallen. Der Adrenalinpegel stieg. Die Freunde bewegten sich nicht, schwiegen und beobachteten. Van der Halde war es, der sich nach längerem Warten umgedreht hatte und mit offenem Mund auf den Sand deutete. Im selben Augenblick krachte es im Keller. Ein Mal – dann war es still. Ein paar Minuten noch verharrte das Team, bevor sich die drei den Sand genauer ansahen. Artmann zückte eine Kamera und regelte das exorbitante Objektiv.

Fußabdrücke. Eindeutig. Die Geisterjäger konnten ihr Glück nicht fassen. Aber was war das? Bei genauerem Hinsehen war Fabienne Kindermann der festen Überzeugung, es seien unterschiedliche Fußabdrücke. Ein kleinerer Fuß folgte dem größeren in dessen Schritt, so sah es zumindest aus. Über die Tatsache, dass die ausgelegten Gegenstände nicht berührt worden waren, wunderten sie sich indes. Wie konnten diese Abdrücke entstehen, ohne eines der Objekte anzufassen? Eine Frage, die sich zu diesem Zeitpunkt nicht beantworten ließ. Auf den Stufen des unteren Treppenabsatzes fehlten die Abdrücke. Dort war der Sand unberührt.

Nachdem das Team die Spuren im Foyer gesichert hatte, inspizierten sie den Keller. Schon von Weitem waren die barfüßigen Fußabdrücke sichtbar. Sie begannen in der Raummitte, da, wo van der Halde die leere Bierkiste abgestellt hatte, und führten zur rechten Mauer. Die Spur des eindeutig kleineren Fußes verschwand geradezu in der Wand, während sich die anderen auf halbem Weg dorthin aufgelöst zu haben schienen. Die Kiste lag seitlich. Sie muss an die Wand geworfen, von dort abgeprallt und ein Stück über den Sand gerutscht sein. Das würde das Krachen im Foyer erklären. Kurioserweise wurden auch hier die ausgelegten Gegenstände nicht berührt.

Bislang hatte das Team nur das Nötigste gesprochen, fotografiert, Aufnahmekarten der Camcorder und EMF-Messgeräte ausgetauscht, neu gestartet und die nicht mehr benötigten Gerätschaften eingesammelt. Der Sand wurde geglättet, der Tisch abgeräumt und die Villa um drei Uhr morgens verschlossen.

Im Hotel kümmerten sie sich um die Auswertungen. Artmann schob die SD-Karte des Fotoapparats in den Laptop.

»Phänomenal! Seht euch das an! Wenn ich es mit eigenen Augen nicht gesehen hätte, würde ich das nicht glauben. Die Ferse des kleineren Abdrucks trifft exakt in die des größeren. Da ist kein hundertstel Millimeter verschoben. Die Zehen hören im Ballenbereich des unteren Fußes auf.« Artmann vermaß Länge und Breite der Abdrücke. Aus den Messdaten konnte das Computerprogramm genaue Angaben zur Art der Füße erstellen.

Während Artmann damit beschäftig war, sah sich van der Halde die Aufzeichnungen von Magnetfeldern an.

»Hört mal. Als sich Fabiennes Gabel erhob, ist eine eindeutige magnetische Induktion auf der Skala mit neun Milligauß aufgezeichnet. Vorher und hinterher null Milligauß. Im Keller hingegen ist gar nichts.« Nachdenklich schaute er seine Kollegen an. »Aber die Kiste wurde bewegt, an dieser Tatsache führt kein Weg vorbei.«

»Das ist fernab aller Logik«, meinte Kindermann.

»Sander behauptete doch, der Geist habe Gläser nach ihm geworfen.« Artmann lehnte sich zurück. »Die Spuren sind die eine Sache. Aber dass Geister so penetrant sind und Gläser, Werkzeug oder Kisten werfen, scheint selbst mir suspekt.«

»Wie bist du denn drauf?« Kindermann entsetzte sich. »Erinnerst du dich nicht an Schloss Habermehl? Den Hotelgästen wurden Bettdecken weggezogen, was wir auf

Videos belegen konnten, und da gab es ebenfalls keine Aufzeichnung diverser Magnetfelder.«

»Ja, aber keine Erklärungen.«

»Was ist das?« Fabienne Kindermann startet die Aufnahme der Videokamera im Eingangsbereich der Villa. Sie schob ihren Laptop so in die Mitte des Tisches, dass der Monitor für alle sichtbar war. Schemenhaft waren für den Laien farbliche Schatten erkennbar. Artmann brachte seinen Kopf näher heran.

»Zwei Frauen. Eindeutig. Die vordere ist einen guten Kopf größer.«

»Passt mit den Fußabdrücken überein«, sagte Kindermann. »Was hat die denn an? Ist das ein Kleid?«

»Das ist jetzt aber weit hergeholt! Ich erkenne nur die Gesichter, der Rest verschwimmt im Energiefeld. Die kleinere sieht jung aus. Ein Kind? Stopp. Geh mit der Aufzeichnung bitte ein Stück zurück.« Kindermann tat, wie ihr geheißen.

»Hier, als sich die Gabel in die Luft erhob, drehte sie ihr Gesicht in Richtung des Tisches. Verdammt, warum sind die Körper nicht richtig sichtbar?« Van der Halde schaute grimmig drein.

Wieder und wieder prüften sie das Video. Die beiden Frauen schienen aus dem Nichts gekommen zu sein. Sie waren einfach da. Leider brachten auch die Aufzeichnungen der Kamera im Keller keine neuen Erkenntnisse. Zwei Energiefelder in dünner, senkrechter Haltung mit schemenhaften Gesichtern, die beim Heranzoomen dunkle Augenhöhlen erkennen ließen. Die Kamera hielt ebenfalls das Entweichen des größeren Geistes fest, der sich tatsächlich einfach aufgelöst hatte. Das hier noch schlechtere Energiefeld drang durch die Wand, und hinterließ diese eindeutig erkennbaren kleinen Fußtapsen.

Nach vier Stunden Schlaf fuhr das Team erneut zur Villa. Der ausgestreute Sand war unversehrt, die Geräte ohne jegliche Aufzeichnungen.

»Wir sollten heute Nacht Sander und diesen Sonderermittler herbitten. Ich möchte sehen, wie und was passiert, wenn Sander anwesend ist, und ich will die Reaktion dieses Hundes sehen.« Artmann sah seine Kollegen an, die überlegten eine kurze Zeit, stimmten dann aber zu.

»Dann lasst uns das Haus erneut präparieren. Nehmen wir den Move-Test auch auf dem Dachboden vor?« Kindermann hatte die dafür benötigten Gerätschaften längst in einem Karton verstaut.

»Schaden kann es nicht«, meinte van der Halde.

Die Ghosthunter verließen das Haus um die Mittagszeit und betraten es gegen dreiundzwanzig Uhr wieder.

Wie schon am Morgen waren auch jetzt keine Veränderungen sichtbar. Das Team wartete. Kurz vor Mitternacht klopfte es an der Eingangstür. Sander und Welle traten ein.

»Haben Sie schon etwas herausgefunden? Ich bin so aufgeregt, mein Herz schlägt bis zum Hals.«

»Kein Grund zur Aufregung, Herr Sander. Ja und nein. Es gibt in der Tat Energiefelder sowie ein Magnetfeld, für die uns aber eine Erklärung fehlt. Mit Ihrer beider Anwesenheit testen wir, ob sich dieses Phänomen wiederholt. Herr Wellendorf-Renz, bitte beschreiben Sie uns Ihr Erlebnis auf dem Dachboden«, sagte Artmann.

Welle versuchte die Szenerie mit Wert im Obergeschoss der Villa genau zu beschreiben, als Trollinger plötzlich unter dem Tisch hervorpreschte und derart bedrohlich die Lefzen hochzog und tief knurrte, dass sogar Welle zusammenzuckte. Der Rüde rutschte mit den Pfoten über den Sand und stand erneut jaulend vor der Kellertür. Artmann blickte durch die Runde.

Stille. Nichts zu hören. Trollinger hatte sich ebenfalls beruhigt und lag hechelnd zu Welles Füßen.

»Herr Sander, haben Sie etwas gesehen?« Van der Halde schaute dem bleich gewordenen Architekten tief in die Augen, die durch dessen schwarze Kunststoffbrille die Augenfarbe zum Leuchten brachte.

»Das ging alles so schnell. Ich sah nur ihren Rücken durch die Wand gehen.«

»Wessen Rücken?«

»Wie, wessen Rücken? Ihre Rückseite eben, den von der Frau im grauen Kleid.«

»Sie haben nur die eine Frau gesehen?«

Sander nickte.

»Sie wissen etwas, was für uns hilfreich wäre?« Welle schaute Artmann auffordernd an.

»Später gerne. Bitte verstehen Sie. Haben Sie soeben etwas wahrgenommen?«

»Nein.«

Van der Halde und Kindermann waren indes aufgestanden und studierten den Sand. Neben Trollingers Pranken existierten acht Fußabdrücke von nackten Füßen. Ebenso exakt ineinander gesetzt wie in der letzten Nacht.

»Herr Wellendorf-Renz, binden Sie bitte Ihren Hund an, damit er uns nicht in den Sand läuft. Wir sichern zunächst diese Spuren hier und begeben uns danach gemeinsam in den Keller.«

»Abdrücke?« Welle erhob sich. »Trollinger! Bleib! Keine Sorge, er gehorcht. Das … nein … was bitte? Kneifen Sie mich mal! Sander, jetzt kommen Sie endlich her.« Welle ruderte mit dem Arm. Sander erhob sich unendlich langsam. Als er die Fußspuren sah, strich er sich durch seine blonden Haare.

»Ergo spinne ich doch nicht! Sehe ich richtig? Ist da ein zweiter Fuß?«

Artmann fotografierte die Abdrücke aus allen Richtungen. Welle lehnte sein Ohr an die Kellertür.

»Aus diesem Grund fragte ich Sie, ob Sie nur eine Dame gesehen haben. Hören Sie etwas?« Artmann machte einen Schritt auf Welle zu.

»Nichts.«

»Okay, Herr Sander, Sie laufen bitte neben mir die Kellertreppe hinunter. Wir werden uns an den Händen fassen, und sobald Sie diesen Geist sehen oder etwas spüren, drücken Sie zu. Verstanden?« Sander nickte. »Und Sie … Sie bleiben bitte direkt hinter uns und neben van der Halde.« Welle stimmte zu, drehte sich um und gab Trollinger ein Zeichen, sich nicht zu rühren.

Vorsichtig öffnete Artmann die Tür, nahm Sander bei der Hand und stieg hinab. Auf der letzten Stufe blieben sie stehen. Sanders Hand zitterte leicht, aber zugedrückt hatte er nicht. Alle sahen deutliche Fußspuren, die an der Wand endeten.

»Darf ich?« Welle hatte sein Smartphone gezückt.

»Moment. Herr Sander, sehen Sie etwas?«

»Nein.«

»Bleiben Sie hier stehen. Ich fotografiere schnell, dann können Sie, Herr Wellendorf-Renz.« Welle schaute Sander erwartungsvoll an. Beide zuckten mit den Schultern. Kindermann entfernte die Geräte aus dem Keller.

»So, bitte.« Artmann blickte zu Welle, dann zu Kindermann und van der Halde. »Prüft ihr inzwischen den Boden. Herr Sander, begleiten Sie meine Kollegen, bitte.«

Welles Handy klickte unaufhörlich. Aus allen Perspektiven knipste er die Spuren im Sand.

»Zur Wand führen nur die kleineren Füße. Die anderen sind ab hier …« Welle deutete auf die Stelle. »… einfach weg.«

»Richtig. Wir hielten gestern Abend exakt die gleiche Konstellation fest. Wissen Sie etwas über diese Mauer?«

»Sander erzählte uns, dass sie eingezogen wurde, um den Keller als Luftschutzkeller zu nutzen. Als wir hier waren, knurrte mein Hund genau diese Wand an.«

»Okay, wir stellen uns dort drüben hin und Sie rufen ihn bitte.« Ein kurzer Pfiff von Welle und Trollinger kam die Treppe herunter. Er setzte sich neben seinen Herrn.

»Hm, er erweckt nicht den Eindruck, dass er etwas wittern würde.« Artmann kratzte sein Kinn.

»Such!« Scharf ertönte Welles Befehl. Trollinger schnüffelte durch den Raum, dann entlang den Fußtapser und legte sich schließlich vor der Wand ab, in der sie hineinzulaufen schienen.

»Gehen wir nach oben. Wir werten die Geräte aus und sehen, ob wir zu einem Ergebnis kommen.«

Sander saß am Tisch, Kindermann sammelte die Gerätschaften im Foyer ein.

»Oben ist nichts«, sagte sie knapp.

Das Team verabredete sich mit Sander und Welle für den kommenden Mittag im ›Parkhotel‹.

Artmann hatte einen Abschlussbericht erstellt und las ihn vor.

»Nach der grundlegenden Basismessung an Tag eins, ließen sich mehrere Zwangs-Entlüftungskanäle feststellen, die wir verschlossen haben. Das Equipment für weitere Tests wurde aufgebaut und in Betrieb genommen. Als wir Stunden später die Villa wieder betraten, wurden keine Veränderungen oder Aufzeichnungen festgestellt. Um ein Uhr dreißig war ein Luftzug spürbar, für den die Erklärung ausblieb. Unser Messgerät über dem Tisch zeichnete ein Magnetfeld in ungewöhnlich hoher Intensität auf. Physikalisch lässt sich dieses nicht erklären. Das Phänomen verschwand nach einer Minute und drei Sekunden. Währenddessen schwebte eine Gabel über einem der Teller. Unmittelbar danach hörten wir krachende Geräusche aus dem Keller, die ebenfalls von den Diktiergeräten im Foyer und Kellergeschoss aufgezeichnet wurden. Insgesamt dauerte der Spuk zwei Minuten und vierzig Sekunden. Sichtbare Fußabdrücke im Eingangsbereich und Keller haben wir gesichert.

Die Fotoauswertung der Spuren erbringt eindeutig den Beweis, dass es sich um zwei Personen handelt. Warum die kleinere Gestalt mit einer Schuhgröße von fünfunddreißig exakt mit der Ferse in den Abdruck des größeren Fußes, der einer Schuhgröße von neununddreißig entspricht, tritt, bleibt ungeklärt. Die Videoaufzeichnung im Foyer zeigt zwei Energiefelder in senkrechter Strichform, aus denen sich schemenhaft zwei Körper zeigen. Hierbei sind besonders die Köpfe mit tiefen Augenhöhlen erkennbar. Es handelt sich eindeutig um zwei Frauen, wobei die kleinere einen jüngeren Eindruck erweckt. Eine Kopfbewegung in Richtung des Magnetfeldes über dem Tisch war von ihr ausgegangen. Das Video dokumentiert, dass beide Energiefelder durch die geschlossene Kellertür entschwanden.

Die Videoaufzeichnung im Keller erscheint suspekt. Sichtbar sind durch den Raum fliegende Gegenstände wie Maurerkellen, Eimer, sonstiges Werkzeug sowie eine leere Bierkiste. Während die Objekte an Wände krachten, wurde Materie in Form von zwei Figuren aufgezeichnet, wobei hierbei die Energiefelder sehr schwach waren. Der größere Schatten löste sich auf, der kleinere drang in die Mauer ein.

Identische Aufzeichnung von Energiefeldern und Materie haben wir vom zweiten Abend, als Herr Sander und Herr Wellendorf-Renz anwesend waren. Die Reaktion des Hundes, als er knurrend aufsprang, sind auf die im Video sichtbaren Energiefelder zurückzuführen, die sich zu diesem Zeitpunkt hinter uns im Foyer aufhielten, bevor sie sich in Richtung Kellertür bewegten. Warum Herr Sander nur einen Geist wahrnimmt, ist nicht erklärbar. Im Keller spielte sich der gleiche Spurenverlauf wie am Vortag ab. Im restlichen Gebäude waren keine Abnormalitäten feststellbar.

Schlussendlich kommen wir zu dem Ergebnis, dass in diesem Haus paranormale Aktivitäten vorhanden sind. Hierbei handelt es sich um einen ortsgebundenen Spuk, in dem die Geister vermutlich versuchen, auf sich oder für etwas in ihrem Umfeld aufmerksam zu machen. Das Hauptmerkmal ist im Keller positioniert. Wir empfehlen, das Mauerstück zu öffnen, auf dem die Konzentration der Geister liegt.«

Artmann faltete den Bericht und reichte ihn Sander.

Es dauerte eine Weile, ehe Sander und Welle ihre Stimmen wieder fanden.

»Eine unglaubliche Sache, bei der mein Hirn sich immer noch weigert, sie als real und konkret zu akzeptieren«, sagte Welle.

»Das ist Ihrem Beruf geschuldet. Sie haben sich sicherlich niemals mit dem Seinsfeld beschäftigt.« Artmann griff zum Glas und prostete in die Runde.

»Nein, habe ich nicht. Das ist mir zu wissenschaftlich und zu philosophisch. Ich fasse einmal zusammen: Sie sind der Meinung, dass sich etwas hinter der Mauer verbirgt. Gesetzt den Fall, diese Wand würde abgebaut, hörte hierdurch der Spuk auf?«

»Damit ist zu rechnen.«

»Aber was soll denn dahinter sein? Der Zwischenraum ist extrem eng und mit Drainage ausgestattet.« Sander sah Artmann kritisch an.

»Die Mauer wurde doch nachträglich eingezogen, um einen Luftschutzkeller zu erschaffen, richtig?«

»Ja.«

»Dieser Eingriff könnte den Energiefluss des Hauses gestört haben.«

Welle verdrehte unweigerlich seine Augen.

»Ich weiß, das hört sich sinnfrei für Sie an. Allenfalls finden Sie dort weitere Hinweise. Und im schlimmsten Fall wurde jemand eingemauert.« Artmann verkörperte die Ruhe in persona.

»Okay, okay, Sie haben gewonnen. Mein Kopf streikt. Sander, Sie lassen die Mauer abbrechen und dann sehen wir, was passiert. Hat mich gefreut Sie kennengelernt zu haben, aber ich verschwinde jetzt. Sander, Sie rufen mich an?« Welle erhob sich.

»Ja, gewiss. Ich melde mich.«

KAPITEL ZEHN

Welle wischte während des Frühstücks in seinem neuen Smartphone herum. Bislang bediente er sich eines alten Gerätes ohne jeglichen Schnickschnack. Georgios, Tulas Sohn, überredete ihn gleichwohl dazu, denn er sprach öfter mit ihm, wenn er in Athen mit seinen Ermittlungen nicht vorankam. Da kam es schon mal vor, dass etliche Bilder den Weg übers Handy fanden. Im Moment suchte er nach Öffnungszeiten eines Restaurants, driftete aber immer wieder mit den Gedanken ab.

Welle fühlte sich seit seiner Frühpensionierung als Papa der Kripo, der stets mit Rat und – wenn erforderlich – mit Tat parat stand. Aber genau diese ständigen Herausforderungen hielten ihn auf Trab. Auch Igmar Keller, sein Nachfolger im Kommissariat, mit dem es anfänglich zu mehreren Disputen kam, zählte inzwischen zum Freundeskreis. Er tauchte sogar beim Stammtisch der ›Alten Hasen‹ auf, was von den Alt-Honoratioren der Stadt zunächst geduldet wurde.

Keller musste vor der völligen Akzeptanz erst seine Loyalität unter Beweis stellen, da war man eigen. Maulwürfe fielen gnadenlos durch das Stammtischraster. Nicht auszudenken, wenn die Inhalte der sehr vertraulichen Unterhaltungen des Senioren-Clans an die Öffentlichkeit kämen, denn meistens wurde ordentlich über die Stadtpolitik hergezogen – wie im aktuellen Fall: die schwarze Villa. Der pensionierte Richter Hans Häberle hatte zum Sander-Haus eine ganz eigene Meinung. Unter anderem bedauerte er seinen Ruhestand: »Wenn ich da noch zu urteilen hätte …

Kerle! Den Sander deswegen um Unsummen zu verklagen, ist Unsinn und trägt eindeutig zur Profilierung einiger Politiker und Politikerinnen bei, von deren Existenz man vor der Wortmeldung nichts wusste«, sagte er beim letzten Treffen. »Kunstbanausen, alle wie sie lang sind. Heftlimacher. Eingebildete Pforzemer Halbseckel. Vorne herum geben sie sich als Gönner und Befürworter, und jetzt treten selbige den armen Kerl in den Arsch.«

Das war deutlich, badisch, derb und mit ›Halbseckel‹ schon eine sehr provokante, wenn auch beabsichtigte Beleidigung. Häberle aber interessierte so etwas generell nicht, er sagte grundsätzlich, was er für nötig hielt. Und überhaupt waren alle, die Welle kannte – und er kannte sehr viele Menschen in seiner Stadt – auf Sanders Seite.

»Denkmalschutz hin und her, manchmal wirkt er sich zum Nachteil der Gebäude aus. Die Auflagen stehen oft in keinem Verhältnis zur Umsetzung. Kosten werden in die Höhe getrieben, was zur Folge hat, dass die Kisten, siehe Charlottenhöhe, leer stehen und verfallen. Wer gibt freiwillig mehrere Millionen für die Sanierung aus? Und was hat man dann von einer abbruchreifen kulturhistorischen Anlage? Vielleicht ist der Besitzer der ehemaligen Lungenheilanstalt deswegen nicht auffindbar, wer kann das wissen? Von wegen, die Kulturgüter mit aller Gewalt verpflichtend vor Beschädigung und Zerfall schützen. Bah, geht mir doch alle weg! In solchen Fällen sollte der Denkmalschutz aufgehoben werden. Wäre zumindest eine Option, um Investoren auf den Plan zu rufen. Und das ist wieder einmal so typisch für die momentane Stimmung in der Goldstadt: sich darüber aufzuregen, dass ein Mann wie Sander, der Kunst schafft, der versucht, diese Stadt begehrenswerter werden zu lassen … dass man genau so einem Mann, der für kurze Zeit ein Kunstobjekt durch einen simplen Schwarzanstrich geschaffen hat, derart zusetzt, ist mehr als kleinkariert.«

Historiker Obertaler verkündete seine Meinung während eines Vortrags, an dem Welle und Tula teilgenommen hatten, und entfachte damit eine hitzige Diskussion. Der arme Kerl sah sich persönlichen Angriffen ausgesetzt, von »Beruf verfehlt« bis hin zu »Sie haben doch keine Ahnung! So etwas aus Ihrem Mund, eine Schande!« Aber die Mehrheit der Zuhörer stimmte ihm insgeheim zu.

Welle schob sich ein Stück vom Brötchen in den Mund, und sortierte seine Gedanken. Er öffnete die Navigationsapp, die er als perfekt gelungen ansah. Anstandslos sind das andere Funktionen ebenso, aber er verweilte in der Lehrphase und kam mit dem Ding noch nicht so zurecht. Nachdem er die Streckenführung geprüft hatte, brachen Welle und Tula zeitig in Richtung Rhein auf, um einen sonnigen, warmen Tag zu genießen.

Die Autobahnen waren relativ frei, zumindest rollte der Verkehr, was zwischen Pforzheim, Karlsruhe und Mannheim eher zu den Seltenheiten gehörte. Zunächst besuchten sie Schwetzingen, ein nettes Städtchen, mit einem barocken Schloss und einer weitläufigen dazugehörigen Parkanlage. Händchenhaltend schlenderten sie durch die saubere Fußgängerzone, betrachteten Schaufenster und erfreuten sich an den zahlreichen kleinen Läden.

»Hier gefällt es mir. Ist dir aufgefallen, dass alles sehr sauber ist und in der ganzen Zone lediglich drei leer stehende Läden sind?«

»Ja, meine Liebste, das ist mir sofort angenehm ins Auge gestoßen. Manchmal frage ich mich, warum es in unserer Stadt nicht möglich ist.« Welle seufzte.

»Liegt womöglich an dem vielen schwäbischen und badischen Geschwätz der Amtsinhaber, dem keine Handlungen folgen.«

Welle blieb stehen und sah Tula mit großen Augen an.

»Knallharte Worte, von jemanden, der erst seit zwei Jahren Pforzheim kennt. Du bringst mich immer wieder zum Staunen.« Er ließ ihre Hand los, zog sie zu sich heran und drückte ihr einen Kuss auf den Mund. »Ich liebe dich«, säuselte er. Sie schob ihn von sich. Verlegenheitsröte breitete sich in ihrem Gesicht aus.

»Du sollst mich nicht immer so konfrontieren und in Verlegenheit bringen. Ich hasse es, rot zu werden!« Tula schimpfte leise. Welle lachte geradewegs heraus.

»Ich weiß. Mich entzückt das aber, und das weißt du ganz genau.«

Tula wurde ärgerlich und boxte ihn mehr zärtlich als ernsthaft auf seinen muskulösen Oberarm.

Trollinger wuffte.

»Da haben wir es. Er ist neidisch!«

»Nein, das hast du völlig falsch interpretiert, er beschützt mich. Du darfst mich halt nicht traktieren.«

Welle strahlte und bückte sich kurz nach unten, um Trollinger hinterm Ohr zu kraulen. »Kaffee? Schau mal dort drüben, macht einen soliden Eindruck.«

»Aha, schnell ablenken. Warte nur.« Tula hielt auf das Café zu. Welle tappte schmunzelnd hinterher. Er liebte es, sie zu necken. Insbesondere, wenn er sie zu überrumpeln vermochte und sie errötete wie ein kleines Kind, das beim Stibitzen von Keksen ertappt worden war.

Später schlenderten sie durch den Schlossgarten. Tula steuerte auf überdimensional große Steinfiguren an den Stufen einer der drei Seen zu.

»Wen stellt das dar? Poseidon, den Gott der Meere? Ohne Dreizack, dafür mit einem Engel und Lorbeerkranz auf dem Haupt?«

»Keine Ahnung. Könnten aber durchaus reine Fantasiefiguren sein.« Sie überquerten zahlreiche kleine Brückenstege, die über einen Wasserlauf zu einer Moschee führten. Interessiert lasen sie die Informationstafel.

»Nur erbaut, um darauf aufmerksam zu machen, dass es neben dem Christentum auch andere Religionen gibt. Wie kam ein Markgraf auf so eine Idee?«

Tula war einerseits begeistert und anderseits verstand sie den Sinn nicht. Zumindest nicht, dass diese Moschee ungenutzt in einer Gartenanlage eines Schlosses steht, zu dem in markgräflicher Zeit nur geladene Gäste Zutritt hatten.

»Antisemitismus ist nicht eine Erfindung unsere Zeit. Und wenn er diesen Komplex in seinen Garten bauen ließ, dann hatte er mit größter Wahrscheinlichkeit Gründe dafür. Hast du dir die Mosaiksteine angesehen? Prächtig! Und die Inschriften in der Kuppel. Arabisch und Deutsch darunter. Ach, an den Seiten steht sogar etwas.«

Er rückte die Lesebrille zurecht. »Wissenschaft ist eine Krone. Verstand eine goldene Hals Zierde.«

»Ich verstehe nicht.« Tula legt die Stirn in Falten.

»Zugegeben, ich stehe ebenso auf der Leitung. Lass uns später über diese Sätze philosophieren. Mit leerem Magen funktioniert das nicht. Ich habe Hunger.«

Tula zückte schnell ihr Mobiltelefon, schoss ein paar Bilder vom Inneren, dann fuhren sie wenige Kilometer nach Brühl und setzten mit der Rheinfähre auf die Kollerinsel über. Die Überfahrt war nach drei Minuten vorbei, und ihr Ziel, ein Pferdehof mit angrenzendem Restaurant, nach weiteren hundert Metern erreicht.

»Oh, setzen wir uns an den Kamintisch?«

»Dein Wunsch sei mir Befehl.« Galant zog Welle einen Stuhl vom Tisch weg, damit seine Herzdame Platz nehmen konnte.

»Ich bin begeistert, was du für Restaurants kennst.« Tula sah sich um, blickte durch die große Fensterscheibe, die längs des Lokals verlief und die Sicht in eine Reithalle freigab. Dankbar lächelte die Vierundsechzigjährige Welle an.

Die beiden wählten Rehbraten aus hauseigener Inseljagd. Nach dem Gaumenschmaus wanderten sie über die Insel, die den Rhein vom Altrhein trennt und als Naturschutzgebiet ausgewiesen ist. Sie spazierten ein ganzes Stück weit über einen Damm.

»Wie kraftvoll die Sonne heute ist.«

»Oh ja. Sag mal, ist das dort die Leberwurstinsel?« Tula deutete über den Kollersee.

»Was? Leberwurstinsel?« Welle brach in schallendes Gelächter aus.

»Da gibt es gar nichts zum Lachen, mein lieber Schatz. Ich habe vorhin gegoogelt, als du auf der Toilette warst. Und das Ding da drüben hat die Form einer Leberwurst und wird folglich auch so benannt.«

Welle wollte sich nicht beruhigen. Er gackerte wie ein aufgescheuchtes Huhn. Erst als sie ihm ihren Standort auf dem Handy unter die Nase hielt und er sich von der Richtigkeit überzeugt hatte, gab er sich geschlagen.

Trollinger tobte über die Wiesen und powerte sich aus. Welle beobachtet ihn genau.

»Er ist noch ganz schön fit.«

»Wie kommst du denn jetzt darauf. Sorgst du dich etwa um ihn?«

»Er ist immerhin zwölf. Seit geraumer Zeit kreist in mir der Gedanke, einen Nachfolger heranzuziehen.« Welle stierte vor sich hin.

»Aber er ist doch gesund!«

»Natürlich. Weißt du wie lange? Und wenn wir jetzt nach einem Welpen Ausschau hielten, könnte der von Trollinger lernen. Stell dir einmal vor, ich wäre angehalten, ohne Hund zu ermitteln? Nein, das gefällt mir nicht.«

»Hm.« Mehr brachte Tula nicht heraus. Tränen stiegen in ihre dunkelbraunen Rehaugen, die im Sonnenlicht schwarz schimmerten. Hörbar schluckte sie einen Kloß im Hals herunter. Welle nahm sie in den Arm.

»Glaub mir, ich mag diesen Kerl sehr, und ich werde ihn eines Tages fürchterlich vermissen, genau wie du. Zwölf Jahre ist trotz allem ein stattliches Alter.« Welle drückte ihr einen Kuss auf die Stirn.

»Fahren wir?« Tula wischte sich verstohlen ein paar Tränen weg und nickte.

KAPITEL ELF

Hektisches Treiben machte sich in der schwarzen Villa breit. Der Handwerkertrupp schleppte schwere Gerätschaften in den Keller, um den Anweisungen des Architekten zu folgen – wenn auch kopfschüttelnd. Eine Erklärung hatte Sander vermieden, er beobachtete das Wirken vom geschmiedeten Gartentor aus. Welle lehnte gelangweilt und müde an einem Pfeiler. Sander hatte ihn breitgeschlagen, schon früh am Morgen vor Ort zu sein. Anwohner der Friedenstraße gesellten sich zu ihnen, stellten Fragen, die keiner zu beantworten bereit war. Welle, weil er sich erstens im Moment etwas Besseres hätte vorstellen können, etwa mit Tula gemütlich in der Küche am Frühstückstisch zu sitzen. Zweitens wollte er sich nicht einmischen, das Gerede war ihm zuwider. Und Sander schwieg zweifellos, um erneute Angriffe auf seine Person abzublocken. Welle überlegte, wie er in dessen Situation reagiert hätte. Er war überzeugt davon, zumindest nicht so schnell klein beigegeben zu haben. Seine Worte wären gleichermaßen hart wie Häberles und Obertalers zusammen ausgefallen, nur mit dem Unterschied, dass er die eigene Ansicht an richtiger Stelle platziert hätte, so viel stand fest.

Eine ältere Dame schälte sich aus ihrem 500 SEL, den sie demonstrativ vor dem Tor zur Villa stotternd zum Stehen gebracht hatte. Ihrem Gesicht nach zur urteilen hatte sie die achtzig seit geraumer Zeit hinter sich gelassen. Das Kostüm, in dem die schlanke Gestalt steckte, sah teuer aus, ebenso die Schuhe mit leichtem Absatz, in denen sie mehr stöckelte als sicher lief.

»Sie, Sie! Sie meine ich.« Ihre Stimme war unerwartet hoch und zog die Aufmerksamkeit aller auf sich. »Lassen Sie mich doch mal durch!« Mühevoll drückte sie sich durch die kleine Menschenansammlung. »Sie, Herr Sander, was ich Sie fragen wollte, kann es sein, dass Ihr Vater es in Ihrer Jugend versäumt hat, Ihnen gehörige Backpfeifen zu verpassen? Sie Flegel! Das arme Haus. So eine Schande!« Das letzte Wort war gerade ausgesprochen, als sie sich tüchtig streckte, ausholte und Sander eine schallende Ohrfeige verabreichte.

»So, das reicht jetzt. Verschwinden Sie, und zwar alle und sofort. Und Sie, gnäd'ge Frau, zeigen mir bitte Ihren Ausweis und Führerschein.« Welles Bariton ließ die Menschen aufhorchen, aber es bewegte sich niemand. Welle zog seinen Polizeiausweis aus der Manteltasche und hielt ihn hoch.

»Was jetzt? Heute noch, wenn ich bitten darf!« Welle wurde zusehends sauer. »Trollinger! Fuß!« Der Rüde setzte sich in Bewegung und trottete gemächlich auf die Menschen zu. Da niemand der Anwesenden den Staffordshire Bullterrier einzuschätzen vermochte, löste sich die Versammlung zügig auf. Welle war zufrieden.

»Madam, was ist mit Ihren Papieren? Wenn Sie sie mir nicht zeigen, finde ich Sie anhand Ihres Kennzeichens. Herr Sander wird Anzeige gegen Sie erstatten, dessen sind Sie sich doch bewusst?« Die Alte stand wie angewurzelt. Welle berührte sie leicht am Arm.

»Fassen Sie mich nicht an!« Unwirsch stieß sie seinen Arm bei Seite.

»Sie gehen jetzt, hören Sie. Verschlimmern Sie die Situation nicht.« Welle schob das Frauchen bestimmend durch das schmiedeeiserne Gatter, schloss es hinter ihr, drehte sich um und hakte sich freundschaftlich bei Sander unter, dessen Wange inzwischen glühte.

»Kennen Sie die Frau?«

»Nein, nie gesehen.«

»Wollen Sie Anzeige erstatten?«

»Ach, das bringt doch nichts. Dadurch würde ich noch mehr unter Beschuss geraten.« Sander hielt Welle die Haustür auf.

»Könnte gut möglich sein. Ein Unikat war sie ja schon.«

»In der Tat. Und eine verschrobene alte Jungfer dazu.«

Welle schaute Sander verwundert an, dann lachte er lauthals.

»Das aus Ihrem Mund? Mensch, Sander, Sie werden mir immer sympathischer.«

Aus dem Untergeschoss stieg ein höllischer Lärm empor. Deutliches Fluchen war zu vernehmen, dann wurde die Maschine abgestellt.

»Scheiße! Geh Sander holen!«, rief jemand.

»Wir sind schon da.« Sander und Welle suchten sich einen Weg durch die aufsteigende Staubwolke.

In der nachträglich eingezogenen Mauer klaffte inzwischen ein enormes Loch, in dem eine halb skelettierte, teils mumifizierte Leiche zum Vorschein kam.

»Ups.« Welle trat näher heran. »Sander, hier ist Ihr Geist. Niemals hätte ich so etwas für möglich gehalten.« Er wandte sich an die Arbeiter. »Für heute ist Feierabend, hier müssen erst einmal meine Kollegen ran.«

Sander schüttelte sich kurz, als wolle er sich aus seiner Schockstarre befreien.

»Ja, äh. Vielen Dank. Ich melde mich, sowie Sie die Arbeit fortsetzen können. Tut mir leid.«

Welle rief Trollinger zu sich, um ihn vor dem Fund ablegen zu lassen. Er wollte auf Nummer sicher gehen, dass niemand der Leiche zu nahe kam.

»Schön Platz. Bin gleich wieder da.«

Die Arbeiter klaubten in Windeseile das Werkzeug zusammen, unterhielten sich dabei nur flüsternd, während Welle Kuhlmann informierte und das komplette Team anforderte.

Rechtsmediziner Wert tauchte zeitgleich mit Kuhlmann und Igmar Keller auf.

»Mensch, Sander.« Wert umarmte ihn, als seien sie dicke Freunde. »Sie haben etwas gut bei mir. Mein Lebtag nicht hätte ich solch eine absurde Story geglaubt.«

Keller stellte sich vor.

»Hat dir schon jemand gesagt, dass du mit Bart wesentlich älter wirkst?« Welle begutachtete Keller, dessen Bauchumfang in der letzten Zeit erheblich zugenommen hatte; der Bart war wirklich nicht zu seinem Vorteil.

»Tag, Welle. Danke für das Kompliment. Deine Dreitagebartstoppeln lassen dich heute auch nicht sehr attraktiv wirken.«

»Ich behaupte, dass ich damit immer noch besser aussehe. Wie viele Jahre bist du jünger? Zehn?« Welle feixte.

»Alderle, wer solche Kollegen hat, braucht keine Feinde. Entschuldigen Sie bitte, Herr Sander.«

»Kein Problem, das macht Sie beide nur konzilianter.« Sander zeigte mit ausgestrecktem Arm in Richtung Kellertür. »Wenn ich bitten darf.«

Welles Nachfolger stiefelte als Erster hinunter und wurde beim Herantreten an die Wand von Trollinger knurrend zurückgewiesen.

»Trollinger, was soll denn das? Aus!« Er startete einen erneuten Versuch. Vergeblich. Welle, der als Letzter die Treppe herunterkam, schmunzelte schon wieder. Er liebte solche Spielchen. Freilich hätte er seinen Hund vorher rufen können, aber wozu? Trollinger würde niemals auf seinen

Nachfolger hören. Überhaupt folgte er nur ihm und Tula. Selbst Kuhlmann, den der Rüde immer freudig begrüßte, war es erlaubt ihn zu kraulen oder Leckerli zu verabreichen, aber auf ihn hören – niemals. Welle blieb stehen und genoss die Szenerie ein paar Sekunden.

»Könntest du bitte gnädigerweise deinen Hund beiseiteholen.« Keller schnaubte. Welle schnalzte mit der Zunge und Trollinger gab den Weg frei.

Nachdem die Neuankömmlinge ausgiebig den Leichnam in der Wand gemustert hatten, nahm Wert seine Arbeit auf. Er schoss zahlreiche Fotos aus mehreren Positionen, verbog sich, und kroch halbwegs in den Mauerschlitz.

»Was hat der Staatsanwalt gesagt? Kommt die Spusi her?« Welle sah Kuhlmann an.

»Er bat mich um Berichterstattung. Werts Einschätzung ist dazu vonnöten.«

»Sag ihm, dass sie unverzichtbar sind.« Wert schaute kurz auf. »Seht mal, das hier ist eine Menge getrocknetes Blut. Und dahinten ist eine Tasche eingeklemmt.« Er deutete darauf.

Keller schob seinen Arm in den Spalt, versuchte sie zu greifen.

»Sind Sie verrückt? Da gibt es eine Menge Fingerabdrücke. Weg jetzt hier!« Werts Blutdruck stieg für alle sichtbar an. »Man gewinnt den Eindruck, Sie arbeiteten erst seit gestern in diesem Job.«

»Beruhigt euch!« Welle wusste genau, dass Wert keine Gelegenheit auslassen konnte, um Keller eine reinzuwürgen.

»Spusi kommt«, sagte Kuhlmann, der inzwischen telefoniert hatte.

»Okay, das wird dreißig Minuten dauern«, meinte Keller.

»Das reicht nicht, die Autobahn ist bei Karlsbad wegen eines Unfalls gesperrt. Da die Herrschaften aus Karlsruhe kommen, dauert es eben«, sagte Kuhlmann. »Herr Sander, gibt es hier irgendwo Kaffee?«

»Nicht weit von hier. Ich fahre schnell, dann entkomme ich dem hier.«

»Das ist sehr nett, vielen Dank«, nuschelte Wert.

»Ja, und ich verabschiede mich, ich scheine hier eh nichts tun zu können. Ruft mich an, solltet ihr mich doch noch benötigen.« Keller klopfte Welle auf die Schulter. »Wieder mal in die Vollen gelangt, was? Bis dann.«

»Wieso kommt der eigentlich immer mit, wenn er nichts zur Klärung beitragen will. Hat der schon jemals so richtig Lust auf seinen Job gehabt? Nächstes Jahr wird seine Stelle wieder ausgeschrieben, wie mir zu Ohren gekommen ist. Ich hoffe, du bewirbst dich dann endlich, Kuhlmann! Und jetzt kommt mal beide her.« Wert winkte die Kriminaler heran.

»Wir haben es hier mit einer weiblichen Person zu schaffen, die mittellanges Haar hatte. Seht ihr? Zwar spärlich, aber ausreichend. Dunkelblond bis brünett, vermute ich. Genau wird uns das eine Haaranalyse verraten. Sie war nicht groß, dem Knochenbau nach zu urteilen eher zierlich. Die grauen Stofffetzen waren einmal ein Kleid. Hatte Sanders Geist nicht ein graues Gewand? Das Gesicht ist hälftig mumifiziert, die andere Seite skelettiert, wie auch der restliche Körper. Die Mumifizierung ist dem Luftentzug zuzuschreiben. Allerdings, glaube ich, dass die Mauer zwischendurch geöffnet wurde, und zwar nicht allzu lange, nachdem das Fräuleinchen eingemauert worden war. Ich werde es herausfinden, wenn ich die Röntgenvergleichsanalyse mit postmortalem CT inklusive einer Zahnziel-Aufnahme gemacht und ausgewertet habe. Den Kopf werde ich vermessen. Mit einem Foto der Toten können wir so mehrere Merkmale in einem Schädel-Bild-Vergleich abgrenzen. Der Mund ist geöffnet, die rechte Hand zur Klaue gebogen. Ich schließe daraus, dass sie noch gelebt hat, bevor sie dieses Mauergrab beziehen musste. Der Täter glaubte, sie sei tot. Was das zerrissene Kleid angeht, so tippe ich auf Gewalteinwirkung.«

Sander stand inzwischen mit einer Bäckertüte auf der Treppe.

»Und das alles können Sie so schon sagen? Ich bin tief beeindruckt. Trinken wir Kaffee?«

»Ja, wir kommen.« Welle nickte ihm zu.

»Was denkst du, wie lange liegt die Tote in dem Mauerspalt?«, fragte Welle. Wert biss gerade in ein Croissant und kaute zunächst gemächlich zu Ende.

»Nun, das vermag ich ohne Evaluierung nicht zu sagen. Ihr könntet herausfinden, wann diese Wand genau eingezogen wurde. Da das Mauerwerk nicht gleichmäßig verarbeitet war, ist davon auszugehen, dass es nachträglich ausgebessert wurde. Fotos, alte Fotos von den Bewohnern wären hilfreich.«

»Können Sie mir die Adresse von diesem Franz Goldammer geben. Ich werde dem Herrn einen Besuch abstatten.« Welle schlürfte hörbar am Kaffee.

»Herr Goldammer war während des Krieges ein Kind.« Sander zuckte mit den Schultern.

»Sie sagten doch, dass diese Villa die ganze Zeit im Familienbesitz der Goldammers war. Irgendetwas wird er wissen.«

»Gut, ich telefoniere mit ihm und melde Sie an. Ich möchte nicht, dass der ältere Herr erschrickt. Ist das okay?«

»Nur zu. Ich hoffe, dass genügend DNA herauszufiltern ist. Vielleicht besteht dann sogar die Chance zur Aufklärung.«

»Bestimmt. Welle, du weißt, ich werde meine Laboranten triezen. Mich interessiert dieser Fall ausnahmsweise mal selbst. Eine Teilmumifizierung bekommt man nicht alle Tage zu sehen. Erwartet aber bitte keine schnellen Ergebnisse. Die Untersuchungen sind extrem aufwendig.«

»Wie du weißt, ist mein zweiter Vorname nicht Geduld.« Kuhlmann verdrehte die Augen. Die Ungeduld hatte er von Welle übernommen, was allgemein bekannt war. Im Idealfall sollte alles ratzfatz erledigt werden.

»Ich gönne dir, ein paar Tage am Stück deine Nase in meine Arbeit zu stecken. Und jetzt sage ich dir etwas als Agnostiker, ich schwöre bei Gott, du hältst keine vierundzwanzig Stunden durch. Zugegeben, die Vorstellung gefällt mir. Als mein Hiwi würde ich dich an einer frischen Leiche zunächst noch warme Organe heraustrennen und wiegen lassen ...«

»Wert! Genug! Bitte verschone mich.« Kuhlmann verzog angewidert das Gesicht zur Fratze.

»Ich fahre jetzt, wir müssen nicht zu dritt auf die Spurensicherung warten.« Welle erhob sich.

»Herr Goldammer erwartet Sie heute Nachmittag. Hier ist die Adresse.« Sander reichte ihm den Zettel.

»Vielen Dank. Tja, dann sind wir alle gespannt, wie es sich weiter entwickelt. Danke für den Kaffee und das Gebäck. Wir telefonieren. Bis dann. Trollinger! Auf geht's.«

KAPITEL ZWÖLF

Welle lag auf dem Sofa und war fest eingeschlafen. Er zuckte fürchterlich zusammen, als seine Tula ihn sanft rüttelte.

»Beabsichtigtest du nicht, nach Dietlingen zu fahren?«

»Hasch du mi verschreckt.« Welle blinzelte auf die Wanduhr. »Oh, jetzt aber los. Entschuldige, aber die Hitze hat mich glatt umgehauen. Es ist unnatürlich warm heute, findest du nicht?«

»Für Deutschland schon. Für Griechenland nicht. Liegt wohl am Klimawandel. Ich wollte dich nicht erschrecken.«

»Schatz, Trump sagt, es gibt keinen Klimawandel.« Welle lachte, bis ihm die Tränen liefen, dann drückte er Tula einen Kuss auf die Stirn und verschwand unter der Dusche. Lautstark pfiff er sein Lieblingslied. ›Always Look On The Bright Side Of Life‹. Er liebte englischen schwarzen Humor. Den Film ›Das Leben des Brian‹ von Monty Python kannte er auswendig. Tula hatte gewisse Bedenken geäußert, als sie ihn sah. Zwar war sie keine sonntägliche Kirchgängerin, aber immerhin gläubig. In stundenlangen Diskussionen über Gott und Kirche hatten sie sich auf einen für beide akzeptablen Weg geeinigt. Während Welle so vor sich hin pfiff, schlich Tula sich leise ins Bad, öffnete die Duschkabine und schob sich hinein.

»Ja, aber hallo, Frau Diamantopoulos, wollen Sie mich von meinem Job abhalten?«

»Nein, mir ist es auch heiß, und so lange du hier bist, kannst du mir den Rücken einseifen.« Provozierend hielt sie ihm die Seife entgegen.

»Rücken einseifen. So nennt man das jetzt also. Sind wir für solche Spielchen nicht zu alt?«

»Du vielleicht, ich nicht. Was ist?« Die Regenbrause prasselte sanft auf beide nieder. Welle konnte nicht anders. Er liebkoste sie, jetzt, sofort.

»Du kommst zu spät zu deinem Termin«, flüsterte sie ihm ins Ohr.

»Dumm gelaufen.«

»Du kannst doch nicht ...«

»Natürlich kann ich.«

»Guten Tag, Herr Goldammer. Wellendorf-Renz. Bitte entschuldigen Sie die Verspätung, ich wurde aufgehalten. Erlauben Sie, dass mein Hund mit reinkommt?«

»Selbstverständlich, kommen Sie. Ich sitze auf der Terrasse, dort ist es angenehm.« Der Herr, augenscheinlich in guter Verfassung, marschierte zügigen Schrittes voraus und bot Welle Platz an.

»Kaffee, Wasser, Bier? Was darf es sein?«

»Ein Glas Wasser, danke.«

»Ich war überrascht, als Herr Sander heute anrief. Er erzählte etwas von einem Vorfall in der Villa, der Jahre zurückläge. Was ist denn passiert?«

»Bei den Renovierungs- und Umbauarbeiten fanden Arbeiter eine Tote, zwischen äußerer Hauswand und Innenmauer.« Welle war nicht gewillt, von dem Spuk zu berichten und bediente sich dieser Variante.

»Um Himmels willen, das ist ja fürchterlich!«

»Wissen Sie, in welchem Jahr die zweite Mauer eingezogen wurde und wozu.«

»Lassen Sie mich überlegen. Mein Vater ließ den Keller als Luftschutzkeller sichern. Das sollte 1944 gewesen sein, Gott, das ist schon so lange her.«

»Wurde in dieser Zeit jemand vermisst? Ein Dienstmädchen vielleicht? Gab es Angestellte?«

»Darüber ist mir nichts bekannt. Bei uns wechselte öfter das Personal. Wir hatten eine Köchin auf Abruf, sie kam nur, wenn Vater Geschäftsleute zu Gast hatte, allerdings nicht mehr ab dem Zeitpunkt der Verdunklung und des ständigen Fliegeralarms. Zwei Kindermädchen hatte ich. Von der ersten weiß ich nichts, die zweite hieß Martha. Sie war wirklich lieb. Eigentlich war sie mehr Haus- als Kindermädchen.«

Goldammer lächelte und nickte. »Sechzehn war sie. Ich acht. Ich glaube, ich war in sie verliebt. Kennen Sie das, verliebt sein in eine Unerreichbare?« Goldammer grinst spitzbübisch.

»Ich hatte mich mit dem Verliebtsein auf eine Lehrerin in der Oberstufe beschränkt. Sie war verheiratet und ich platzte schier vor Eifersucht. Wobei, ich kenne einige Teenager, denen das heutzutage genauso ergeht. Durch dieses Schlamassel müssen wohl alle durch. Was ist mit Martha passiert.«

»Ich weilte mit meiner Mutter ein paar Tage auf dem Sommerberg in Bad Wildbad. Wir haben dort ein kleines Häuschen, was im Übrigen all die Jahre überstanden hat. Mit einem Passierschein durften wir immer hochfahren, die Hotels waren seinerzeit Lazarette. Meine Mutter zeigte mir das Moor. Es war kalt. Warten Sie, das war im November 1944. Genau. Sie erzählte mir, dass mein Urgroßvater sich im Moorwald extrem gut ausgekannt habe. Und dass ich unbedingt mit meinem Vater zusammen das Gebiet erkunden sollte, denn er war mit seinem Großvater dort unterwegs gewesen. Oh, entschuldigen Sie, ich schweife ab.«

»Kein Problem, das macht nichts.« Welle konnte ein guter Zuhörer sein, wenn ihn das Thema interessierte.

»Na, jedenfalls, als wir von dort zurückkamen, sagte

Vater, dass Martha zurück zu einer Verwandten gerufen wurde und nicht wiederkäme. Ich war darüber wirklich traurig. Sie hatte eine Überraschung für mich zu Weihnachten geplant. Gerne hätte ich gewusst, was es war. Stimmt, da waren die Maurer im Keller. Sie glauben doch nicht, dass Martha ...«

»Zunächst glaube ich gar nichts. Ich bin ja hier, um mir ein Bild zu verschaffen. Wohnten Sie die ganze Zeit in der Villa?«

»Bis 1999. Nach der Zerstörung von Pforzheim, bei der meine Eltern ums Leben kamen, zog meine Tante Elfriede, die Schwester meiner Mutter, mit in die Villa ein. Ihr altes Gehöft wurde für Kriegsobdachlose hergerichtet. Es waren so viele Menschen, die vor dem Aus standen.«

»Wo waren Sie damals? Ich meine, Sie haben überlebt.« Welle schämte sich seiner stümperhaften Fragestellung. »Verzeihen Sie. Ich meinte, an welchem sicheren Ort hielten Sie sich auf?«

»Ich habe Sie schon verstanden. Irgendetwas war zwischen meinen Eltern vorgefallen, ich weiß bis heute nicht, was. Ich wohnte einige Wochen mit Mutter bei ihrer Schwester in einem alten, zugigen und ziemlich heruntergekommenen Gehöft der Großeltern, die zu dieser Zeit schon verstorben waren, hier in Dietlingen. Mutter fuhr mit dem Auto nach Pforzheim, um mit Vater etwas zu besprechen. Das war am 22. Februar. Sie kam nicht wieder. Ich höre genau ihre Stimme, wie sie zu mir sagte: ›Alles wird gut, mein Junge. Ich bin heute Abend zurück und nächste Woche fahren wir gemeinsam nach Hause.‹ Ich wollte unbedingt mit, aber sie beteuerte, sie habe etwas sehr Ernstes und Wichtiges mit Vater zu besprechen, was ich noch nicht verstünde. Sie würde es mir zu gegebener Zeit erklären. Ja, das waren ihre letzten Worte.«

Goldammer schluckte schwer, seine Augen schimmerten wässrig, der Mund zu einem schmalen Strich zusammengepresst. Der agile Mann schien nach wie vor unter den Kriegsfolgen und dem Verlust der Eltern zu leiden.

»Das tut mir sehr leid. Es gefällt mir nicht, Ihre Gefühle so aufzuwirbeln. Entschuldigung.« Welle sorgte sich um den alten Herrn. »Und 1999 sind Sie dann wieder nach Dietlingen gezogen?«

»Nein, das war erst 2012. Meine Gesundheit bereitete meinem Sohn Andreas etwas Sorge. Er überredete mich, mit hierher zu ziehen. Das Haus gehört ihm. Ich zog nach der Pensionierung 1999 auf den Sommerberg in das alte Holzhaus. Meine Frau starb 1980 an Krebs. Was sollte ich allein in der Villa? Mein Sohn zeigte ebenfalls kein Interesse. So ein denkmalgeschütztes Haus verschlingt eine Menge Geld, außerdem fand er es schon immer spießig. Ich hatte es zwei Mal gut vermietet. Die Mieter waren aus Pforzheims oberer Schicht. Aber bei den letzten krachte es in der Ehe. Sie trennten sich und zogen wieder aus. Danach stand das Haus leer, bis Herr Sander es mir abkaufte.«

»Diese Mieter, haben sie etwas im Haus verändert?«

»Jedwede bauliche Veränderung muss vom Denkmalamt genehmigt werden. Nein, es gab keine Umbauten.«

»Ist Ihnen zufällig in Erinnerung, woher diese Martha stammte? Oder wie sie mit Nachnamen hieß?«

»Puh, Sie stellen Fragen. Das ist dreiundsiebzig Jahre her.« Goldammer überlegte. »Ich bin mal kurz im Keller. Wenn ich es recht weiß, existiert ein alter Karton ...«

Welle war erstaunt über Franz Goldammer. Er fragte sich, ob er mit einundachtzig Jahren ebenso fidel sein würde. Er betrachte die Fotos an der Wand. Auf einer Schwarz-Weiß-Fotografie war die Villa abgebildet. An der Haustür stand eine Frau in einem Kostüm, ein Mann im Anzug und ein Kleinkind zwischen ihnen.

»Das sind meine Eltern. Und der Piefke da, das bin ich.« Goldammer stellte einen verstaubten Bananenkarton auf den Tisch und zog den Deckel herunter. »Der Duft von Kellereinlagerung, Sie müssen entschuldigen.« In der Tat roch es nach alten, muffigen Sachen, wie Bücher, die man dreißig Jahre lang im Keller vergessen hatte. Eine Menge Fotos lagerten zusammengepresst in einem separaten Schuhkarton, der senkrecht in der Kiste gestanden hatte. Goldammer klaubte Versicherungspolicen aus dem Jahr 1918 heraus, die in Aktenhüllen steckten. Erbgut. Vom Großvater. Das, was davon übrig war. Welle fand ja so alten Gruuschd, wie die Badener zu sagen pflegten, schon immer interessant. Es erstaunte ihn, was über Jahrzehnte hinweg aufgehoben wurde, Kriege und Umzüge überlebt hatte. Auch er besaß so eine Gruuschdelkiste.

»Garantiert finde ich Martha auf einem der Fotos. Ich sehe sie durch und Sie kommen in ein paar Tagen wieder. Klingt das wie eine gute Vereinbarung?«

Welle würde zwar am liebsten jetzt und sofort die Bilder durchsehen, und überhaupt … Mist, er musste warten. Er konnte Goldammer nicht drängen und musste zähneknirschend klein beigeben.

»Natürlich. Rufen Sie mich bitte gleich an, sowie Sie etwas gefunden haben, das hilfreich wäre. Ich bin wirklich auf Ihre Hilfe angewiesen. Hier ist meine Karte. Sie erreichen mich unter der Nummer immer. Herzlichen Dank für Ihre Zeit.«

Inzwischen war Welle nicht nur stolzer Besitzer eines Smartphones, er benutzte es immer häufiger und war über die enorme Vielfalt der Funktionen überrascht. Es fiel ihm nicht schwer, den Anruf über Bluetooth in seinem Wagen anzunehmen.

»Wert hier. Hast du etwas Brauchbares für mich gefunden? Irgendeinen Hinweis, der mir die Suche erleichtert?«

»Noch nicht. Goldammer kämpft sich durch einen Karton Fotos und meldet sich.«

»Schade, dann werde ich doch das ganze Arsenal der postmortalen Untersuchungen auffahren.«

»Was heißt das?«

»Chemisch-toxikologische, mikroskopische sowie virologische, bakteriologische und molekularbiologische Diagnostiken vornehmen beziehungsweise anordnen.«

»Aha, wenn du das sagst, wird es wohl so sein.« Welle fehlte es nach all den Jahren enger Zusammenarbeit mit der Rechtsmedizin weiterhin am Vermögen, Fachbegriffe einzuordnen. Er gestand sich ein, dass es an Belesenheit mangelte. Bücher hätte er genügend zum Thema. »Der Zustand der Toten ist nicht der beste und du wirst diese ganzen Untersuchungen dennoch durchziehen können?«

»Die Beurteilung der Leiche ist durch die Gegebenheit der Mumifizierung und der teilweisen lederartigen Vertrocknung des Körpers wahrlich schwierig. Die skelettierten Teile, werden mir hingegen genügend Aufschluss liefern, hoffe ich, denn sonst hätte ich meinen Beruf verfehlt.«

»Hört sich nach einer Menge Arbeit an.«

»So ist es. Sander kann mit den Bauarbeiten fortfahren. Die Spusi hat Bröckchen für Bröckchen die Kellerwand abgetragen, um ja nichts zu übersehen. Aber das wird dir Kuhlmann berichten. Apropos, Sander erzählte doch, sein Geist habe ein im Brustbereich blutverschmiertes Kleid an. Der Fetzen hier ist übersät mit Blut. Die Ghosthunter haben Fußspuren von zwei Menschen archiviert, richtig? Ich brauche dieses Material, kümmerst du dich bitte darum? Das war's vorläufig. Schönen Resttag und Gruß an Tula.«

»Ja, mach ich beides. Danke für deinen Anruf.«

Welle organisierte telefonisch, dass Wert die gewünschten Aufzeichnungen der Geisterjäger erhielt. Seine Gedanken drifteten nur kurz ab, als er mit Tula vor dem Fernseher saß.

»Denkst du über das arme Wesen in der Wand nach?«, fragte Tula.

»Schon, aber es bringt nichts. Ich fantasiere mir Hunderte Möglichkeiten zurecht, aber keine trifft den Punkt. Ich hoffe, dass Goldammer brauchbare Fotos findet, die Wert in der Erkennung der Person weiterhelfen. Das heißt nichts anderes, als gezwungenermaßen abzuwarten.«

Welles Handy klingelte, Goldammer war dran.

»Gerade habe ich von Ihnen gesprochen. Haben Sie Martha gefunden?«, begrüßte er ihn.

»Nein, mir ist noch etwas eingefallen. Als Pforzheim in Schutt und Asche lag, machte ich mich mit meiner Tante zwei Tage später, also am 25. Februar 1945 auf den Weg. Wir wollten nachsehen, was mit den Eltern ist. Die Villa stand noch, ein bisschen Putz war abgefallen, das war aber alles. Da meine Eltern dort nicht zu finden waren, liefen wir in die zerstörte Stadt. Mancherorts kamen wir gar nicht durch, mussten umdrehen und passierbare Wege suchen. Man hatte angefangen, die Toten am Straßenrand zu stapeln, da, wo er mal war. Überlebende sollten ihre Angehörigen identifizieren. Es war die Hölle. Manche Gebäude waren aufgrund der Brände und Hitze längere Zeit nicht begehbar. Sie wissen sicherlich, wie es in einem Schlachthof riecht, so und nicht anders habe ich diesen Tag in Erinnerung. Ständig hatte ich mich übergeben. Vaters Firma war ein einziger Trümmerhaufen, ebenso der Rest der Innenstadt. Wir versuchten, Stein für Stein umzudrehen, um sie zu finden. Ein sinnloses Unterfangen. Verschmorte Einzelteile, die nicht zuzuordnen waren, ein paar Edelsteine in einer Metallbox, die durch das Feuer deformiert war und das Kleid meiner Mutter hatten wir herausgezogen. Vater und ein Mitarbeiter wurden erst drei Monate später bei der Trümmerbeseitigung gefunden. Mutter blieb verschollen. Ich habe nur das Kleid.«

Kurze Stille auf beiden Seiten des Telefons. Tula, die das Gespräch mitbekommen hatte, hielt sich vor Entsetzen die Hand vor den Mund.

»Das muss schlimm gewesen sein. Aber was meinen Sie mit ›Sie haben das Kleid ihrer Mutter‹?« Welle war überzeugt, dass der alte Mann sich versprochen hatte.

»Ich habe es aufgehoben, all die Jahre, ebenso wie die Edelsteinschachtel. Ich weiß nicht, ob das für Sie von Bedeutung ist. Mir war es gerade eingefallen. Ich empfand es suspekt, dass meine Mutter nie in den Trümmern gefunden wurde. Fortwährend, wenn Tote geborgen wurden, überwand ich mich, schaute sie an, alle. Aber sie war nie dabei. Monatelang, nein, noch Jahre später wurde ich diese schrecklichen Bilder nicht los, konnte nachts nicht schlafen.«

»Darf ich Sie fragen, welche Farbe dieses Kleid hat und ob es Blutflecken aufweist?«

»Ja, hat es. Ich meine, es ist grau.«

»Sie wissen es nicht? Haben Sie es nicht vor sich?«

»Nein, es ist mit den anderen Sachen auf dem Sommerberg. Wenn Sie Lust haben, holen Sie mich ab, und wir fahren hoch. Unabhängig davon bin ich jetzt so aufgewühlt, da kann ich sowieso nicht schlafen.«

Welle schaute fragend Tula an. Sie nickte.

»Gut, wenn es Ihnen nichts ausmacht. Ist es wirklich nicht zu anstrengend für Sie?« Welle hievte sich vom Sofa und schnippte mit den Fingern. Ein Zeichen, dass sich Trollinger bewegen sollte. Der Rüde blickte kurz auf und sprang nach erneutem Schnippser auf.

»Nett von Ihnen. Ich bin zwar alt, nicht mehr ganz so gut zu Fuß, dafür aber immer noch fit im Kopf. Packen Sie sich eine Zahnbürste ein, wenn es zu spät wird, übernachten wir oben. Ich erwarte Sie, bis gleich.« Für Goldammer schien die Verabredung klar. Er hatte aufgelegt.

»Es wird spät. Warte nicht auf mich, Liebes. Ich fürchte, es wird eine lange Nacht.« Welle schmuste einige Minuten mit Tula – so viel Zeit musste sein – dann schwang er sich in seinen VW-Käfer und fuhr zum zweiten Mal an diesem Tag nach Dietlingen.

KAPITEL DREIZEHN

Der Einundachtzigjährige stand vor der Haustür und winkte Welle mit einem Stock in der Hand zu.

»Guten Abend, Männer wie Sie mag ich, neugierig und spontan.« Statt Welle die Hand zu reichen, streckte er ihm eine kleine schwarze Reisetasche entgegen. Welle verstaute sie im Kofferraum seines VW-Käfers, vorne also, und staunte über deren Gewicht.

»Haben Sie Backsteine eingepackt?«

»Übernachtungssachen und vier Fotoalben, die ich noch nicht durchgesehen habe. Mit den losen Bildern bin ich fertig. Dabei schossen unvorstellbar bittere Erlebnisse wie Saures in mir auf, Martha habe ich bislang nicht entdeckt. Ein echt fesches Auto haben Sie, da kommen gleich weitere Erinnerungen auf. Anfang der Achtziger hatte ich ebenso einen coolen Käfer, blau war er, hellblau. Okay, die Farbe war schon gewöhnungsbedürftig, aber ich stehe auf diese Kolorierung.« Er deutete auf sein hellblaues Hemd und lachte. »Spießig, oder?«

»Nein, gar nicht. Als ich Sie vorhin sah, zog ich meinen imaginären Hut vor Ihnen. Ich hätte Sie nicht in Jeans und Sportschuhen erwartet. Respekt. Was mir besonders auffällt, ist Ihre moderne Ausdrucksweise. Offen gestanden habe ich bisher bei keinem älteren Herrn das Wort ›cool‹ gehört.«

»Na hören Sie, mit zunehmendem Alter ist es nicht erforderlich, in der Zeit stehen zu bleiben. Wer nicht mitgeht, hat verloren. Logisch, auch für mich war einiges gewöhnungsbedürftig. Wenn ich nur daran denke, wie die

Computer den Markt eroberten. Ich hatte den ersten 1991 gekauft. Sie kennen sicherlich diese Monsterkisten. Der Monitor war so schwer, dass man ihn mit zwei Leuten tragen musste, vom Rechner ganz zu schweigen. Und heute, pah, sind es Leichtgewichte. Lassen Sie sich das auf der Zunge zergehen, da sind nicht mal ganze dreißig Jahre dazwischen.«

Er wischte mit der rechten Hand durch die Luft. »Aber die Vorteile dieser Computerwelt sind enorm. Sie können bestimmt ein Lied davon singen.«

»Freilich, ein effektives Arbeiten ist in den meisten Branchen heute ohne PC nicht mehr möglich. Bei der Polizei sind wir für jede weitere Vernetzung dankbar, für uns ist der Fortschritt eher zu langsam. Gegenüber anderen Ländern hinken wir hinterher. Was haben Sie nach dem Krieg gemacht?«

»Im Juli 1945, nachdem die amerikanischen Truppen die Stadt übernommen hatten, zog ich mit meiner Tante in die Villa. Täglich packten wir bei der Trümmerbeseitigung mit an. Alle verrichteten das, und wer nicht wollte, wurde verpflichtet. Da war es egal, ab Frauen, Kinder oder Schwache. Die Trümmerbahn karrte den von uns aufgeladenen Schutt zum Wallberg. Der wuchs und wuchs. Wenn man bedenkt, dass die Straßen in monatelanger schweißtreibender Handarbeit wieder begehbar wurden ... ja, das war hartes Brot. Dennoch hatte ich großes Glück. Die Schäden an meiner Schule waren gering, und der Unterricht konnte nach einem dreiviertel Jahr wieder aufgenommen werden. Später machte ich Abitur und im Anschluss eine Ausbildung zum Goldschmied. An der Fachhochschule war ich über zwanzig Jahre als Dozent tätig, einmal in der Woche. Die restliche Zeit arbeitete ich in meinem Beruf. Ich habe ein paar schöne Stücke, wenn Sie interessiert sind, zeige ich Sie Ihnen gerne.

Hoppla, wir sind gleich am Ziel, dort vorne rechts und dann ganz hinter, bis in den Wald. Durch das viele Reden realisiert man die zurückgelegten Kilometer gar nicht.«

Es war tiefschwarze Nacht, als Welle sein Auto in eine schmale Einfahrt bugsierte.

»Etwas eng.«

»Ach was, das passt. Da bin ich in den Sechzigern mit meiner Badewanne hineingefahren.«

»Sie hatten eine Badewanne?«

»Ja, bis dass der Rost uns schied. Eine alte Ford-Krankheit, die sich später bei meinem 17M fortsetzte. So schön wie sie aussahen, die Kotflügel und Einstiegsleisten waren als Erstes an den Kisten durch.«

»Stimmt. Ich hatte einen 20M und unterschreibe das sofort. Vom Motor her lief er, entgegen seines Images, dennoch fahre ich seither VW-Käfer.« Welle holte die Tasche aus dem vorn platzierten Kofferraum. Trollinger schnüffelte im Garten herum, verrichtete gewiss sein Geschäft.

»Warten Sie, ich mache uns Licht.« Franz Goldammer stiefelte los, traf souverän das Schlüsselloch und betätigte hörbar einen Sicherungsschalter. Welle bewunderte diesen Mann und hoffte, dass er in zwanzig Jahren ebenso rüstig sein würde.

Das Holzhaus war geräumiger, als er erwartet hatte. Mit der Eingangstür befand man sich sofort im Wohnzimmer. Neben dem altertümlichen Sicherungsschutzschalter hing eine kleine Eichengarderobe mit Ablagemöglichkeit für Hut und Schuhe. Im Raum selbst standen zwei gemütlich aussehende Fernsehsessel, eine lederne Schlafcouch, ein Kacheltisch zum Hochkurbeln, wie ihn Welle aus seiner Kindheit kannte, und ein Eichensideboard. Er stellte die Tasche ab und folgte Goldammer in die angrenzende Küche, deren Holztür beim Öffnen knarzte. Dieser Raum war ebenfalls im Retrostil eingerichtet. Neben einer uralten Eckbank gab es einen Holztisch, an dem die Schublade mit traditionellem Besteckkasten halb geöffnet war, eine Spüle, zwei Küchenbuffets und eine Kochplatte mit zwei Platten.

»Ich werde verrückt! Funktioniert der noch?« Welle befingerte einen Küchenherd mit Holz und Kohlefeuerung.

»Ja, wenn ich nicht zu faul bin, koche ich auf ihm. Schmeckt anders, finde ich.« Goldammer hatte eine Flasche 2012er Ellmendinger Keulenbuckel, einen kräftigen Rotwein, geöffnet und schenkte jedem ein Glas ein.

»Zum Wohl, Herr Wellendorf-Renz.«

»Vorzüglich! Könnten Sie mir bitte das Kleid zeigen? Ich bin offen gestanden sehr neugierig.«

»Natürlich. Nehmen Sie die Taschenlampe, der Keller ist nur schwach bis gar nicht beleuchtet.« Auch diese Tür quietschte spektakulär. Welle lächelte.

»Schon ein wenig altertümlich hier, aber es hat was.«

»Bis auf die Sitzgelegenheiten im Wohnzimmer stammt die Einrichtung von meinen Eltern beziehungsweise Großeltern. Das Bett habe ich mir natürlich neu gekauft. Ich wollte mich von dem alten Zeug nicht trennen, und es bildet doch einen netten Kontrast zu der Moderne.« Welle hatte das Schlafzimmer bislang nicht gesehen, vermutetet dort aber eine ähnliche Einrichtung.

»Vorsicht, Kopf!« Goldammer duckte sich unter einem Holzbalken hindurch. Es dauerte einen Moment, bis sich Welles Augen an das diffuse Licht gewöhnt hatten. Mit der Taschenlampe leuchtete er den Naturboden ab und ließ den Strahl über Regale gleiten, in denen ein paar Konserven und etliche Metallkisten standen.

Angenehme Temperaturen herrschten in diesem naturbelassenen Untergrund. Welle wünschte sich, so ein friedliches

Idyll mitsamt dem kleinen Garten sein Eigen zu nennen. Er fragte sich, warum er nicht schon zu Berufszeiten auf so eine Idee gekommen war. Es wäre ein entspannender Ort gewesen, um den Alltagsstress hinter sich zu lassen. Und seiner Erika hätte das bestimmt auch gefallen. Vorbei. Jetzt genoss er den Ruhestand, löste weiterhin suspekte Fälle oder trug zumindest zu deren Lösung erheblich bei. Wer kann, der kann. Der Gedanke ließ ihn grinsen. Ihm bereitete es einen Heidenspaß, immer eine Nasenlänge voraus zu sein und ehemaligen Kollegen, insbesondere seinem Nachfolger, zu zeigen, wie ermittelt wird und wie man Gespür entwickelt.

Dann war da noch Tula, seine geliebte Griechin. Deren Haus in Alepochori, unweit von Athen und im griechischen Stil erbaut, einfach nur gemütlich war. Außerdem besaß diese attraktive Frau, mit der er Leben und Bett teilte, ein weiteres Haus auf dem Peloponnes. Ohne Schnickschnack, ganz wie dieses hier, inmitten eines Olivenhains und mit fulminantem Blick über die Navarino-Bucht und die angrenzende Lagune. Was benötigt ein Mann mehr? Was braucht er mehr? Nichts.

»Helfen Sie mir bitte, diese Kiste müsste es sein.« Goldammer hatte den Griff in der Hand und zog daran. Welle packte zu, bevor sie sich verselbstständigte, und stellte sie ab. Goldammer öffnete vier Riegelverschlüsse, wie man sie von Outdoor-Truhen kannte. Welle leuchtete, während der Alte den Deckel abhob.

»Das ist sie. Wir nehmen sie mit hoch. Kommen Sie mal mit, aber vorsichtig, die Decke ist sehr niedrig.« Er führte Welle ein paar Meter weiter in einen angrenzenden Naturkellerraum.

»Täusche ich mich, oder liegt er tiefer als der andere Keller?« Welle schaute verdutzt.

»Unmerklich, aber es stimmt. Ich habe diesen Raum nach dem Krieg nur zwei Mal betreten. Ein Mal, um zu sehen, was darin war, und dann, um eine Harke zu suchen. Die Gerätschaften sind wahrscheinlich von meinem Großvater und nicht mehr zu gebrauchen. Im Prinzip ist hier alles so, wie es meine Eltern verlassen hatten, ich habe nichts verändert.« Welle blieb ehrfürchtig stehen. Was musste dieser Keller für Retrospektiven auslösen? Er verstand Goldammer irgendwie. Die Männer schwiegen. Welle leuchtete den Raum, in dem es kein Licht gab ab, und erschrak, als sich ein Schatten von rechts bewegte. Gezielt hielt er die Taschenlampe darauf.

»Trollinger! So was, ich hab ihn gar nicht kommen hören.«

»Wirklich ein hübsches Tier, ein wenig furchteinflößend und gleichzeitig lieb, aber dieser Name! Waren Sie betrunken, als Sie ihn Trollinger tauften?« Goldammer schmunzelte Welle an.

»So direkt hat mich das noch niemand gefragt. Suchen Sie mal einen passenden Namen für einen Staffordshire Bullterrier. Aber vielleicht haben Sie ein bisschen recht, ich schwärme für die Rebsorten Trollinger und Lemberger.« Goldammer lachte geradewegs heraus und schüttelte den Kopf.

»Sie sind mir ein ganz schönes Schlitzohr, wenn ich das mal so sagen darf.«

Trollinger schnüffelte herum und gab ein leichtes Knurren von sich. Welle strahlte die Stelle an. Sein Hund roch an einer verrosteten Schubkarre, deren Reifen dreckig und platt waren. In ihr lag ein Spaten, ebenfalls schmutzig.

»Was ist das?«

Goldammer sah sich den Spaten an und strich sich durch für sein Alter ungewöhnlich volles Haar.

»Sieht nach getrocknetem Moorschlick aus. Zu Kriegszeiten hatte meine Mutter den Garten nicht mehr gepflegt. Vater hatte mit der Schubkarre oftmals Moorschlamm geholt. Mutter wusste es schon damals als Heilmittel gegen Gelenkschmerzen einzusetzen. Kann natürlich auch sein, dass Soldaten die Schubkarre benutzt hatten.«

»Soldaten?«

»Ich erwähnte bereits, dass die Hotels 1943 und 44 vom deutschen Militär zu Lazaretten umfunktioniert wurden. Meine Eltern bekamen einen Passierschein, ohne den hätten sie uns nicht hierher gelassen. Dann kamen die Franzosen und nahmen alle Besitztümer an sich. Als das Häuschen zurückgegeben wurde, waren zwei Fenster und Teile der Einrichtung zerstört.« Goldammer drehte sich ab und suchte den Rückweg. Trollinger schien sich von der Karre nicht trennen zu wollen.

»Auf jetzt, bei Fuß!« Der Rüde folgte erst, als Welle ein paar Schritte auf ihn zugegangen war. Kurz leuchtet er das alte Trumm erneut ab und scheuchte seinen Hund hinaus.

»Warten Sie, das nehme ich!« Mit einem Satz war er bei Goldammer. Sie tauschten Taschenlampe gegen Kiste.

»Wie kam es, dass Ihr Vater nicht zum Militär eingezogen wurde?«

»Nun, ich weiß es nicht genau, vermute aber, dass es an der kleinen Fabrik lag. Wo Möglichkeiten vorhanden waren, Werkstätten zur Zünderproduktion umzufunktionieren, wurde das auch umgesetzt.«

»Verstehe.« Welle setzte die Metallkiste auf dem Küchentisch ab. »Darf ich?«

»Moment.« Goldammer griff nach dem Weinglas, leerte es mit einem Zug. »Jetzt bin ich bereit.« Er holte tief Luft. Welle hob den Deckel ab. Goldammer griff hinein, hob sehr sacht, als könne sich der Stoff durch die Berührung auflösen, das Kleid heraus. Vorsichtig faltete er es auseinander.

»Die Risse habe ich beim Hervorziehen unter den Trümmern verursacht. So etwas Dummes. Hier, sehen Sie, die Blutflecken?« Er reichte es Welle.

»Das sieht ernsthaft nach Blut aus.« Rechte Seite, würde stimmen, überlegte er. Einen Kragen hat es auch. Sander erwähnte doch einen Kragen, oder nicht? Ist dies das Kleid, das der Geist trug? Mensch, diese Geistergeschichte macht mich langsam kirre. »Glauben Sie an Geister?«

»Wie bitte? Ist das eine ernst gemeinte Frage?« Goldammer guckte erstaunt.

»Ich hörte, dass in bestimmten Regionen, vorzugsweise in Moorlandschaften, Seltsamkeiten durchaus auftreten«, log Welle.

»Das stimmt, es kursieren auch über das Kaltenbronner Hochmoor ein paar Schauergeschichten. Ich glaube nicht daran, dafür habe ich zu viel erlebt.«

»Das Kleid sollten sich die Rechtsmediziner ansehen. Es wäre für einen Spurenabgleich äußerst hilfreich. Es wird auch nicht beschädigt, das verspreche ich Ihnen.«

»Wenn Sie meinen. Ich hole eine Tüte.« Goldammer zog eine Lade des Küchenbuffets auf und kramte eine Papiertüte hervor.

»Sind da die geretteten Edelsteine drin?« Welle deutete auf eine verformte Metallbox.

»Ja, machen Sie ruhig auf, wenn Sie es schaffen.« Goldammer legte das Kleid fein säuberlich zusammen und schob es in die Tüte, die er dann auf einen Küchenstuhl stellte.

Mit etwas Mühe und gesteuert von der Kraft der Neugierde, friemelte Welle den Behälter auf. Bunte Steine funkelten ihm entgegen. Vorsichtig nahm er einen roten heraus, in dem sich das Küchenlicht herrlich brach.

»Ein Rubin, richtig?«

»Ja. Sehen Sie sich mal diesen Schliff an, hervorragende Qualität. Oder der hier.« Er griff nach einem Diamanten, der doppelt so groß war wie all die anderen Steine. Geschickt drehte er ihn im Lichtkegel der Lampe, sodass Welle die Vielfältigkeit der Farben sehen konnte.

»Warum haben Sie diese Steine nie verarbeitet?«

»Sie sollten unangetastet bleiben, so, wie ich sie fand. Wären sie in einem Schmuckstück gelandet, würden sie eventuell nicht mehr existieren. Schmuck ist vergänglich.«

»Vermutlich haben Sie recht. Ich kriege die Schubkarre nicht aus dem Kopf. Trollinger schien überaus interessiert. Darf ich noch einmal in diesen Keller?«

»Natürlich, ich schenke uns in der Zeit einen Wein ein.«

»Oh, danke, für mich nicht, ich will nach Hause fahren und morgen beizeiten das Kleid abliefern.«

»Gut, dann trinke ich allein auf Ihr Wohl.«

Welle stieg in den Keller hinab. Trollinger trottete im Schein der Taschenlampe vorneweg, und steuerte zielstrebig auf die Karre zu. Ein leises Knurren war von ihm zu hören. Welle konnte sich ausnahmslos auf den Instinkt und die feine Nase seines Hundes verlassen. Hier war etwas faul, er musste es nur finden. Er leuchtete ganz langsam Stück für Stück ab, drehte den Spaten, erhellte den Stiel. Nichts. Außer diesem Moorschlamm, wie Goldammer meinte, war nichts zu entdecken. Er ging auf die Knie, klopfte den Naturboden ab. Vielleicht wurde etwas vergraben.

»Trollinger, such!«

Der Rüde blickte sein Herrchen an und sprang herum. Wohl nicht verwunderlich bei dem Anblick. Welle auf den Knien im Dreck herumrobbend, Trollinger, der suchen sollte, aber die Situation eher als Einladung zum Spielen aufzufassen schien.

»Aus, es wird nicht gespielt!« Welle rappelte sich hoch, klopfte die Hose ab und schaute nachdenklich seinen Hund an, der erneut mit der Schubkarre beschäftigt war.

»Trollinger, Fuß!« Er verließ den Keller. »Herr Goldammer, ich würde morgen gerne mit der Spurensicherung kommen, irgendetwas ist mit dieser Schubkarre. Wollen Sie wieder mit oder bleiben Sie hier?«

»Was soll denn mit dem alten Teil sein?« Goldammer schaute verwundert.

»Ehrlich gesagt, ich weiß es nicht. Noch nicht. Vielleicht liege ich auch falsch. Oder Trollinger spinnt. Sie müssen wissen, mein Hund hat schon Dinge erschnüffelt, die man nicht für möglich gehalten hätte. Und er lässt nicht davon ab, es zog ihn auch jetzt dorthin.«

»Na, dann. Ich rufe meinen Sohn an, damit er Bescheid weiß, und bleibe hier. Morgen können Sie mich ja wieder mitnehmen. Machen wir es so?«

»So machen wir es. Tun Sie mir einen Gefallen, und gehen Sie bitte nicht in den hinteren Keller, ist das machbar?«

»Ich sagte Ihnen doch, dass ich diesen Raum seit Steinzeiten nicht betreten habe, ergo werde ich damit jetzt nicht anfangen. Machen Sie sich keine Gedanken, ich warte, bis Sie morgen wiederkommen.«

»Ach, sagen Sie, ich vermisse eine Kellertür ins Freie. Man hat doch sicherlich die Gerätschaften nicht über die Kellertreppe transportiert.«

»Im ersten Kellerraum ist sie. Allerdings steht ein Regal davor. Ich habe sie nicht benötigt und daher zugestellt. Von außen ist sie so gut wie nicht mehr sichtbar. Irgendwann hatten wir das Erdreich aufgefüllt, um es dann mit Kieselsteinen zu bedecken. Sah gut aus und ersparte die Gartenarbeit. Für die paar Blumenbeete vorne habe ich die Harke von Frühjahr an hinterm Haus deponiert, und nur im Winter runter gebracht.«

»Verstehe. Dann bis morgen.«

KAPITEL VIERZEHN

Es schlug zwei Uhr in der Nacht, als Welle zurück war. Ihn fröstelte. Während der Fahrt von Bad Wildbad nach Pforzheim grübelte er, ob und in welcher Form die Schubkarre eine Rolle spielt. Fände man Blutreste an ihr und dem Spaten, hätte Trollingers Nase wieder einmal recht gehabt. Wenn dann das Blut mit dem auf dem Kleid übereinstimmte, hätten sie es mit dem eigentlichen Geist in Sanders Erscheinung zu tun? Goldammers Mutter könnte getötet worden und gar nicht in der Bombennacht ums Leben gekommen sein. Was sagte der alte Mann? Moorschlamm? Wurde sie im Moor versenkt? Wenn ja, von wem? Der eigene Ehemann ein Mörder? Möglich, aber warum? Welles Gedanken überschlugen sich. Es waren alles nur Vermutungen. Wenns und Abers, zu viel ›Könnte‹ in den Überlegungen. Beweise, er brauchte Beweise. Verdammt.

Leise betrat er das Bad, putzte Zähne und wusch sich, danach fuhr er seinen Laptop hoch, um einen kurzen Bericht an Kuhlmann und Keller zu schicken. Dann schlich er ins Schlafzimmer. Tulas Atem war gleichmäßig, sie schlief tief und fest. Ihn fröstelte immer noch. Langsam schob er sich unter die Bettdecke seiner geliebten Griechin, um sich ein wenig zu wärmen. Sie musste seine Anwesenheit schon längst gespürt haben.

»Da bist du ja endlich«, nuschelte sie.

»Psst, schlaf weiter, ich wärme mich nur ein wenig.« Zärtlich hauchte er einen Kuss in ihren Nacken, der sie leicht schaudern ließ.

»Hey, das kitzelt.« Sie drehte sich zu ihm herum.

»Hast du etwas herausgefunden?«

»Vielleicht, aber das erzähle ich dir jetzt nicht. Ich habe gerade Wichtigeres im Sinn.« Er knabberte an ihrem Ohrläppchen. Liebkoste ihren Hals, suchte ihre weichen Lippen. Küsste sie heiß und innig, als sie ihren Mund öffnete. Er kostete den leichten Erdbeergeschmack ihrer Lippencreme, die sie stets vor dem Zubettgehen auftrug. Seine Gedanken drehten sich augenblicklich nur um sie. Wie sehr er doch diese Frau liebte! Niemals hätte er es für möglich gehalten, so ein Hochgefühl erneut zu erleben. Gefährlich langsam glitten seine Hände unter ihr Nachthemd, schoben es Zentimeter für Zentimeter nach oben. Behutsam strich er über die Oberschenkel und berührte nur kurz ihre Scham. Genug, um sein Herzblatt aufstöhnen zu lassen. Er lächelte, weil er es so mochte. Seine Hand suchte ihre Brust, die Finger ließ er geschickt mit den Brustwarzen spielen, bis sie hart wurden. Tula wand sich. Er rutschte etwas nach unten, lauschte ihrem schneller werdenden Herzschlag, übersäte ihren Körper mit Küssen, blieb schließlich an der harten Knospe hängen, an der er erst sacht, dann immer fordernder saugte. Tula seufzte, streifte mit einem Ruck das Nachthemd ab, warf es aus dem Bett und drückte sich ihm entgegen. Welle robbte sich weiter hinunter, überdeckte ihren Leib mit abertausenden Küssen, bis sie bereitwillig ihre Beine öffnete. Eine Einladung, die er keinesfalls ablehnen würde. Behutsam schob er sich in sie hinein. Tula bewegte sich im Rhythmus. Ihre Hände hatte sie auf Welles Pobacken abgelegt und stachelte ihn mit leichten Klapsen an. Wohlige Wärme stieg in seinen Lenden auf, während er immer ungeduldiger in sie hineinstieß. Tula schob ihren Unterleib in Position, sodass ein Schauer Welle durchlief.

»Oh Gott, du schaffst mich«, japste er. Gemeinsam trieben sie sich dem Höhepunkt entgegen, der plötzlich und heftig aus ihnen herausbrach. Welle begrub Tula unter sich, küsste ihre Stirn.

»Sagapo, agapi mou«, flüsterte sie und drückte ihm einen Kuss auf die Nase.

»Ich liebe dich auch. Sehr sogar.« Welle lächelte sie siegreich an.

»Und jetzt, runter von mir, sonst bin ich platt.« Sie stemmte sich gegen ihn, um ein Stück auf die Seite zu rollen. Eine Lage, in der er unweigerlich aus ihr herausglitt.

»Oh, das ist nicht fair.« Welles Motzen klang tief beleidigt. Tula angelte nach ihrem Nachthemd und den Bettdecken. Welle zog sie in den Arm. Eine Weile spielte er mit ihren Haaren, drehte eine Haarsträhne durch seine Finger, bis sie eingeschlafen war.

Unsanft wurden die beiden Turtelnden vom Wecker aus dem Schlaf gerissen. Welle blinzelte, dehnte sich und klatschte ihn aus. Dann gähnte er und streckte sich, bis seine Knochen knacksten.

»Warum hast du den Wecker gestellt? Du hast nur vier Stunden geschlafen?« Tula reckte sich ebenfalls.

»Ich muss das Kleid in die Rechtsmedizin bringen und dann irgendwie Keller überzeugen, dass er die Spusi auf den Sommerberg schickt. Das dürfte nicht ganz einfach werden.«

»Hast du etwas gefunden?«

»Nein, ich denke Trollinger. In dem Naturkeller gibt es Gerätschaften mit getrocknetem Moorschlamm vergangener Jahrzehnte, für die er sich knurrend interessierte. Du kennst ihn inzwischen. Irgendetwas ist da. Goldammer versicherte mir glaubhaft, dass er diese Teile nie benutzt habe.«

»Es basiert also alles auf deinen Vermutungen. Wie willst du es Keller verkaufen?«

»Ich hoffe auf eine zündende Idee unter der Dusche.«

Welle schlang sein Frühstück hinunter, trieb Trollinger beim Gassigehen an, und schaffte es, eine Stunde später bei Wert im Büro aufzuschlagen. Er streifte sich Handschuhe über und zog das Kleid aus der Tüte. Es war kein billiger Stoff, das sah man. Vorsichtig breitete er es auf einem Tisch aus. Wert betrachtete es.

»Rechte Seite, Kragen und Oberteilbereich verfärbt. Das passt schon besser zu Sanders Beschreibung als der zerrissene Stofffetzen der Eingemauerten. Wir werden es analysieren.«

»Perfekt. Hast du etwas für mich?«

»Nein, bisher nicht. Es ist schwierig und dauert. Tut mir leid.« Wert zuckte entschuldigend mit den Schultern.

Im Polizeipräsidium nahm Welle gerne einen großen Becher heißen Kaffee in Empfang. Über das Wichtigste von dem Abend mit Goldammer hatte er seinen ehemaligen Mitarbeiter und seinen Nachfolger schon in der Nacht per E-Mail informiert.

»Guten Morgen, was gibt es Neues?« Keller schien gut gelaunt. Er zog sich einen Stuhl heran, stellte seine Kaffeetasse auf Kuhlmanns Schreibtisch ab und kraulte Trollinger ausgiebig. »Bisschen dünn, was Sie haben.« Er blickte Welle an.

»Das stimmt einerseits, allerdings vermute ich, dass Sanders Geist die vom Ehemann ermordete Mutter von Franz Goldammer ist. Wert meinte ebenfalls, dass dieses Kleid der Beschreibung sehr nahe käme. Im Übrigen bat ich ihn, eine DNA zu erstellen, ich hoffe, das ist in Ordnung?«

»Sicher.«

»Sie wissen, dass Trollinger sich bisher noch nie getäuscht hat. Auf seine Nase konnten wir uns immer verlassen«, fuhr Welle fort. »Sollte eine brauchbare Faser oder sogar ein Blutspritzer an der Schubkarre oder am Spaten zu finden sein, die im Idealfall mit der DNA aus dem Goldammer'schen Kleid übereinstimmt, hätten wir einen zweiten Mordfall.« Welle hoffte inbrünstig, dass dies als Argument überzeugen würde.

»Diese Geistergeschichte und die Eingemauerte werfen zahlreiche Fragen auf, die wir mit Sicherheit nicht alle klären können. Franz Goldammer war zu jung, also fällt er aus dem Raster. Alle anderen, die als mögliche Täter infrage kämen, sind tot. Für wen wäre es von Nutzen? Wir wühlen in altem Mist herum, lassen Emotionen hochkochen und haben keinerlei Beweise. Gibt es eventuell einen Überlebenden, der bestätigt, dass sich Frau Goldammer während der Bombardierung nicht bei ihrem Mann aufgehalten hatte?« Keller schaute Kuhlmann fragend an.

»Auch wenn Sie mich für verrückt halten, Welles Argumente klingen plausibel. Besitzt Goldammer Unterlagen über die Firma seines Vaters? Wenn ja, benötigen wir sie dringend.« Welle hatte von Kuhlmann nichts anderes erwartet.

»Ich kann mir vorstellen, dass er mir die Papiere zur Durchsicht mitgeben würde. Zumindest sind Versicherungspolicen vorhanden, die habe ich gesehen.«

Welle griff nach seinem Kaffee und nahm einen großen Schluck. »Pfui Deibel, lauwarm.« Er verzog das Gesicht zur Grimasse. Welle fixierte Keller. Er schien abzuwägen. Wollte einerseits seinen Vorgänger nicht vor den Kopf stoßen, malte sich andererseits die Erklärungsnot aus, würde man keine verwertbaren Spuren auf dem Sommerberg finden. Welle kannte dies Gefühl zu genau. Oft war es ihm in seiner aktiven Ermittlungszeit ähnlich ergangen. Er lernte, sich auf seinen Bauch zu verlassen, der ihn oft zum Ziel gebracht hatte.

Keller erhob sich, griff nach Kuhlmanns Telefon und wählte. Welle starrte ihn an.

»Ich brauche ein kleines Team mit Transporter auf dem Sommerberg bei Bad Wildbad. – Ja. – Nein, das wird nicht benötigt. – Ja. – Wann denken Sie? – Ja, in Ordnung. Danke.« Keller legte auf. »Sie bekommen Ihre Spusi, Welle. Gegen zwölf Uhr wird sie dort sein. Finden Sie bitte etwas!« Keller verabschiedete sich, schlurfte in sein angrenzendes Büro und schloss die Tür hinter sich.

»Das war knapp«, bemerkte Kuhlmann.

»Stimmt. Kommst du mit?«

»Was glaubst du denn?«

»Gut, ich rufe Goldammer an und bereite ihn darauf vor. Hol mich bitte in einer Stunde von zu Hause ab.« Welle stand auf und räumte seinen Kaffeebecher in die Spüle. »Bis gleich.«

KAPITEL FÜNFZEHN

Die Pforzheimer Kommissare trafen fünf Minuten vor den Kollegen aus Karlsruhe ein. Keller hatte eine kleine Mannschaft angefordert und so stiegen auch nur drei Kriminaltechniker aus einem schwarzen Van. Welle erklärte ihnen, was er vermutete. In Windeseile zogen sie weiße Schutzanzüge an, stülpten sich Handschuhe über und griffen nach Koffern und weiteren Utensilien. Welle nahm die Taschenlampe vom Vorabend und führte sie in den hinteren Raum des Naturkellers, wo Trollinger sofort wieder direkt auf die Schubkarre zulief, um daran zu schnüffeln. Er brummte leicht.

»Es soll mit dem Teufel zugehen, wenn er nur Interesse an dem Dreck fände«, sagte Welle. Die Männer beobachteten den Hund.

»Du hast mich überzeugt.« Kuhlmann machte einen Schritt auf den Rüden zu.

»Stopp. Sie verwischen eventuell Verwertbares. Lassen Sie uns unsere Arbeit machen.« Der Techniker wischte mit der Hand durch den Raum, als wolle er alle hinausfegen. Unwirsch stellte er eine forensische Lampe auf, unter deren Fluoreszenz Blut und Urin, aber auch Knochenfragmente sichtbar werden. Ein weiterer Kriminaltechniker drapierte verschiedene Fläschchen mit Lösungen, die ebenfalls dazu dienten, Spuren von ihrem Hintergrund abzuheben.

»Sind schon weg. Wir warten oben, bis Sie fertig sind. Trollinger! Fuß! Gutes Gelingen, meine Herren.« Welle und Kuhlmann verließen den Keller.

Goldammer erwartete sie mit gespanntem Gesichtsausdruck.

»Ich habe Kaffee gekocht. Sie trinken doch Kaffee?« Er deutete ihnen Platz zu nehmen.

»Sehr gerne, danke vielmals. Haben Sie die Fotos inzwischen durchgesehen?« Welles Blick fiel auf einige Schwarz-Weiß-Bilder, die auf dem Tisch lagen.

»Dort liegen sie.« Goldammer schenkte Kaffee ein. Welle griff nach den Aufnahmen. »Das ist Martha. Da … das nächste Bild, da ist sie gut zu erkennen.« Goldammer setzte sich mit an den Tisch. »Sie war eine Schönheit«, seufzte er. Welle schaute genauer hin. Legte seinen Kopf schief und griff nach einem weiteren Bild, auf dem das Gesicht besser zu erkennen war. Augenblicklich schnalzte seine linke Augenbraue nach oben. Er warf Kuhlmann einen vielsagenden Blick zu, bevor er ihm die Fotos reichte. Das Mädel hier hatte große Ähnlichkeit mit der Mumie, das ließ sich nicht leugnen. Kuhlmann stutzte ebenfalls.

»Ich wage zu behaupten, dass dies unsere unbekannte Tote ist«, sagte er. Goldammer stellte seine Tasse ab und schüttelte den Kopf.

»Ernsthaft? Das gibt es doch nicht. Wer ...? Ich verstehe das nicht. Wer soll sie denn eingemauert haben?« Pures Entsetzen stand in seinem Gesicht geschrieben.

»Ich möchte Ihnen wirklich nicht zu nahe treten, aber ich muss Sie das fragen …« Welle sprach bewusst leise, was seine tiefe Stimme intensivierte. »Wie war das Verhältnis Ihrer Eltern untereinander? Gab es Streitigkeiten?«

»Mein Vater war ab und an ungehalten, was Mutter missfiel. Sie ermahnte ihn des Öfteren.« Goldammer schien nach Worten zu suchen. »›Nicht vor dem Jungen‹ wurde zu ihrem Standardsatz. Ich glaube, es waren eher Kleinigkeiten, über die sich Vater echauffierte. Irgendwann, als er mir

Sternbilder erklärte, entschuldigte er sich bei mir. Er erzählte von Großvater und dass er keine schöne Kindheit gehabt habe. Opa sei sehr kalt und oft jähzornig gewesen, habe dann aber zur Besänftigung mit meinem Vater schon auf dem Dachboden der Villa gestanden und ihm die Sternbilder erklärt. Gemeinsam hätten sie sich aus der Dachluke herausgequetscht, genau, wie er es mit mir getan hat. Vater wollte, dass es mir besser ginge als ihm in der Kindheit. Er bedauerte seine Ausbrüche und versuchte, sie mit der Kriegssituation zu erklären, die ein immenses Thema am Abendtisch war. Er schimpfte oft über das Brachliegen seiner Kettenproduktion und fing an, sich mit dem Fassen von Edelsteinen zu beschäftigen. Er fertigte unendliche Zeichnungen, entwickelte sein eigenes Design. Ein paar wenige Entwürfe haben den Krieg überlebt, die ich später dann zum Anfertigen benutzt habe. Aus Vaters Ideen entstanden meine ersten Schmuckstücke. Ich habe sie in Dietlingen, zeige sie Ihnen gerne, wenn es Sie interessiert.«

»Oh ja, dafür bin ich immer offen. Hatte Ihr Vater sich mit dem Personal angelegt?«

»Wenn er einen prekären Tag hatte, ja. Am meisten hasste er den Gärtner, der mit bei uns in der Villa lebte. Genau … jetzt fällt es mir wieder ein … seinetwegen zofften sich meine Eltern einmal ungemein heftig. Mein Vater kam spät abends angetrunken nach Hause. Er krakeelte erheblich herum. Ich war neugierig und stand oben an der Treppe. So kannte ich ihn nicht. Er packte meine Mutter, schleppte sie auf das Sofa und schmiss sich auf sie. Sie versuchte, ihn von sich abzuschütteln, schrie schließlich laut um Hilfe. Ich rannte die Treppen hinunter, trommelte auf meinen Vater ein. Kurz ließ er von Mutter ab, um mir eine Backpfeife zu verpassen.«

Als sei es just in diesem Moment gewesen, rieb sich Goldammer die rechte Wange.

»Ich heulte und brüllte aus Leibeskräften nach Roland. Es dauerte nicht lang, bis er in das Wohnzimmer stürmte und Vater hochzerrte. Die beiden rauften, und dann schrie Vater ›War mir klar, du treibst es mit meiner Frau, ich werde dich dafür töten.‹ Seine Augen quollen vor Wut aus den Augenhöhlen hervor. Ich lief zu Mutter, die weinend auf dem Sofa saß und mich beschützend in ihre Arme schloss. Roland drückte meinen Vater gegen die Wand, legte seine dicke Pranke um seinen Hals und nahm ihm langsam die Luft. Fürchterlich leise sagte er zu ihm, dass er derjenige sei, den man töten müsse. Er sei ein Psychopath und habe eine gespaltene Persönlichkeit. Als er seinen Griff löste, keuchte Vater, schaute ihn entsetzt an, unfähig, etwas zu sagen. Er fasste sich eine Flasche Cognac und verschwand im Keller. Ich schlief in dieser Nacht auf Vaters Seite im Ehebett. Mutter hatte hinter uns das Zimmer abgeschlossen.«

Goldammer langte nach seiner Kaffeetasse, stellte sie wieder ab, da sie leer war. Er stand auf, um die Kanne zu holen. »Darf ich Ihnen nachschenken?« Kuhlmann und Welle bestätigten unisono.

»Roland war der Gärtner?« Goldammer nickte. »Was passierte dann?« Welle bedankte sich und nahm die Tasse entgegen.

»Mutter und ich schliefen länger. Wir hörten Vater, als er das Haus verließ. Erst dann schlichen wir nach unten. Kaffeeduft schlug uns auf der Treppe entgegen. Er hatte den Frühstückstisch gedeckt. Auf dem Tisch lag ein Zettel. *Ich liebe euch, verzeiht mir.* Mutter rief nach Roland, er rührte sich nicht. Wir suchten das Haus ab, schauten im Garten nach ihm. Er war weg. Wahrscheinlich hatte er noch in der Nacht seine Sachen gepackt und war gegangen.«

»War das der einzige Ausrutscher Ihres Vaters?«, fragte Kuhlmann.

»Ich glaube, ja. Mitbekommen habe ich Derartiges nicht mehr.«

»Und dieser Gärtner, kam er wieder?«

»Nein.«

»Ihre Mutter … wie hatte sie sein Verschwinden aufgenommen?«

»Sie war wütend und gleichzeitig traurig. Ich meine, dass sie kurz weinte.«

»Glauben Sie im Nachhinein, dass dieser Roland ein Verhältnis mit Ihrer Mutter hatte?«, fragte Welle.

»Möglich wäre es, aber ich weiß es nicht.«

»Herr Goldammer, haben Sie Unterlagen über die Firma Ihres Vaters? Ich meine, aus denen wir eventuell einen Überlebenden ausfindig machen könnten?«, fragte Kuhlmann.

»Junger Mann, da hat niemand überlebt. Das Haus war weg. Platt. Ein einziger Schutthaufen. Da stand nichts mehr. Es war reine Glückssache, dass ich dieses Kleid und die Schachtel gefunden habe. Personalsachen bewahrte mein Vater stets in seinem Büro in der Firma auf. Die wenigen Schmuckentwürfe, die ich habe, das war wohl eher Zufall, dass sie bei uns zu Hause lagen. Einige Versicherungspolicen habe ich von der Villa und der Firma. Kaufverträge von Maschinen und so etwas.«

»Nach dem, was Sie uns erzählt haben, schien Ihr Vater tatsächlich ein psychisches Problem zu haben. Würden Sie ihm einen Mord zutrauen?« Welle bedauerte seine Frage, als er sah, wie der alte Mann ein Stück zusammensackte. Goldammer blickte von einem zum anderen und seufzte. Er ließ sich Zeit, bevor er antwortete.

»Wie er meine Mutter gepackt hatte, zumindest denkbar … jedoch entsetzlich.«

Trollinger knurrte leicht. Ein Kriminaltechniker schob seinen Körper aus der Kellertür.

»Aus!« Welles scharfer Ton wirkte beim ersten Befehl.

»Könnten Sie beide bitte mal nach unten kommen? Der Hund sollte lieber oben bleiben.«

»Trollinger, du passt auf Herrn Goldammer auf!« Welle gab seinem Hund Zeichen, und folgte mit Kuhlmann in den Keller.

Welle nahm die letzte Stufe, ging zum hinteren Raum und blieb dort erschrocken stehen.

»Heilige Scheiße, was ist denn hier passiert?« In dem fluoreszierenden Licht und mithilfe weiterer technischer Raffinessen war deutlich Blut sichtbar. An und in der Schubkarre, am Stiel des Spatens sowie am Blatt selbst. Beide Male hatte jemand versucht es zu entfernen, insbesondere am Spatengriff. Große Mühe hatte sich der Verursacher beim Wegputzen nicht gegeben. Einzelne kleinere Blutspritzer fanden sich auf den Schubkarrengriffen. Welle und Kuhlmann scannten den Raum mit professionellem Blick.

»Es konzentriert sich nur auf die beiden Gerätschaften. Richtig?«, fragte Welle.

»Ja. Ansonsten sind die Räume sauber.«

»Dann bitte stellen Sie die Sachen sicher und schaffen Sie sie ins Labor. Prima Arbeit! Vielen Dank«, sagte Kuhlmann. »Da hat Trollinger wieder einmal die richtige Wahrnehmung gehabt. Gratuliere.«

Welle schmunzelte und schwieg.

Während die Techniker zusammenpackten und die Objekte umhüllten, halfen Kuhlmann und Welle Goldammer beim Spülen und Wegräumen. Der alte Herr räumte Fotoalben und Wäsche in seine Tasche, legte hörbar den Sicherungsschalter um und verschloss sorgfältig Fenster und Türen.

Ohne weitere große Worte setzte er sich in den Fond von Kuhlmanns Wagen. Aus seinem Gesicht war Enttäuschung,

Ärgernis, aber auch pures Entsetzen zu lesen. Erst als sie in Calmbach waren, räusperte sich Goldammer.

»Wie geht es jetzt weiter?«

Welle sah zu Kuhlmann, dann drehte er sich auf dem Beifahrersitz herum und verrenkte sich, um Goldammer anzusehen.

»Das Labor wird versuchen, aus den Blutresten eine DNA herauszukristallisieren. Hierbei wird es erforderlich, dass wir von Ihnen und Ihrem Sohn ebenfalls Proben und Fingerabdrücke bekommen. Kommt Ihr Sohn eigentlich auf den Sommerberg?«

»Früher, als Andreas achtzehn - neunzehn war, da war er öfter mit seinen Freunden am Wochenende hier. Party machen und abfeiern, nannte er es. Als er Silvia kennenlernte, verkrochen sich die beiden vierzehn Tage da oben. Ich hätte nicht gedacht, dass sie einmal heiraten. Aber sie ist eine gute Frau, ich bin stolz auf meinen Sohn und seine Wahl.«

»Und danach?«

Goldammer überlegte. »Sie kamen mich regelmäßig an den Wochenenden besuchen, während ich dort wohnte, und dann, um mich hinzufahren und wieder abzuholen, nachdem ich kein Auto mehr gefahren bin. Moment, denken Sie etwa, dass mein Sohn etwas mit den Spuren auf der Schubkarre zu tun hat?« Goldammer rang nach Luft, er fasste sich in Herzhöhe an die Brust.

»Beruhigen Sie sich bitte. Wir, und da spreche ich auch im Namen meines Kollegen, wir glauben gar nichts. Leider ist es so, dass wir alle Personen in Ihrer Umgebung, die sich in dem Häuschen aufgehalten haben, prüfen müssen, damit wir sie ausschließen können. Kein Grund zu falschen Schlüssen.«

Welle griff nach hinten und tätschelte Goldammer am Bein. Sein Schultergelenk knackte. »Au. Scheiße.« Welle umklammerte mit der rechten Hand die Schulter. »Verflucht, das brennt.«

»Entschuldigung. Das ist meine Schuld«, sagte Goldammer.

»Blödsinn! Geht es bei Ihnen wieder? Ist alles in Ordnung?« Welle rieb sich sein Gelenk und stieß seltsame Wehlaute aus.

»Ja. Ich bin nur erschrocken. Natürlich müssen Sie alle Möglichkeiten in Betracht ziehen. Dumm von mir. Es tut mir leid. Meine Schwiegertochter ist Physiotherapeutin, sie wird sich Ihre Schulter gleich mal ansehen.«

»Oh, danke, ich glaube, ich werde das Angebot annehmen. Es tut höllisch weh.« Trollinger, der zu Welles Füßen saß, leckte inzwischen seine Hand.

»Hunde sind wahrhaftig des Menschen treuester Freund. Einfühlsam – und sie merken sofort, wenn etwas aus dem Ruder läuft. Sie können wirklich stolz auf Trollinger sein«, meinte Goldammer. Als wenn der Rüde die Worte des Alten verstanden hätte, wuffte er, und alle lachten. Kuhlmann parkte den Wagen ein.

Andreas und Silvia Goldammer hörten mit angespanntem Gesichtsausdruck, was der Vater zu berichten hatte.

»Das darf doch alles gar nicht wahr sein. Meine Kumpels und ich feierten zwar die wildesten Partys, aber wir hielten uns weder im Moor auf, noch hatten wir die Schubkarre am Wickel. Es sei denn, ich war so übel betrunken, dass ich etwas nicht mitbekommen hätte«, sagte Andreas Goldammer.

»Wie bitte?«, fragte der Alte.

»Papa, das war ein Scherz. Es gab nie Verletzte oder sogar Tote. Womit kann ich Sie unterstützen? Brauchen Sie etwas?«

»Wir benötigen von Ihnen allen Fingerabdrücke und eine DNA-Probe. Kommen Sie morgen ins Präsidium. Sagen wir gegen zehn?«, sagte Kuhlmann.

»Das klappt leider nicht, da habe ich Kundschaft. In der Mittagspause, gegen dreizehn Uhr, ginge es bei mir«, sagte Silvia Goldammer.

»Ja, das wäre mir auch lieber. Passt das bei Ihnen?«, fragte Andreas Goldammer.

»Ja, natürlich.«

»Silvia, schau dir bitte die Schulter von Herrn Wellendorf-Renz an, sie hat vorhin unfein gekracht.«

»Dann kommen Sie mal mit mir nach nebenan. Was ist passiert?«

»Er wollte mich beruhigen und hat sich dabei verdreht, als er seinen Arm zu mir nach hinten streckte«, sagte Goldammer. »Wie wäre es mit einem Schnaps als Wiedergutmachung? Ich habe einen exzellenten Walnussbrand oder einen südbadischen Topi anzubieten.«

»Für mich nicht, danke. Ich muss fahren, leider«, sagte Kuhlmann.

»Und ich probiere Ihren Walnussbrand, hört sich interessant an«, rief Welle.

Silvia Goldammer schien ihr Handwerk zu verstehen. Mit geübten Händen bog, drückte, suchte sie nach der Ursache – und fand die Schmerzpunkte in Welles Schulter.

»Autsch. Das brennt.«

»Sie haben sich den Muskel gezerrt. Ich werde Sie tapen und Ihnen ein paar Übungen zeigen. In zwei bis drei Tagen sollte es spätestens weg sein. Haben Sie einen Farbwunsch?«

»Ob ich was habe?« Welle sah entgeistert auf Silvia Goldmanns Hinterteil, das in einer knallengen Jeans gut zur Geltung kam. Sie nahm einige Schachteln aus dem Schrank.

»Die Tapes gibt es in unterschiedlichen Farben.«

»Und wozu sind die Dinger gut?«

»Die klebe ich zur Entlastung des Muskels auf Ihre Schulter. Kennen Sie doch sicherlich von Fußballern oder anderen Sportlern.«

»Ach, jetzt. Logisch. Gibt es blau und weiß? Meine Frau ist Griechin.« Frau … schon wieder hatte er es gesagt. Prinzipiell könnte ich noch einmal heiraten, schoss es ihm erneut durch den Kopf. Oder, klugerweise – lieber nicht? Oder doch? Oh, Mann!

Es zupfte kurz an seiner Behaarung, als die Strips angedrückt wurden und zum Kleben kamen.

»Fertig. Duschen ist erlaubt, besser aber erst morgen Abend.«

»Vielen Dank, was bin ich Ihnen schuldig?«

»Nichts. Das geht aufs Haus.«

Kuhlmann sah zwischenzeitlich alte Unterlagen durch, die Franz Goldammer ihm gegeben hatte. Der Alte behielt recht, es war nichts dabei, was auf Mitarbeiter der Goldkettenfabrik Goldammer hingewiesen hätte.

»Was hat die Dame mit dir gemacht? Dein Wehklagen hörte sich erschütternd an.«

»Hör bloß auf. Zunächst bohrte sie ihre Finger zwischen Schulterblatt und Muskel, was tierisch wehtat. Die ganze Partie brannte innerlich wie Feuer. Dann kam sie mit ihrer Kinesiologie um die Ecke und legte Tapes an. Eines saß wohl nicht so, wie sie es haben wollte. Das war wie Heißwachs abziehen.« Welle schüttelte sich.

»Seit wann ist dir bekannt, wie es sich anfühlt, wenn man Heißwachs entfernt?« Kuhlmann blickte feixend zu Welle.

»Wieso? Weißt du das nicht?«

»Komm, jetzt sag schon. Was für Fetisch-Spielchen treibst du?«

»Ha, du Granadebachel! Aus Blödsinn hat mir Tula mal eine Wachsplatte auf das Schienbein gelegt. Ich schwöre dir bei Gott, das grenzt an Selbstverstümmelung. Tagelang hatte ich eine kahle Stelle, und als die Haare nachwuchsen, hat es an der Hosenbeininnenseite grauenvoll gestoppelt.«

Kuhlmann prustete los, sodass er leicht das Lenkrad verzog.

»Hey, pass auf. Hast du noch etwas in Erfahrung bringen können, während ich massakriert wurde?«

»Nein, es ist wirklich schwierig. Keine Zeitzeugen, zumindest kennen wir sie nicht. Registrierungen zerbombt und verbrannt. Im Moment fällt mir die Vorstellung schwer, dass wir diesen Fall aufklären.«

»Abwarten.«

»Weißt du, was es mit Pforzheims Schmuckgeschichte auf sich hat und wie alt diese Stadt überhaupt ist? Goldammer hat den Geschichtssinn in mir geweckt. Zugegebenermaßen, ich habe mich bisher nie dafür interessiert.«

»Du überrascht mich. Wir haben letztes Jahr zweihundertfünfzig Jahre Schmuck- und Uhrenindustrie in Pforzheim gefeiert, und es ist an dir vorbei gegangen?«

»Freilich nicht, aber in die Tiefe bin ich nicht vorgedrungen.«

»Ich gebe dir eine nette Lektüre mit. Setz mich bitte daheim ab.«

KAPITEL SECHZEHN

Welle pflegte seine Tapes eine knappe Woche, bevor er Tula bat, sie zu entfernen. Er stand im Bad, glotzte in den Spiegel, kniff die Augen zusammen, erst dann trat sie ein. »Ich habe noch gar nicht angefangen, und du hast schon Schiss? So funktioniert das aber nicht, Herr Kommissar«, hatte sie ihn geneckt, als sich ihre Augen im Spiegel getroffen hatten. Sanft pulte sie eine Ecke los, danach zog sie in einem Rutsch das erste Band ab. Welle führte einen reinen Affentanz auf.

»Wie du dich anstellst!«, hatte Tula zu ihm gesagt, und dabei gelacht. Als sie im Anschluss seinen Rücken mit Öl bearbeitete, um die Kleberänder zu entfernen, tat ihm das nicht minder weh. Was für eine Folter! Sein Kreuz hatte den ganzen Tag gekribbelt. Aber geholfen hatten ihm diese Dinger schon oder war das eher die Wirkung der Ibuprofen 600, die ihm Tula zweieinhalb Tage lang verabreicht hatte? Die Schulterschmerzen waren zumindest weg, wodurch auch immer.

Mehrere harte Wochen des Abwartens ließen die Ermittlungen stocken. Der karge Inhalt der eingemauerten kleinen Tasche lieferte keine hilfreichen Ergebnisse. Franz Goldammer erkannte ein goldfarbenes Medaillon als Marthas Schmuckanhänger, den sie nur sonntags getragen habe. Auf den verblassten Fotos seien ihre Eltern abgebildet. Goldammer erinnerte sich jedoch, dass Martha von einem Großbrand Ende 1933 erzählt hatte, der das ganze Dorf zerstört hatte und bei dem ein Großteil ihrer Familie umgekommen sei. Der Vater hatte schwere Brandverletzungen, ihm musste ein Bein abgenommen werden. Und er erinnerte sich, dass sie ihm erzählt hat, dass sie kurz danach Hitler gegenüberstand.

Mit diesen Informationen begab sich Welle zu einem Historiker, der in der Region nur eine Brandkatastrophe in der näheren Umgebung fand. Die von Öschelbronn. Am 10. September 1933 brannte das Dorf über vierundzwanzig Stunden lichterloh und vernichtete dabei über zweihundert Häuser und Höfe. Und tatsächlich besuchte vier Tage später Hitler die Brandruinen, bevor Pioniere sie sprengten.

Martha könnte durchaus in Öschelbronn beheimatet gewesen sein. Igmar Keller veranlasste zu diesem Zweck die Veröffentlichung des Medaillons in der Presse – ohne Erfolg.

Der Anruf von Hugo Wert erreichte das Trio mitten beim Frustschieben. Keller, Kuhlmann und Welle standen am Ende des Büros vor einer weißen Wand, die sie mit unzähligen Zetteln zugetackert hatten. Alle drei fanden, dass ein Flipchart zu klein, der Computer hierfür zu umständlich sei und für eine Hightech-Computerwand wie immer das Geld fehlte. Die unzähligen winzigen Löcher, die auf den Einsatz von Reißzwecken und Pinnnadeln auf der Raufasertapete hindeuteten, störte offensichtlich niemanden. Schlimmstenfalls wurde neu tapeziert.

Die Laboranalysen bestätigten in weiten Teilen die Aussagen von Franz Goldammer. Sie mussten davon ausgehen, dass es sich um die Überreste von Martha handelte. Wert betete die Ergebnisse im Fachjargon herunter.

»Stopp, Kollege. Ich schätze deine Arbeit sehr, aber hör bitte mit dem Fachchinesisch auf. Das ist nicht unser Metier.«

Keller wurde unbequem, wenn er etwas nicht auf Anhieb verstand. Und er saß oftmals auf einer imaginären Leitung.

»Weil ihr es seid ... die verschiedenen Analysen ergaben, dass Martha braunes Haar hatte, ihr Alter ist mit siebzehn Jahren – plus ein oder zwei Jahren – einzustufen. Das Skelett weist im Beckenbereich mehrere Frakturen und Haarrisse auf. Ebenfalls sind der linke Oberarmknochen, die Elle und der rechte Oberschenkel gebrochen, die Kieferbasis auch.«

»Und das kann nicht durch die Bergung oder den Transport passiert sein?«, unterbrach Keller.

»Beabsichtigen Sie, mich zu beleidigen, oder was? Meinen Sie, wir sind auf der Enz dahergeschwommen? Schalten Sie gefälligst Ihr Gehirn ein, bevor Sie mich so einen Mumpitz fragen.«

»I … Ich wollte Sie nicht beleidigen. Aber es könnte doch sein ...«

»Nein, kann es nicht, denn dann hätte ich das zu Eingang meines Berichtes erwähnt.«

Wert war sauer, seine Stimme überschlug sich. Man hörte ihn tief ein- und ausatmen. Ein dumpfer Schlag war zu hören. Welle kämpfte, um seine Gesichtsmuskulatur unter Kontrolle zu halten. Er wusste genau, was es mit diesem Geräusch auf sich hatte. Wert, der Keller ums Verrecken nicht leiden konnte, hatte dessen Konterfei in Form eines Fotos mit Magneten an einer Kunststofftafel befestigt. Nach Bedarf fing sich Keller auf diesem Weg einen kräftigen Fausthieb. Ja, die Tafel hatte genügend Dellen, kleine und große, zaghafte und mächtige. Ratlos blinzelte Keller zu Welle, der eingriff.

»Okay, ich glaube, er hat es verstanden. Welche Schlüsse ziehst du aus den Brüchen?«

Wert schnaubte und nuschelte etwas Unverständliches, bevor er den Gesprächsfaden wieder aufnahm.

»Dem armen Geschöpf ist Unvorstellbares angetan worden. Eine brutalste Vergewaltigung, der sie sich verzweifelt zur Wehr setzte. Höllenqualen muss sie durchlitten haben.«

Wert hielt kurz inne, um seine Worte sacken zu lassen. »Die Schädelvermessungen stimmen mit dem Mädchen auf dem Foto von Goldammer überein. Zweifelsfrei handelt es sich um ein und dieselbe Person. Das Blut auf den Stofffetzen hat dieselbe DNA, die wir aus der Knochenanalyse erstellen konnten. Allerdings gibt es auf den Stoffresten eine zweite DNA. Der Täter hat Faserspuren hinterlassen, diese finden sich auf der Handtasche als Fingerabdrücke wieder und stimmen zudem mit dem einzigen Spermatropfen überein, den wir entdeckt haben. Nicht zu einhundert Prozent, aber ich lehne mich hier aus dem Fenster und sage zu fünfundneunzig Prozent. Und jetzt Freunde, hört genau zu. Die DNA, dieses Mal gewiss, findet sich auf der gesamten Schubkarre und dem Spaten vom Sommerberg. Das … nennen wir es einfach so … Sommerberg-Blut passt wiederum eindeutig zum Kleid von Goldammers Mutter. Die Kollegen, die den Moorschlamm unter die Lupe genommen haben, kommen zu dem Ergebnis, dass der etwa siebzig bis fünfundsiebzig Jahre alt ist. Nach allen Resultaten zu urteilen, könnt ihr von einem zweiten Todesopfer mit demselben Täterprofil ausgehen. Und zwar Goldammers Vater.«

»Um Gottes willen! Das fehlte noch. Verstehe ich dich richtig, der eindeutige Beweis, dass Vater Goldammer Martha tötete, ist nicht gegeben?« Welle weigerte sich, zu glauben, was er da hörte.

»Es fehlen lumpige fünf Prozent. Franz Goldammers Blutgruppe und DNA ist eine Kombination aus dem Sommerberg-Blut und den DNA-Spuren an Marthas Kleid sowie an Spaten und Schubkarre. Das steht fest. Er ist es, es sei denn, es gab einen Zwillingsbruder.«

»Mensch, Wert, sagenhaft. Danke.« Keller meinte es ehrlich, er gab sich tief beeindruckt.

»Was lässt dich an einhundert Prozent zweifeln?«, fragte Kuhlmann.

»Es gibt eine Fülle von Verunreinigungen auf den Gegenständen, Spuren, die nichts mit dem Tötungsdelikt zu tun haben. Ihr findet eine genaue chemische Aufstellung im Anhang des Berichtes. Sind nur knapp dreißig Seiten.«

Welle sah Wert am anderen Ende der Leitung förmlich grinsen, er griff zum Kuli, schrieb erneut Zettel und heftete sie an die Wand.

»Wenn Heinrich Goldammer seine Frau auf dem Sommerberg getötet hat, warum zog dann Franz Goldammer das Kleid seiner Mutter aus den Trümmern in Pforzheim? Und wo ist die Leiche?«

»Ich glaube, er hat sie entkleidet und die Tote im Moor verbuddelt«, sagte Kuhlmann.

»Das basiert alles nur auf Vermutungen. Es gibt keine Zeitzeugen, keine Überlebenden, die uns in diesem Fall noch weiterhelfen könnten. Der Fall ist nicht vollständig lösbar, beenden wir ihn.« Keller machte Anstalten zu gehen.

»Das ist nicht dein Ernst! Bleib hier! Es gibt eine zweite Tote!« Welle echauffierte sich.

»Und wenn schon? Beabsichtigst du den ganzen Kaltenbronn umgraben lassen? Hast du eine Ahnung, wie groß das Moorgebiet ist? Vergiss es. Wir haben nichts.«

»Du kannst doch die rechtsmedizinischen Ergebnisse nicht einfach beiseiteschieben. Goldammer sprach vom Moor und dass seine Mutter mit ihm dort war. Ich muss mit ihm sprechen, vielleicht kennt er Stellen, die in Betracht kommen. Gibst du uns das Okay oder soll ich den Staatsanwalt direkt anrufen? Ich kann mir nicht vorstellen, dass er Werts Resultate ignorieren würde«, sagte Welle scharf.

»Du spinnst! Und dich, Kuhlmann, brauche ich nicht zu fragen, hältst eh zu Welle, stimmt's?«

»Richtig.« Knapper ging die Antwort nicht.

»Alter, ihr bringt mich in Erklärungsnot.« Keller überlegte. »Sieben Tage. Keinen Tag länger!«

Welle griff sofort zum Telefonhörer, sobald Keller hinter sich die Tür ins Schloss hatte fallen lassen.

»Wellendorf-Renz hier, guten Tag, Frau Goldammer. Ich muss dringend mit Ihrem Schwiegervater sprechen. – Aha. – Ja, ich versuche es. Danke.« Welle legte auf.

»Er ist mit seinem Sohn auf dem Sommerberg. Ich probiere es gleich auf dem Handy.« Welle wartete, bis die Ansage kam, dass der Teilnehmer nicht zu erreichen sei. »Dieses saumäßige Netz … zum Kotzen. Für allen Scheißdreck wird Geld ausgegeben, aber e gscheids Netz krieche sie net gebacke. Domm schwätze, des könnet se älle. Zum d Wänd nauf grabble isch's.« Wenn Welle fluchte, verfiel er gnadenlos in seinen Dialekt und war nicht zu bremsen.

»Stimmt. Egal, wer da oben am Hebel sitzt. Alle erzählen vom Netzausbau und nichts passiert. Höchst ärgerlich, da gebe ich dir recht.«

»Vogel-Strauß-Politik, was schert's die schon. Auf nach Wildbad, nützt ja alles nichts.«

Die Goldammers kramten im hinteren Keller herum und erschraken, als Trollinger freudig die Kellertreppe hinunter stürmte, gefolgt von Welle und Kuhlmann.

»Entschuldigen Sie unser Eindringen, die Klingel funktioniert nicht, und die Tür war nicht verschlossen«, sagte Kuhlmann.

»Zwar rast mein Herz, aber es ist in Ordnung.« Franz Goldammer saß auf einem Dreibeinschemel, auf seinen Knien eine alte Blechschatulle. »Nachdem ich diesen Teil des Kellers nie durchsucht hatte, habe ich heute Andreas überredet, mir zu helfen. Der Kasten hier war dort hinten.«

Goldammer deutet auf eine Nische im Mauerwerk. »Ich habe ein Tagebuch meines Vaters gefunden, das leider im Sommer 1944 endet. Ich denke, so fein säuberlich, wie seine Einträge hier sind, hat er sicherlich damit nicht aufgehört. Ich werde es aufmerksam durchlesen. So bekomme ich im hohen Alter doch noch die Möglichkeit, ihn besser kennenzulernen, und erfahre ein bisschen über meine Urgroß- und Großeltern.«

»Welcher Jahrgang war Ihr Vater?«, fragte Welle.

»1910. Wissen Sie, es ist komisch. So lang habe ich hier gelebt, aber mich nie in diesem Kellerteil umgesehen. Jetzt, nachdem Ihre Kollegen hier Blutspuren gefunden haben, fange ich die Sucherei an. Und dann finde ich das. Ich wusste nicht, dass Vater noch einmal hier oben war. Er kam selten mit uns. Mir fehlt ebenfalls die Erklärung, warum er es versteckt hat. Vielleicht steht es geschrieben.«

Goldammer wischte sich verstohlen eine Träne aus dem Gesicht. Welle tat er leid. Früh die Eltern dramatisch verloren und dann, über siebzig Jahre später, ein Tagebuch zu finden. Er überlegte, welch innere Zerreißprobe in dem alten Herrn vorgehen mochte. Einerseits Erkenntnis zu erlangen und die Neugierde, anderseits die Befürchtung, etwas zu erfahren, das er im Prinzip gar nicht wissen wollte. Und dann noch er, Welle, der mit Kuhlmann einen Fall aufzuklären hat. Andreas Goldammer hatte seinen Vater in den Arm genommen.

»Es wird sich klären, Papa, wir stehen das gemeinsam durch.«

Welle überlegte, ob es nicht doch besser wäre, den Mund zu halten und die Toten ruhen zu lassen. Kuhlmann schien seine Gedanken zu erraten, klar, sie hatten lang genug zusammengearbeitet, und kein anderer kannte ihn wie sein ehemaliger Kollege. Er zuckte mit den Schultern, schien sich in gleicher Weise unschlüssig zu sein.

»Was haben Sie Neues für uns? Sie beabsichtigen doch nicht nur ›Hallo‹ zu sagen.« Goldammer war aufgestanden und im Begriff nach oben zu gehen. »Kommen Sie mit, wir haben vorhin Kaffee aufgesetzt. Andreas, nimm bitte das Kistchen mit.«

Der Kaffee war kräftig und heiß.

»Nun, spannen Sie mich nicht auf die Folter. Raus mit der Sprache«, sagte Goldammer. Welle nahm seine klaren Worte gerne auf und versuchte in – für Ungeübte des Polizei-Kauderwelsch – verständlichen Worten, behutsam zu berichten. Vater und Sohn hörten aufmerksam zu, bis sich bei beiden pures Entsetzten in den Gesichtern widerspiegelte. Franz Goldammer weinte still vor sich hin. Seine Lippen wurden schmal. Er kämpfte um Selbstbeherrschung.

»Es tut mir wirklich sehr, sehr leid«, endete Welle.

Franz Goldammers Hand suchte die seines Sohnes und drückte sie.

»Jetzt ist es sowieso egal.« Er sah seinen Sohn traurig, aber entschlossen an, bevor er sich Welle und Kuhlmann wieder zuwandte. »Aufgrund der erdrückenden Laborergebnisse gehen Sie also davon aus, dass meine Mutter getötet und ins Moor verbracht wurde. Richtig?«

Welle und Kuhlmann nickten.

»Wie sieht Ihr Plan aus?«

Welle schaute grübelnd von einem zum anderen. Soeben hatte er einen Entschluss gefasst.

»Es gibt zwei Möglichkeiten. Wir versuchen mit Ihrer Hilfe, und dazu benötigen wir Ihr geografisches Wissen über das Moor in Bezug auf etwaige Ablageorte, Überreste Ihrer Mutter zu finden. Oder wir belassen es dabei, da der Täter selbst nicht mehr lebt und ein Tatvorgang ohne Zeitzeugen nicht zu rekonstruieren ist.«

Goldammer lehnte sich zurück, faltete die Hände und versank in sich. Minuten vergingen.

»Papa?« Andreas Goldammer stupste seinen Vater leicht an. Wie in Trance hob Franz Goldammer den Kopf.

»Mir kommt nur eine verborgene Stelle in den Sinn. Ein kleiner Kolk, den Mutter mir gezeigt hatte. Ich erwähnte es bei unserem ersten Treffen, Sie erinnern sich? Ich finde ihn bestimmt.« Goldammer suchte Welles Blick. »Aber wie komme ich dorthin? Laufen ist zu weit für mich.«

»Papa. Willst du das wahrhaftig? Ich meine, es wird anstrengend und emotional. Ich möchte nicht, dass du mir durch die Aufregung zusammenklappst.« Andreas Goldammer sah seinen Vater besorgt an. Er hatte die Stirn komplett in Falten gelegt, und ähnelte damit einem Knautschhund. Welle hatte so etwas noch nicht gesehen. Das dies überhaupt möglich war.

»Danke, mein Junge. Mach dir keine Sorgen um mich. Jetzt will ich es wissen, und zwar alles.« Er packte seinen Sohn um den Hals, zog ihn heran, und drückte ihm einen Kuss auf die Wange. Dann stand er auf, um zwei Karten aus der Schublade des Eichenbuffets zu holen. Er breitete sie auf dem Küchentisch aus.

»Herr Wellendorf-Renz, Herr Kuhlmann. Ungefähr hier, an der Grenze zwischen Schon- und Bannwald ist es. Genau kann ich es erst sagen, wenn ich es sehe. Wir benötigen Jäger mit seinem Geländefahrzeug. Mit einem normalem PKW kommen wir nicht dorthin.«

Welle war aufgestanden, um die Karte zu studieren. Goldammer beschrieb eine Stelle nördlich der ›Grünhütte‹, ein Ausflugslokal auf dem Kaltenbronn.

»Ist das nicht ein bisschen weit? Entschuldigen Sie bitte, ist es möglich, eine Schubkarre mit Last dorthin zu schieben? Ich sehe keine Verbindungswege.«

»Was die Entfernung betrifft, so verliefen Wege vor und kurz nach dem Krieg anders oder es gab sie gar nicht. Dafür aber Holzbohlen, deren Betreten heute verboten ist, und von deren Existenz nur die Naturschützer und Jäger Kenntnis haben. Auf einem solchen Weg gelangt man zu dem winzigen See.«

»Ich freue mich über Ihren Entschluss. Wissen Sie zufällig den Namen eines Jägers?« Welle hatte kameradschaftlich die Hand auf Goldammers Schulter gelegt. Schalk sprühte aus den Augen des über Achtzigjährigen.

»Jäger. Zuständig für den Wald seit drei Generationen. Ich habe die Telefonnummer.« Er nahm seine Joppe vom Haken und kramte aus der Innentasche ein rotes Notizheft, suchte den Namen und reichte es aufgeschlagen an Kuhlmann.

»Hier, junger Mann, sagen Sie, dass Sie von mir anrufen.« Kuhlmann zog sein Handy aus der Tasche, nickte Welle zu, und verschwand an die frische Luft. Man hörte ihn reden.

»Grüße vom Jäger senior. Sein Sohn ist unterwegs, aber morgen früh um zehn Uhr schickt er ihn mit dem Jeep her. Fünf Leute passen hinein. Wir werden pünktlich sein.«

KAPITEL SIEBZEHN

Als Welle mit Trollinger vom morgendlichen Spaziergang zurückkam, saß Kuhlmann schon am Frühstückstisch. Der Rüde stürmte in gewohnter Manier auf ihn los.

»Seit wann reicht der Kaffeeduft bis zum Wasserturm? Morsche.«

»Guten Morgen. Wert hat mich aus dem Schlaf gerissen und da habe ich mir gedacht: Brötchen holen und mit euch frühstücken.«

Welle drückte Tula ein Busserl auf die Stirn, griff sich ein Laugenweck und setzte sich.

»Gute Idee, danke. Dann lass mal hören.«

»Die Heidelberger Techniker haben die Fußspuren mit den Bildern der Ghosthunter analysiert und einen Abgleich mit Marthas Füßen angefertigt. Mit einhundertprozentiger Sicherheit gehören Marthas Füße zu den Abdrücken des kleineren Geistes, also den für Sander nicht sichtbaren.«

»Unerklärbar, skurril.« Welle schüttelte den Kopf.

»Wirklich abgefahren. Schade, dass ich nicht mit euch fahren kann. Ich würde gerne das Moor sehen und euch helfen.«

»Schatz, ich berichte dir. Je nachdem, ob der Weg für uns gangbar ist, frage ich Herrn Jäger, ob wir dort mal hindürfen. Einverstanden?« Tula nickte. Welles Handy klingelte.

»Sander. Was verschafft mir die Ehre am frühen Morgen?«

Welle lauschte und verzog das Gesicht.

»Das gibt es doch nicht. Ich dachte, der Spuk sei vorbei.« Kuhlmann horchte auf. Kerzengerade saß er auf dem Stuhl.

»Das ist jetzt blöd. Kuhlmann und ich haben ein Date im Moor. Wir vermuten, dass Ihr Geist die getötete und im Moor abgelegte Frau Goldammer ist. Zwar ein heikles Unterfangen, aber wir lassen nichts unversucht. Ich schicke einen Kollegen vorbei, der Aufnahmen macht. – Ja, ich rufe Sie an. – Was? In der Zeitung? Ich schaue gleich. Bis dann.« Welle legte auf und holte sich die frische Tageszeitung von der Kommode im Flur.

»Hahaha. Grandios. Jetzt heizt Sander den Pforzheimern aber gewaltig ein. Der Kerl wird mir immer sympathischer! Hahaha, und der blöde Zeitungskommentar.«

Welle drehte die Zeitung so, dass Tula und Kuhlmann das Titelbild sehen konnten. Die beiden klatschten vor Begeisterung. Sander hatte in der Hachelallee, in einer der zahlreichen Höhenlagen Pforzheims und mit bester Aussicht, auf die erste Etage eines entkernten Hauses einen rundherum orangefarbenen Wohnwagen gesetzt. Am Haus angelehnt, in derselben Farbe, eine Leiter, die in luftiger Höhe des imaginären zweiten Stockwerks hinausragte.

»Wir müssen los, Peter. Was wollte Sander?«

»Ach so, ja, schick mal gleich euren Fotografen zur Villa. Sanders Geist hat wieder zugeschlagen. Sie hat die frisch gebohnerte Holztreppe verunstaltet. Und bevor du fragst, es sind Barfußspuren von einer Person.«

»Alter, ich dreh durch! Wem will man das glaubhaft machen? Ich rufe schnell an.«

Bestens gelaunt wurde das Pforzheimer Polizeiduo auf dem Sommerberg empfangen. Nach der Begrüßung scherzte man über die Gummistiefel, die sich alle angezogen hatten. Eine reine Sicherheitsmaßnahme, denn niemand wusste, was sie erwarten würde. Thorsten Jäger, ein gut aussehender, schwarzhaariger junger Mann, steckte in typischer

Waidmannskleidung in den Farben Grün und Schlamm. Kuhlmann nahm mit beiden Goldammers auf der Rückbank Platz. Welle durfte wegen Trollinger vorne sitzen. Jack, ein Deutscher Jagdhund, thronte hinter einem abgetrennten Gitter.

Zunächst befuhren sie Wanderwege bis zur ›Fünf Bäume-Hütte‹, weiter über die ›Lehenbrücklehütte‹ auf achthundertzwanzig Metern Höhe über dem Meeresspiegel.

»Nicht erschrecken, jetzt wird es ungemütlich.« Jäger stoppte den Jeep, öffnete eine Schranke, lenkte den Wagen durch ein Schlammloch, stieg aus, um die Balken wieder quer zu legen. Bis hierhin wusste Welle, wo sie sich befanden. Auf einer Wanderkarte zeichnete er ab hier den Weg ein. Kuhlmann hatte ein GPS-Gerät dabei, das aktivierte er jetzt. So würden sie später erstens die Stelle wiederfinden, und zweitens ermittelten sie die exakte Entfernung.

»Hier müsste es bald abgehen«, sagte Goldammer. Jäger nickte.

Welle schaute auf seine Armbanduhr. Seit zwölf Minuten befuhren sie im Schritttempo diesen schmalen Forstweg. Ihm fiel auf, dass der Wald sich verändert hatte. Er sah unaufgeräumter aus.

»Sind wir schon im Bannwald?«, fragte er.

»Ja. Zwei Kilometer hin, dann wird es richtig dicht. Der Weg hört hiernach auf.« Jäger ließ den Wagen rollen, ohne Gas zugeben. Der Boden war feucht, Sonnen-Lichtpunkte tanzten kreisförmig vor ihnen.

»Wir sind jetzt an dem alten Bohlenweg angekommen. Bevor Sie aussteigen, muss ich Ihnen kurze Anweisungen geben. Passen Sie auf, wo Sie hintreten. Bleiben Sie auf den Bohlen, sofern welche vorhanden sind. Das Holz wird feucht sein, heißt ergo Rutschgefahr. Als ich das letzte Mal hier war, hörte der Pfad nach circa einhundert Metern auf. Um auf den Kolk zu blicken, sind es weitere wenige Schritte auf dem Moorboden. Ich gehe vorneweg. Herr Kuhlmann, wenn Sie bitte den Abschluss unserer Wandergruppe bilden könnten. Der Hund muss an die Leine, ich habe keine Lust, ihn aus dem Morast zu ziehen. Onkel Franz, du traust dir das wirklich zu?« Jäger hatte sich umgedreht, und schaute dem Senior in die Augen.

»Wie du sagtest, aufpassen und einen Fuß vor den anderen setzten. Mir geht es prima. Ich melde mich, bevor ich zusammenklappe.«

»Onkel?«, fragte Kuhlmann.

»Ich kenne Onkel Franz, seit ich klein bin. Damals war er gerade auf den Sommerberg gezogen. Mein Vater und ich haben ihn oft besucht. Es hat sich so ergeben.« Jäger schulterte sein Jagdgewehr.

Der Weg erwies sich als nicht so dramatisch, wie es in Jägers Beschreibung klang. Der Boden zwischen den schmalen, teils immens verwitterten oder gänzlich fehlenden Planken war weich, aber man sackte nicht ein. Welle vermochte seine Neugier nicht zu zügeln und hatte es ausprobiert. Natürlich informierte er den Förster über sein Vorhaben. Bis der sich umgedreht hatte, war es schon wieder vorbei. Welle kam sich wie ein kleines Kind vor, er hatte etwas Unerlaubtes vollzogen und fühlte sich famos. Er feixte vor sich hin.

Goldammer schlug sich tapfer. Einmal blieb er kurz stehen, um tief durchzuatmen. Als ihn die besorgten Blicke seiner Gruppe trafen, gab er Erinnerungen preis.

»Ja, das ist der Weg. Wir sind richtig. Die Bäume sind dichter, als sie es früher waren. Sag mal, Thorsten, wurden diese Wege vor dem Krieg nicht als Reit- und Jagdwege genutzt?«

»Schon möglich«, rief Jäger nach hinten.

»Ich glaube, dass die ersten Holzstücke auf diesem Weg von meinem Urgroßvater gelegt wurden. Unter Umständen finde ich darüber etwas in Vaters Tagebuch. Das wäre eine Sensation.«

Die Delegation kam zum Stehen. Umgestürzte Bäume versperrten den Pfad.

»Warten Sie bitte. Ich prüfe, ob wir das Stück umgehen können. Was Sie hier sehen, ist kein normaler Waldboden, er ist nass und schlammig. Lassen Sie sich keinesfalls vom Pflanzenbewuchs täuschen«, warnte Jäger.

»Hoffentlich findet er eine Möglichkeit. Ich möchte jetzt nicht aufgeben müssen.« Goldammers Wangen glühten vor Aufregung. Äste knarrten, als Jäger sie beiseiteschob.

»Es geht. Keine Experimente, bitte! Ganz langsam und hintereinander. Onkel Franz, du gehst hinter mir. Du kannst dich an der Flinte festhalten. Es passiert nichts, sie ist gesichert.«

Welle genoss das Gehen auf dem Boden, der bei jedem Schritt leicht nachgab und weich wie Watte war. Wie gerne hätte er die Stiefel ausgezogen, um barfuß zu laufen. Es fiel ihm schwer zu glauben, dass man hier einsinken und hilflos im Schlamm stecken bleiben könnte. Anderseits sollte man sein Glück auch nicht herausfordern.

Welle konnte sich an dem naturbelassenen Wald nicht sattsehen. Was es ausmachte, wenn der Mensch nicht in die Natur eingriff. Diese Schönheit. Wild, unberührt, mystisch.

Das Umlaufen der Bäume war nach wenigen Schritten beendet. Fünf Meter weiter sah man Wasser durch das Dickicht schimmern. Drei Bretter waren noch sichtbar, danach endete der Bohlenweg.

»Stopp! Ich prüfe wieder, wie wir am besten durch das Unterholz gelangen. Warten Sie kurz.« Jäger verschwand, und war einige Minuten nicht mehr zu sehen. Trollinger bellte. Jack gab Antwort.

»Jäger!«, rief Welle. »Alles in Ordnung?«

»Hier bin ich. Andere Seite.« Er stand zwanzig Meter weiter links. »Es funktioniert. Wir meistern es wie vorhin.«

Sich durch das Gestrüpp zu kämpfen, hatte es in sich. Goldammer senior tat sich sichtlich schwer. Man stützte ihn, wo es machbar war. Das Ziel vor Augen, fieberten alle danach, den Kolk zu erreichen.

»Verdammt. Kann mir mal jemand helfen?« Welle drehte sich um. Kuhlmann steckte mit dem linken Gummistiefel im Schlamm. »Nanu, hier kann man ja wirklich stecken bleiben.« Welle starrte erstaunt auf den nach Balance suchenden Kuhlmann.

»Hättest du eventuell die Freundlichkeit, mir deine Hand zu reichen, anstatt mich anzugrinsen.«

»In der Ruhe liegt die Kraft.« Welle suchte sich eine feste Standposition, drückte den Oberkörper etwas nach vorn, damit Kuhlmann den Arm um seinen Nacken schlingen konnte, so hatte er mehr Kraft. Auf drei war der Kollege befreit.

»Danke. Das ist ein saudummes Gefühl, sag ich dir.«

Wenige Schritte weiter standen sie am Rand des Moorauges. Erstaunlicherweise war der Boden zwar wattiert und feucht, aber er trug das Gewicht der Männer. Die Sonne traf in voller Kraft auf die Wasserfläche, sodass man die Augen zusammenkneifen musste, um etwas zu sehen.

»Das ist es. Dort.« Goldammer zeigte auf eine Gruppe Moorrandfichten. »Dort habe ich mit meiner Mutter gestanden. Thorsten, ich sehe mich gezwungen, dort hinzugehen.«

»Dann kommt, bleibt bitte dicht hinter mir. Keine Lückenbildung. Ihr habt vorhin mitbekommen, wie schnell es passieren kann.« Jäger war zum allgemeinen Du gewechselt.

»Wie groß ist dieses Moorauge? Es ist wunderschön hier.« Welle schien Andreas Goldammer angesteckt zu haben. »Kann man dich für eine Wanderung buchen?«

»Der Kolk ist etwa fünfzehn Meter lang und acht breit. Es gibt noch kleinere in dem Gebiet. Und nein, ich bin nicht buchbar. Wenn einer anfängt, kommen andere nach. Der Bannwald muss zwingend unberührt bleiben. Je mehr Nährstoffe von Menschen eingeschleppt werden, desto schneller verändert sich die Struktur dieses Gebietes. Das wollen wir nicht.«

»Verständlich.«

Sie waren an der Fichtengruppe angekommen. Franz Goldammer ließ seinen Emotionen freien Lauf. Tränen rannen gnadenlos über sein Gesicht. Selbst die Danebenstehenden waren ergriffen und wischten sich hier und da verstohlen das Augenwasser ab.

»Wo bist du? Hat er dich wirklich hier begraben?« Der alte Mann starrte auf die braune Brühe.

Welle wandte sich leise an Jäger, der entsetzt die Szenerie beobachtete.

»Gesetzt den Fall, man hätte im Februar 1945 einen Leichnam hier abgelegt, gäbe es eine realistische Chance, ihn zu finden?«

»Puh. Das ist eher eine Frage für die naturwissenschaftlichen Kollegen und Kolleginnen, die sich mit diesem Gebiet befassen. Das Gewicht lässt einen Körper langsam einsinken. Ich meine, die tiefste Wasserstelle beträgt knapp zwei Meter, bevor die Schlammschicht kommt. Wo diese Stelle ist, weiß ich nicht. Ich schätze, aber bitte, das ist eine reine Annahme, dass nach siebzig Jahren eine Tiefe zwischen einem und zweieinhalb Metern infrage käme.«

»Befindet sich die tiefste Stelle nicht in der Mitte?« Kuhlmann runzelte die Stirn.

»Durchaus nicht. Sie kann zwei Schritte oder aber zehn Schritte von hier entfernt sein. Torfschichten bilden sich unterschiedlich. Es ist allemal möglich, dass Sie inmitten des Kolks stehen, und das Wasser nur bis zu den Knien reicht.«

»Das sind mangelhafte Aussichten. Wenn wir hier eine Suche aktivierten, was wäre zu beachten?« Welle wollte aufgrund Goldammers Anwesenheit keine direkten Fragen stellen. Jäger überlegte kurz.

»Mehr als mit Stäben zu stochern würde man Ihnen nicht genehmigen. Es tut mir leid, aber es handelt sich nicht um einen aktuellen Fall. Wenn Sie eindeutige Beweise vorweisen, dass es sich um diesen Kolk handelt und die Vermisste explizit hierin deponiert wurde … nur dann hätten Sie kleine Chancen.«

Welle entließ hörbar die Luft.

»Aufgrund labortechnischer Analysen deutet alles auf eine Verbringung im Moor hin. Wo die Stelle ist, wissen wir nicht.«

»Thorsten, es handelt sich um meine Mutter. Sie war 1945 nicht in den Trümmern zu finden, weil sie umgebracht wurde. Die Polizei hat herausgefunden, dass sie höchstwahrscheinlich im Moor begraben wurde. Dieser Kolk war es, an dem ich mit ihr war. Hier, genau hier haben wir gesessen. Es liegt nahe, dass Vater ihr den Platz irgendwann einmal gezeigt hat. Ich spüre, dass ich an ihrem Grab stehe. Ja, ich fühle ihre Nähe. Sie ist hier.« Wieder quollen dicke Tränen aus seinen Augen.

»Oh mein Gott!« Jäger nahm den Alten in die Arme. Die anderen schwiegen betreten, ergriffen und entsetzt. Wie furchtbar musste das sein, die eigene Mutter tot im Moor zu wissen. Umgeben vom Schlick, womöglich konserviert für die Ewigkeit.

Welle fragte sich, ob es möglich ist, Tote zu erspüren. Er wagte nicht, seine Gedanken zu hinterfragen. Die Existenz von Geistern hatte er ebenfalls nie für denkbar gehalten.

»Ich spreche mit dem Nationalparkleiter.«

»Ein Versuch nur. Wenn sie nicht gefunden wird, werde ich mich damit abfinden.« Goldammer flehte Jäger an.

»Ich gebe mein Bestes. Ich verspreche es.«

KAPITEL ACHTZEHN

»Glaubst du realistisch an eine erfolgreiche Suche?«, hatte Kuhlmann auf dem Rückweg nach Pforzheim gefragt. Welle haderte. Tief in seinem Innersten steckt des Ermittlers Schweinehund, der ihn stets vorantrieb, ohne Rücksicht auf irgendetwas und irgendwen. Ja, er wollte am liebsten höchstpersönlich das Moor Stück für Stück umgraben. Aussichtslos. Es gab keine Option, diese übergeschnappte Idee durchzusetzen, dessen war er sich bewusst. Jägers Aussage war korrekt, es handelt sich nicht um einen aktuellen Fall. Warum dann der Natur Schaden zufügen und dem Steuerzahler das Geld sinnlos aus der Tasche ziehen, auch wenn Gelder für anderen Unsinn herausgeschmissen werden?

Moorleichen, von denen er wusste, waren alle zufällig oder früher durch die Torfstecher entdeckt worden. Niemals würde ein Moor umgegraben werden, nur weil anzunehmen ist, dass eine Tote darin versteckt wurde. Welle überlegt krampfhaft, wie es möglich war, wenigstens den von Goldammer ersehnten einzigen Versuch genehmigen zu lassen. Der Mann erfüllte ihn mit Mitleid.

»Fahren wir gleich noch zur Villa?« Kuhlmann riss Welle aus den Gedanken.

»Ja, sicher. Ich rufe Sander an.« Kurz vor dem Ziel klingelte Welles Handy. Eine ihm unbekannte Telefonnummer. Es war Jäger. Er hatte es geschafft, unter Einhaltung strengster Bedingungen, die Genehmigung zu bekommen, den Kolk abzusuchen. Er erklärte Welle, dass das am besten von Booten aus möglich sei. Alles andere wäre zu gefährlich. Zwei kiellose Flachkähne mit Zubehör, wie man sie aus dem Spreewald kennt, nur viel kleiner und aus Aluminium, würden ihm geliehen. In die Kähne passen je sechs Leute. Jäger schlug vor, in zwei Tagen das Unternehmen in Angriff zu nehmen. An ein Allrad-Fahrzeug sollte Welle denken. Ein mehrfaches Befahren der Strecke wurde nicht bewilligt.

Während sie auf Sander warteten, redeten Welle und Kuhlmann nicht sonderlich viel. Welle starrte die meiste Zeit aus dem Fenster, überlegte mal laut, woraufhin Kuhlmann seinen Senf dazu gab.

»Hat Wert nicht einen Geländewagen?«, fragte Welle.

»Gehabt. Letzte Woche verkauft. Zu hoher Spritverbrauch. Ich habe auch schon daran gedacht.« Ein tiefes Röhren ließ die beiden umdrehen. Sander kam, mit seinem Hummer um die Ecke.

»Da kommt unser Allrad.« Welle rieb sich die Hände. »Ich habe einen Plan, wart's ab.«

Kai Sander hatte der Villa inzwischen einen weißen Anstrich verpassen lassen. Sie fügte sich zum Wohle von Anliegern und Stadtvätern wieder in das trostlose Gesamtbild der Straße ein. Als Sander den Schlüssel in das Türschloss steckte, knurrte Trollinger scharf. Sander wich einen Schritt zurück. Sogar Welle erschrak kurz. Die Männer sahen sich schulterzuckend an. Welle legte die linke Hand auf den Türknauf, mit der anderen umfasste er den Schlüssel. Trollinger blickte hoch zu seinem Herrn, dann konzentrierte er sich wieder auf den Türspalt. Knurren und Bellen wechselten sich ab. Gefährlich, bedrohlich, angsteinflößend. Kuhlmann zog seine Pistole, entsicherte sie und hieß Sander an, aus der Schusslinie zu verschwinden. Kuhlmann legte die Waffe an, Welle nickte und stieß mit dem Fuß die Tür auf, die weit aufschwang. Trollinger stürmte hinein und ungebremst die Treppe hinauf. Kuhlmann sicherte die unteren Räume. Hier war nichts.

Als er sich schleichend auf die vierte Treppenstufe begab, erhaschte ihn ein Luftzug, der sich an ihm vorbei abwärts bewegte. Trollinger hetzte hinterher und zur immer noch geöffneten Eingangstüre hinaus. Welle brüllte geistesgegenwärtig seinem Hund hintendrein, der abrupt vor Kuhlmanns Wagen stehen blieb. Er wuffte weiterhin aus vollem Brustkorb. Welle sah sich genötigt, ihn am Halsband wegziehen, damit er überhaupt reagierte.

Bis endlich alle in der Eingangshalle angekommen waren, musste Trollinger mehrmals ermahnt werden. Aus nicht nachvollziehbaren Gründen zog er immer wieder zurück zum Auto. Kuhlmann, der zwischenzeitlich die obere Etage durchsucht hatte, steckte die Pistole ins Holster.

Was war das nun wieder? Erneuter Spuk? Wer ist es dieses Mal? Welle kniff die Augen zusammen und deutete auf den Fußboden. Feuchte, schmutzige Fußabdrücke vor der Treppe. Eine Person, die vier Schritte aus dem Nichts kommend machte, um danach wieder im Nichts zu verschwinden. Welle zog sein Handy heraus und hielt diese Seltsamkeit fest. Es folgten weitere Aufnahmen von sechs Stufen, in denen Spuren im Bohnerwachs festgehalten worden waren. Kuhlmann prüfte unterdessen die feuchten Spuren.

»Das sieht aus wie die braune Brühe auf dem Sommerberg.«

Welle nickte. Trollinger knurrte erneut.

»Wir müssen handeln. Passt mal auf!«

Welle räusperte sich, reckte einmal seine Schultern vor und zurück. »Frau Goldammer, wenn Sie mich hören …«

Um Himmels willen, jetzt redete er schon mit einem unsichtbaren Geist.

»Wir wissen, was Ihnen zugestoßen ist. Wir wissen, dass Sie im Moor liegen, und wir beabsichtigen, Sie zu finden. Einen Versuch haben wir. Mehr nicht. Bitte hören Sie auf, Herrn Sander zu terrorisieren. Er ist völlig unbeteiligt.«

Stille.

Niemand wagte es, sich zu bewegen. Trollingers Knurren verebbte in leises Brummen. Erst als der Hund gänzlich verstummte, regten sich die Männer.

»Ich will nichts hören!«

Welle hob zur Untermalung die Hand, um Einhalt zu gebieten. »Herr Sander, haben Sie Lust, heute Abend mit uns zu essen? Ich trommle ein paar Leute zusammen. Wir werden Ihre Hilfe benötigen. Bei dieser Gelegenheit ergibt sich wohl die Erklärung für die erneuten Fußspuren in der Villa. Zeit ist ein Faktor, den wir nicht haben.«

»Ja, gerne. Wann und wo?« Sander schien auf alles gefasst zu sein.

Welle schüttelte seine Uhr unter dem leichten Pulli hervor.

»Mann, wo ist denn der Tag heute hingerannt? Sagen wir um neunzehn Uhr im ›Al Bacio‹ in der Fußgängerzone? Ich reserviere den Nebenraum.«

»Ich werde da sein.«

Welle informierte Wert, der wiederum versprach, vertrauensvolle Kollegen der Spusi zu rekrutieren.

Pünktlich wie die Maurer traf man sich im ›Al Bacio‹. Tula war mit von der Partie, für sie und Sander hatte Welle eine besondere Aufgabe ersonnen. Keiner wusste recht, worum es sich handelte, und Welle war gezwungen, seine Idee vor der Essensbestellung zu offenbaren.

Wert hatte vier Techniker der Spurensicherung organisiert, wobei zwei aus Heidelberg und zwei Kollegen aus

Karlsruhe gekommen waren. Welle hätte zu gerne gewusst, womit Wert sie hergelockt hatte. Heidelberg ist nicht weit, aber auch nicht gerade um die Ecke herum gelegen.

Zunächst bedankte er sich bei allen, dass sie gekommen waren. Um die Anwesenden zu überzeugen, holte er etwas weiter aus. Die Frage nach dem Beweis für den Liegeort der Toten erklärte Wert professionell anhand der gesicherten Spuren. Welle und Kuhlmann selbst betrachteten die Sachlage mit gemischten Gefühlen, auch die Spusi-Leute waren nicht überzeugt. Welle sah sich gezwungen, das Wichtigste über die Geistergeschichte zu erörtern. Grundlegend hatte er mit Gelächter gerechnet, aber es blieb aus. Sander wurde gefragt, ob die letzten Abdrücke noch vorhanden seien. Er bejahte und musste, gemäß dem Sprichwort »Glaube nichts, was du nicht selbst gesehen hast« für später einer Vorortbesichtigung zustimmen. Als Welle erklärte, dass Jäger den größten Teil des benötigten Equipments besorge, waren die Kollegen bereit, an der Suche teilzunehmen. Nicht zu vergessen, dass sie dafür ihre Freizeit opferten.

»Eine wichtige Sache fehlt uns.« Welle sah zu Sander. »Ein Fünfsitzer-Allradfahrzeug.« Jäger hat zwar einen Jeep, kann aber unmöglich zwei Mal fahren. Er karrt die Boote vorab hin und wieder weg. Wir sollten die Gunst nicht schamlos ausnutzen.

»Sie meinen, Sie benötigen meinen Wagen?«, fragte Sander.

»Nicht nur Ihr Auto. Meine Frau...« Welle stockte kurz. Hatte er es tatsächlich schon wieder gesagt? Was zum Kuckuck ist daran so schwer, Freundin oder Lebensgefährtin zu sagen?

»Sie und Tula könnten den Seerandbereich inspizieren. Zum einen, wenn wir vom Boot aus staken und mit Netzen arbeiten, sollten von außerhalb des Wassers wachsame Augen da sein. Und zum anderen wäre mir wohler, wenn Tula nicht allein dort lang gehen müsste. Wir konnten heute miterleben, wie schnell man einsinkt. Haben Sie Gummistiefel? Die benötigen Sie dringend. Was sagen Sie, schließen Sie sich uns an?«

»Was erwarten Sie von mir? Mitgehangen, mitgefangen. Sie helfen mir, ich Ihnen. Ja, ich bin dabei. Sie sind sich sicher, dass der Hummer die Wege befahren kann? Ich meine, er ist nicht unbedingt als Fliegengewicht zu bezeichnen und schmal sieht auch anders aus.«

»Keine Sorge, es handelt sich um Waldwege. Ich habe vorhin mit Jäger telefoniert und mich abgesichert. Er sieht kein Problem.«

»Fein, dann starten wir die Geheimmission. Wie sagst du es Keller? Erzählst du es ihm überhaupt?«, fragte Wert.

»Ich werde mit ihm telefonieren. Was sollte er schon gegen einen privaten Ausflug einiger Kollegen haben? Ich binde ihm ja nicht alles auf die Nase. Er erfährt nur so viel, dass wir abgesichert sind, sollte uns jemand sehen, was ich nicht annehme.«

Welle schnitt eine Grimasse, hob sein Glas und hielt es zum Anstoßen in die Mitte des Tisches. »Es ist die Suche nach der Stecknadel im Heuhaufen, aber die Hoffnung stirbt zuletzt. Danke, dass ihr uns unterstützt. Und Sander, Sie sind echt ein feiner Typ. Zum Wohl.«

Der Rechtsmediziner und die Techniker diskutierten über die Ausrüstung und wer was mitbringen sollte. Sander telefonierte, er verschob einen Termin, um den ganzen Tag für diese Aktion den Rücken frei zu haben. Man verabredete sich für den übernächsten Tag. Sander wollte die Pforzheimer mitnehmen, die Techniker traf man dann auf dem Sommerberg.

Welle führte am darauffolgenden Tag ein kurzes Gespräch mit Keller, in dem er ihm sagte, dass sie am nächsten Tag auf dem Sommerberg ermitteln und telefonisch kaum erreichbar seien. Er wisse schließlich um das miese Funknetz.

Danach fuhr er nach Dietlingen. Er beabsichtigte, die Familie zumindest über das Vorhaben zu informieren. Andreas Goldammer verließ gerade das Haus.

»Hallo, ich muss zu einem Kunden. Vater sitzt auf der Terrasse, gehen Sie durch.«

Franz Goldammer hatte das Tagebuch vor sich.

»Ich grüße Sie. Bitte nehmen Sie Platz.« Er beugte sich hinunter, um Trollinger zu streicheln. »Ein echter Prachtkerl, braver Hund. Bedienen Sie sich.« Er deutete auf einen Beistelltisch, auf dem Kaltgetränke standen. »Mein Vater hatte eine schwierige Kindheit, soweit ich das Gelesene zu beurteilen vermag. Er schreibt nicht viel darüber, das Tagebuch fängt leider erst 1927 an. Für mich völlig neu ist unsere Familiengeschichte. Mein Großvater war ein konvertierter Jude, mein Vater somit Halbjude, und ich bin immerhin noch Vierteljude. Schauen Sie hier, eine Zeichnung und ein originales Siegel unseres Familienwappens.«

Welle griff nach dem losen Blatt. »Hier ist der Siegelring, ich fand ihn eingewickelt in dem Kistchen.« Welle nahm ihn. »Ich habe meine Hausaufgaben schon erledigt. Den Ring datiere ich zwischen 1800 und 1840, aus königlich-preußischer Herstellung. Das Wappen ist in einen Blutstein eingearbeitet, der schlicht gefasst ist. Eine fabelhafte Arbeit. Die siebenzackige Freiherrenkrone ist eindeutig zu erkennen. Die Verzierungen auf dem goldenen Ring entstanden in Einzelanfertigung. Sehen Sie nur, was für eine feine Handarbeit.«

Goldammer strahlte und war voll in seinem Element als Goldschmied. »Vater schreibt, dass er erst spät in das

Familiengeheimnis eingeweiht wurde. Die Familie hatte panische Angst aufzufliegen. Er beschreibt erste Geschäftspartner, jüdische Geschäftsleute mit Schmuck- und Uhrenfabrikationsstätten. Sehr deutlich berichtet er über seine Gefühle, als sein Freund Walter deportiert wurde. Fürchterlich muss der 31. März 1933 gewesen sein, als eine SA-Kolonne antijüdische Parolen an die Schaufenster jüdischer Einzelhandelsgeschäfte klebte. Er zitiert einen Artikel vom 1. April 1933 aus dem ›Pforzheimer Anzeiger‹. ›Der Abwehrfeldzug gegen die jüdische Hetze im Ausland nahm bereits gestern in Pforzheim seinen Anfang im Warenhaus Schocken. In den späten Nachmittagsstunden des Freitags versperrten SA-Leute den Ausgang nach der Brüderstraße, worauf sie sich in das Warenhaus begaben und die Käufer zum Verlassen des Hauses aufforderten. Pünktlich um zehn Uhr setzte der Boykott der jüdischen Geschäfte ein.‹ Mal ehrlich, mit dem Wissen, selbst jüdischer Abstammung zu sein, und Hitler mit seinen Verrückten im Genick zu haben, ist die Gefahr enorm, verbal einen Ausrutscher zu machen. Man wäre auf der Stelle erschossen worden. Er schreibt, dass er Angst um seine kleine Familie hatte, als in der Pogromnacht im November 1938 Geschäfte und Wohnungen geplündert wurden und die Synagoge von einem SA-Kommando gesprengt wurde. Vater muss Mutter wirklich geliebt haben. Trotz aller Schwierigkeiten und Geheimhaltung, sogar ihr gegenüber, wollte er uns Geborgenheit und Schutz geben. Er schreibt in einer Passage: ›Mein Sohn soll mit Liebe aufwachsen, ich ringe um Beherrschung, dass der Jähzorn mich nicht ergreife‹. Eine Erklärung, weshalb er so hitzköpfig war, fehlt. Können Sie sich daran erinnern, als 2006 im ehemaligen Gebäude der Landeszentralbank in der Emilienstraße eine neue Synagoge eingerichtet wurde?«

»Natürlich erinnere ich mich. Der damalige Ministerpräsident von Baden-Württemberg Günther Oettinger war zugegen. Während der Einweihung hatten wir alle Hände mit der rechtspopulistischen Szene voll zu tun.«

»Sehen Sie, das ist ein Grund, warum ich froh bin, vorher nichts über meine jüdische Abstammung gewusst zu haben. Ist Ihnen bekannt, dass der letzte Transport nach Theresienstadt im Februar 1945 stattgefunden hatte? Es handelte sich um Mischjuden oder solche, die mit arischen Partnern verheiratet waren. Das war arg. Da waren Leute dabei, die ich sehr gut kannte. Und genau zu dieser Gruppe hätte mein Vater gehört. Unvorstellbar, unter welchem permanenten Druck er gelitten haben muss. Und heute? Das faschistische Gedankengut, das jedes Jahr am Tag der Bombardierung mit der Fackelmahnwache auf den Wartberg zieht … es gehört ein für alle Mal verboten. Abgesehen davon, dass es den Steuerzahler Geld kostet. Hunderte von Polizisten, Wasserwerfer, Reiterstaffel und und und. Mit welchem Recht versuchen solche Gruppierungen, die Gräueltaten der Nazis zu relativieren und die Bombenangriffe zu verharmlosen? Keine Ahnung haben diese Leute. Und niemand von ihnen hat den Krieg erlebt. Alles Mitläufer, die auf Stunk aus sind. Und was macht die Politik? Was die Bevölkerung? Parteien wie die AfD werden stärker. Wenn man deren Debatten verfolgt, wird die Volksverhetzung ganz schön geschürt. Da hilft auch kein Schönreden. Und wenn es brenzlig wird, treten sie von ihren Ämtern zurück. Im Übrigen begrüße ich die inzwischen erfolgreichen Gegendemonstrationen am 23. Februar. Und soll ich Ihnen noch etwas sagen, ich habe justament meine Meinung geändert. Ich habe jüdische Vorfahren. Na und? Weiter? Was jetzt? Bin ich schlecht? Nein. Ich bin stolz! Stolz auf das, was die Familie geleistet hat, stolz, am Leben zu sein.

Die können mich alle mal. Entschuldigen Sie, ich schweife schon wieder ab. Was führt Sie zu mir?«

Welle, der aufmerksam zugehört hatte, war einmal mehr angetan von der Geschichte. Er fragte sich, welches Geheimnis Heinrich Goldammer hütete, etwas Gravierendes sicher, warum hätte er sich sonst als jähzornig bezeichnet? Am liebsten würde er das Tagebuch selbst lesen, das ginge aber entschieden zu weit. Er erzählte Goldammer vom Plan für morgen und versprach, ihn am Abend zu informieren.

»Ich danke Ihnen und Ihren Kollegen. Wer vergeudet freiwillig seine Freizeit für ein Hirngespinst? Sie müssen großen Einfluss haben. Respekt. Egal, wie es ausgeht, ich werde alle Beteiligten zum Essen einladen. Richten Sie es bitte aus.«

Welle war ebenso gerührt wie der alte Mann. Sie verabschiedeten sich herzlich. Er kam nicht umhin, ihn kurz in die Arme zu schließen. Ja, er hegte Sympathie für den Alten.

KAPITEL NEUNZEHN

»Ich vermute, Ihr Auto wird später nicht mehr so weiß sein.« Tula hatte so ihren ganz speziellen Sarkasmus, der sehr dem von Welle glich. Sander nahm es gelassen.

»Es gibt Waschanlagen. Wer mag bei mir Platz nehmen? Ladies first?«

»Nein, ich setzte mich hinten zu Kuhlmann und Wert. Peter sitzt mit Trollinger vorne.«

Wert schleppte zwei Doktorenkoffer mit. Eine mit Zeitungspapier ausgelegte Wanne, in der die fünf Paar Gummistiefel Platz fanden, und eine Kühltasche mit fertigen Brötchen und Getränken verstauten sie ebenfalls. Welle erklärte seine Angebetete zunächst für verrückt, als der Wecker um halb drei in der Nacht gerattert hatte.

Zu dieser frühen Morgenstunde waren kaum Fahrzeuge unterwegs. Sanders Hummer bewältigte die Steigung auf den Sommerberg wie nichts. Frech zog er an einem Kastenwagen mit Karlsruher Kennzeichen vorbei, der sich hinaufquälte. Wert drehte sich herum und grüßte die Spusi-Kollegen durch die Heckscheibe.

Jäger war schon da, heute ohne Hund. Nach kurzer Begrüßung und Lagebesprechung beluden sie beide Geländeautos. Welle war perplex. Die Kerle hatten ein Side-Scan-Sonar dabei, mit dem man Auffälligkeiten unter Wasser finden kann. Diese mobilen Geräte werden zur Personen- und Gegenstandssuche eingesetzt, um Polizeitauchern die Arbeit zu erleichtern. Eine Unterwasserkamera, ein Metalldetektor und ein Kleinst-Generator wurden ebenfalls umgeladen.

Jeder hatte irgendetwas zu schleppen.

Langsam erwachte der Tag, sodass der alte Bohlenweg gut zu sehen war. Alle waren von der wuchernden Kultur des Bannwalds begeistert. Als sie auf die Lichtung hinaustraten, blieben sie angespannt stehen. Zehn Menschen in weißen Einmal-Spusi-Schutzanzügen bauten sich am Kolkrand auf, sie kamen aus dem Staunen nicht heraus. Magie schwebte über der Wasserfläche. Wenige kleine Nebelschwaden waberten hinweg und leuchtende Punkte tanzten wie Libellen.

»Was ist das? Spukt es hier?« Sander flüsterte.

»Man glaubte früher allen Ernstes an einen Moorspuk. Es handelt sich um Irrlichter. Zugegeben, ausnahmslos märchenhaft. So sieht man sie selten.«

Jäger schien selbst von diesem fulminanten Anblick fasziniert. »Die Ursache sind leicht brennbare Gase, die bei der Zersetzung organischer Substanzen entstehen. Hierfür sind Luft- und Lichtabschluss, Temperatur und der richtige pH-Wert notwendig. Es bilden sich im Moorboden noch einige andere Gase, sie alle stehen unter Druck und entweichen schlagartig. Wenn sie mit der Luft in Verbindung kommen, entzünden sie sich von selbst, dann haben wir diese Irrlichter. Blasenbildungen, die das Wasser zum Blubbern bringen, sind öfter zu beobachten. «

»Sie reden von Sumpfgasbildung, Methangärung und von Wasser-, Phosphor- und Schwefelwasserstoff?«, fragte einer der Techniker.

»Aha, der Fachmann. Ja, das meine ich.«

»Grandios.« Tula hatte eine Kamera aus ihrem Rucksack gezogen und machte zahlreiche Aufnahmen.

»Genießen Sie die Schönheit, diese Phänomene werden immer seltener. Zwar wächst das Moor, verliert aber gleichzeitig an Feuchtigkeit. Fangen wir an?«

»Natürlich«, sagte Kuhlmann.

Jäger hatte am Vortag die Kanus zu Wasser gelassen und an einem Baumstamm vertäut. Behutsam zog er sie heran.

»Eine Bitte. Seien Sie vorsichtig und bedacht bei allem, was Sie tun. Die Natur darf nicht zu Schaden kommen und Sie nicht minder. Halten wir uns nicht daran, gibt es beträchtlichen Ärger. Und bitte leise. Keine lauten Rufe. Okay?«

Allgemeines Nicken. Die vier Techniker packten die hochsensiblen Geräte in die Boote und teilten sich ein. Für Tula und Sander bereitete man den Metalldetektor vor. Bis die Gerätschaften funktionierten und erklärt worden waren, vergingen dreißig Minuten.

Geräuschlos glitten die beiden Boote über das Wasser. Das Sonar schnurrte monoton vor sich hin. Welle und Jäger hatten jeweils das Staken übernommen, was sich nicht als einfach erwies. Immer wieder kam Welles Stange zu senkrecht auf, sodass er sie unter erheblicher Kraftaufwendung herausziehen musste. Es verdeutlichte ihm einmal mehr, dass mit dem Moor nicht zu spaßen war.

Die Suche beschränkten sie zunächst auf den westlichen und südlichen Uferbereich. Jäger hatte auf einer Karte, die nach dem Krieg verlegt worden war, mögliche Bereiche eingegrenzt. Viele dieser Pfade existieren heute nicht mehr, waren zugewuchert oder absichtlich zum Schutz des Moores gesperrt worden.

Die an Land Gebliebenen prüften jeden ihrer Schritte. Der Boden war schwammig. Es quakte jedes Mal unter den Sohlen der Gummistiefel, wenn sich der Morast hervorquetschte. Sander, der das Gerät führte, erschrak, als es plötzlich knatterte. Welle horchte auf und schaute neugierig hinüber. Man hätte durchaus das Husten von Fliegen oder Regenwürmern gehört, wenn sie denn in der Lage wären zu expektorieren. So still war es. Welle fragte sich, wo sich die

Vögel versteckten, der Tag war schon vor einer Stunde erwacht, wenn auch noch grau.

Sander ließ den Detektor erneut langsam über die Erde gleiten, bis er wieder anschlug. Tula bückte sich, klaubte welkes Blattwerk zur Seite, bis der braune Boden blank war. Sander betätigte erneut das Gerät und hielt es kurz auf Ausschlag. Mit einer kleinen Handschaufel bearbeitete die Griechin den Waldboden, durchsuchte feuchte Stücke, bevor sie diese auf Seite legte. Sander hatte das Gerät an eine Fichte gelehnt und kam ihr mit einer Harke zur Hilfe.

»Hier ist etwas.« Tula fingerte vergeblich den Schmutz beiseite, der sich wie ein Magnet an Handschuhe und Gegenständen heftete. »Ein Ring, ziemlich klein, goldfarben«, rief sie den anderen zu. Sander hielt ein Tütchen auf, in dem der Ring vorerst deponiert wurde. Sorgsam schloss er den Zippverschluss und steckte es ein. Dann scannte er ein weiteres Mal den Boden. Das Suchgerät blieb stumm. Sie packten die herausgenommen Bodenstücke wieder in das entstandene Loch, das sich inzwischen mit Wasser füllte, und drückten sie fest.

»Ich weiß nicht, wie es Ihnen ergeht, ich fühle mich wie auf einer Schatzsuche, die obendrein Spaß macht. So ein Gerät bräuchte ich in Griechenland.«

»Mir gefällt es auch. Mal etwas ganz anderes für mich. Wenn Sie in Hellas etwas fänden, müssten Sie es doch abgeben, oder?«

»Sicherlich. Aber erst, wenn unsere vier reichen Familien, die insgeheim Griechenland bestimmen, und die nach wie vor ihrer Steuerpflicht nicht nachkommen, endlich gesetzestreu werden.«

Als die Boote am nordwestlichen Bereich angekommen waren, stand die Sonne über dem See und die Vögel hatten mit ihrem morgendlichen Konzert eingesetzt. Jäger gab

Order umzudrehen und zum Ausgangspunkt zurückzukehren. Die Kähne glitten weiter hinein, waren nun knappe fünf Meter vom Ufer entfernt, anstatt der zwei vorher.

»Stopp, anhalten«, rief der Techniker, der das Sonargerät bediente. »Hier ist etwas. Ich brauche die Kamera hier.«

Welle hatte zu tun, den Kahn an die gewünschte Stelle zu lenken. Man band die Boote mit einem Palstekknoten aneinander, den Kuhlmann einwandfrei beherrschte.

Kamera und Sonar wurden dicht über der Schlammschicht geführt. Das Gerät zeigte die Tiefe von einem Meter sechzig an, davon eine Wassertiefe von einem Meter zwanzig. Die Spurensucher murmelten und berieten. Vorsichtig ließen sie einen Teleskop-Kescher und eine lange Greiferstange in das Wasser gleiten. Zu dritt versuchten sie, einen Fund an die Oberfläche zu bugsieren, während Techniker Nummer vier auf den Monitor starrte und dirigierte. Die Kähne schwankten bedrohlich. Jäger mahnte zur Vorsicht, als die anderen gezwungen waren, sich auf die Gegenseite zu lehnen, um die Aluschalen im Gleichgewicht zu halten. Die Chance, hier jemanden aus dem Schlamm zu befreien, sei dramatisch. Welle kam sich wie bei einem Segeltörn vor.

Kuhlmann sah ungeduldig auf die Uhr, eine halbe Stunde dauerte der Versuch schon an. Die Männer schufteten schwer, ohne Zweifel. Immer wieder zogen sie die Utensilien aus dem Schlamm, um sie neu zu justieren. Dann tauchte endlich das Netz auf. Gespannt wurde der Fundus in eine Kunststoffwanne verbracht.

Jäger raunzte schrill auf.

Ein Kopf mit Haaren und Hals. Vollständig konserviert. Das Gesicht perfekt mumifiziert – besser als jedweder Gipsabdruck und definitiv ein Mann. Aufgeregtes Gemurmel verbreitete sich. Bevor die Diskussion zu laut zu werden drohte, bat Welle, das Bodenstück erneut abzusuchen.

Der Side-Scan-Sonar zeigte leider nur die von ihnen aufgewühlten Schlammklumpen an, und auch vor der Kamera tauchte nichts auf, was annähernd nach weiteren Menschenteilen aussah. Man entschloss sich für eine Pause.

Die Profis fotografierten den Kopf aus sämtlichen Richtungen.

»Herr Wert, wie alt ist dieser Mumienschädel in etwa?«, fragte Sander.

»Bedeutsame Frage, ich schätze, mindestens tausend bis tausendfünfhundert Jahre, wenn nicht älter. Genaues werden die Untersuchungen zeigen.« Er drehte sich zu Jäger um. »Gibt es hier Erdbewegungen?«

»Durch den nahe liegenden Oberrheingraben ausgelöste Erdkrustenverschiebungen, deren Ausläufer bis in dieses Gebiet spürbar sind, gibt es reichlich. Allerdings finden die meisten Erdbeben in der Tiefe statt, sodass sie an der Oberfläche nur unmerklich Schaden anrichten. Wozu ist das relevant?«

»Ich suche nach einer Erklärung. Dieser Schädel lag weit oben. Okay, ich weiß nicht, wie tief die einzelnen Schichten sind, aber um so zu konservieren, muss er einmal weiter unten in der Torfschicht gelegen haben.«

»Hm, darüber müssten Sie sich mit Moorexperten unterhalten. Die Erde bebt hier, und das mehrmals im Jahr. Ein Rückgang der Feuchtigkeit ist ebenfalls zu verzeichnen, und die Veränderung der Natur im Allgemeinen lässt vermutlich mehrere Faktoren aufeinandertreffen. Ich kann Ihnen diesbezüglich leider nicht weiterhelfen.« Jäger zuckte entschuldigend mit den Schultern.

»Ich bin fasziniert, was das Moor bewirkt«, sagte Tula, die interessiert den Schädel betrachtete.

»Die im Moor vorhandenen Huminsäuren und der Sauerstoffmangel sorgen dafür, dass Mikroorganismen, die für Verwesung zuständig sind, nicht existieren können. Muskel- und Körperfette werden durch die Gerbsäure herausgelöst. Und schon hast du eine perfekte Moorleiche oder, wie hier, Teile davon. Gebt ihr mir bitte euer Fundstück und einen Kaffee?« Wert schaute neidisch auf Sander, der genüsslich an seinem Becher schlürfte.

Die einzige Frau in der Geheimmission reichte ihm das Tütchen mit dem goldfarbenen Ring und schenkte jedem Kaffee ein.

»Sucht ihr nach den restlichen Teilen dieses Mannes?«, fragte sie. Dreistimmig verneinte man. Nur bei einem Torfabbau gäbe es Chancen. Da dies hier nicht gegeben ist und auch nicht sein wird, verbleiben die Überreste in ihrem Jahrtausendgrab. Seine Kollegen verpackten fachmännisch sorgsam den Schädel des Moormannes.

Wert spülte den Ring mit Wasser ab. Ein zierlicher Damenring mit filigranen Verzierungen und einem winzigen weißen Steinchen in 585er Gelbgold wanderte von Hand zu Hand. Der Stempel war deutlich zu erkennen. »Nach einem Vorkriegsfund sieht der aber nicht aus«, meinte Sander.

»Das denke ich gleichermaßen. Das Design passt eher in die sechziger Jahre.« Wert beäugte das Fundstück noch mal genau, bevor er es verstaute. »Vermutlich hat den eine Spaziergängerin verloren.«

Die Männer griffen bei der leckeren Brotzeit zu. Trollinger, den Welle an einen Baumstamm festgebunden hatte, bekam ebenfalls Futter und Wasser. Tula hatte absolut an alles gedacht.

Jäger schoss etliche Fotos mit dem Handy. Die schlammbeschmierte Truppe wirkte in dieser Umgebung wie für eine Filmszene gestellte Statistenkulisse. Die Geheimmission wollte auf Bildern festgehalten werden. Welle grübelte schon wieder, wie er zu einer Rechtfertigung für den Schädelfund gelangte. Er kam um die Wahrheit nicht herum. Dieser Sensationsfund wird wissenschaftlich untersucht, die Ergebnisse festgehalten, der Schädel in ein archäologisches Museum verbracht und ausgestellt. Er seufzte und wünschte sich sehnlichst, einen Hinweis auf Elisabeth Goldammer zu finden.

»Auf geht's, Männer, lasst uns weiter suchen. Die Zeit läuft davon.« Welle schob seine Armbanduhr wieder unter den Plastikschutz.

Leise glitten die Kähne über das Wasser, Zentimeter für Zentimeter suchten sie den Grund ab. Die enorme Anspannung war fühlbar.

An Land führte Sander souverän den Metalldetektor. Welles prüfende Augen behielten alles im Blick. Kuhlmann hatte das Staken übernommen, tat sich allerdings mit der Handhabung schwer. Welle fixierte immer wieder den Kameramonitor und fragte sich, wie man darauf überhaupt etwas erkennen konnte.

Unverrichteter Dinge gelangte sie in Seemitte. Jäger ließ umdrehen. Wie im ersten Abschnitt arbeiteten sie versetzt und glitten in gleicher Weise zurück.

Sander zog die Teleskopstange des Detektors heraus und hielt das Gerät über der Wasserfläche. Die Handhabung war schwieriger. Tula musste mit anpacken. Immer wieder waren sie gezwungen, es einzuholen und abzusetzen. Muskelkater in den Oberarmen war vorprogrammiert.

Wenige Schritte, bevor sie den Ausgangspunkt erreichten, schlug das Gerät an. Ein Herankommen war für beide unmöglich, da sie den unhandlich gewordenen Detektor circa sechzig Zentimeter vom Uferbereich entfernt balancierten. Sanders Versuch, ins Wasser zu schreiten, ließ ihn bis zur Wade einsacken.

»Scheiße!« Krampfhaft versuchte er, nicht umzufallen. Um Haaresbreite hätten sie die Kontrolle über das Gerät verloren. Sie kämpften. Tula bündelte all ihre Kräfte, um es zunächst sicher zu greifen und abzustellen. Dann reichte sie Sander stützend die Hand. Nach kurzer Anstrengung stand er neben ihr. Strumpfsockig. Die Gummistiefel steckten im Morast. Ein Bild für die Götter, das nicht nur bei Tula einen Lachkrampf auslöste. Sander fand die Situation und sein Aussehen ebenfalls belustigend, kramte sein Handy hervor und fabrizierte ein paar Selfies.

Trollinger wuffte.

»Aus! Mach Platz!«, raunte Welle.

»Kommt ihr bitte mal näher hier ran. Da ist etwas. Und die Stiefel könnt ihr auch gleich rausziehen«, sagte sie. Im Prinzip hätte sie sich das ersparen können, die Kähne waren schon da.

Die gleiche Prozedur wie vorher, lautete das Motto des erneuten Suchvorgangs. Das Sonargerät stellte keine Hilfe dar, Unebenheiten schien es nicht zu geben. Sander, der immer noch in nassen Strümpfen ausharrte, reichte den Detektor an Kuhlmann, der ihn unter diesen Umständen vom Kahn aus führen wollte. Um den Schlamm nicht ohne Nutzen aufzuwühlen, wurde die Bergung der Gummistiefel verschoben. Einer der Techniker führte die Unterwasserkamera unterhalb des Detektors. Zu sehen war nichts. Man entschloss sich für den exakten Ablauf wie vorhin. Rechen, Kescher, ein kleiner Spaten und die Kamera verschwanden unter der Wasseroberfläche. Tief kann es nicht sein, dessen war man sich einig. Die häufige Zusammenarbeit der Techniker war für die anderen Anwesenden spürbar. Souverän, gelassen, mit gezielten und langsamen Bewegungen arbeiteten sie sich vorwärts.

»Da hängt etwas an der Harke, zieh sie hoch«, sagte der Mann am Monitor. Der Kollege, der den Kescher führte, hielt ihn zur Sicherheit darunter. Der Wasserspiegel betrug an dieser Stelle gerade einmal zwölf Zentimeter. Der folgende Schlick gab sich pampiger und anders in der Dichtigkeit als an der Fundstelle des Schädels.

Eine Kette hatte sich in den Zacken der Harke verheddert.

»Das ist eine Taschenuhr, wetten?«, sagte Kuhlmann.

Welle wartete mit der Wasserflasche in der Hand, um den Schlamm abzuspülen. Zum Vorschein kam tatsächlich eine goldene Taschenuhr. Das Material war in einem einwandfreien Zustand und sah wesentlich älter aus als der gefundene Ring. Der Uhrdeckel war um den Rand herum geschmackvoll mit kleinem Rautenmuster verziert. In der Mitte thronten zwei eingravierte Buchstaben in geschwungener altdeutschen Schrift: H und G. Welle fuhr sie mit den Fingern nach und hielt Kuhlmann das Teil vor die Nase. Ohne Worte zu vergeuden, waren die beiden sich einig. Sie nickten sich zu. Heinrich Goldammer, sie konnten nichts anderes bedeuten. In den Ritzen zwischen der silberfarbigen Aufzugskrone und dem Uhrengehäuse steckte Moorschlamm. Die Rückseite des Fundstücks war glatt und leicht verschrammt. Welle klappte vorsichtig den Deckel auf. Er war überrascht, dass die vermeintliche Hinterseite, ebenfalls ein Gehäusedeckel war. Diese Machart kannte er nicht. Behutsam klappte er ihn gleichermaßen auf. Es funktionierte. Die Uhr war um dreizehn Minuten nach elf stehen geblieben. Das Ziffernblatt mit römischen Zahlen trug den Herstellerschriftzug *Habmann* unterhalb der zwölf. Die Zeiger befanden sich ebenfalls in einem exzellenten Zustand. Allein im unteren Bereich, dort, wo sich auf einem extra runden Anzeigeblatt der Sekundenzeiger befand, war Feuchtigkeit eingedrungen, die eine bräunliche Verfärbung quer über das einstige weiße Ziffernblatt zog. Auf der rückseitigen Deckelinnenseite war ebenfalls eine Gravur angebracht. In lateinischen Buchstaben stand klein, aber deutlich lesbar *In Liebe Elisabeth.* Welle reichte den Fund an Kuhlmann.

Wert schob ruckartig seinen Körper zwischen die beiden, vergaß aber, dass er erstens auf wackligem Untersatz und zweitens auf dem anderen Kahn stand. Die Nussschalen bekamen bedrohlich Schlagseite. Kuhlmann riss vor Schreck die Hände in die Höhe, ruderte in der Luft nach Balance, ließ sich auf das Sitz-Kunststoffbrett fallen, und brachte sich und damit den Kahn wieder ins Gleichgewicht. Auf der Gegenseite hatte Jäger und einer der Heidelberger Spusisten geistesgegenwärtig reagiert, um ein größeres Malheur abzuwiegeln.

»Alderle, hänn se dir ens Hirn gschisse?« Welle schaute entsetzt.

»Entschuldigung, das war keine Absicht, die Neugierde trieb mich an. Ist doch nichts passiert, oder?«

»Der Kescher ist abhandengekommen, pack wenigstens mit an«, raunte ein Karlsruher.

»Wo ist die Uhr?«, fragte Welle.

Kuhlmann öffnete die linke Faust und lächelte.

»Ruhig, Brauner. Nichts passiert!«

»Ich dachte schon, puh – okay. Prüft ihr bitte diesen Bereich mit dem Sonargerät noch einmal genauer. Wir haben hier eine Herren-Taschenuhr gefunden, mit Initialen und Widmung. Ich ordne sie zu einhundert Prozent Heinrich Goldammer zu. Er war hier, hat die Uhr verloren. Vielleicht beim Ablegen oder Verbuddeln seiner toten Frau.«

Sander klappte der Unterkiefer herunter.

»Mein Geist.« Sander hielt sich an Tula fest. »Entschuldigung, mir war es kurz etwas schwindelig. Ich fasse es nicht. Was habe ich mit dem Kauf der Villa bloß für ein

Phänomen erweckt? Das ist so schräg, man sieht sich glatt genötigt, ein Buch darüber zu schreiben. Eines schwöre ich, bevor ich das nächste Mal ein Haus kaufe, werde ich mich anfangs informieren, was dort alles passiert ist.«

»Hauptsache, Sie hören mit Ihrer Kunst nicht auf. Ihr neues Projekt, der orangefarbene Wohnwagen, ist ausgesprochen speziell, aber ich finde ihn gelungen. Wie ich Sie inzwischen einschätze, haben Sie Ihr nächstes Werk längst im Kopf.«

Sander lächelte, vermied es aber zu antworten.

»Wissen Sie, dass Sie interessante Augen haben? Das Blaugrün erinnert mich an das Meer in Griechenland.«

Sander wurde verlegen.

»Junger Mann, ich darf das sagen, ich könnte Ihre Mutter sein.« Freundschaftlich klopfte sie ihm auf die Schulter.

»Flirtest du etwa?« Welle, der weiterhin auf dem Kahn in Hörweite saß, hob mahnend den Zeigefinger. Freilich feixte er dabei. Sie hakte sich unterdessen bei Sander unter und lehnte sich an ihn.

»Komm, und hindere mich daran.«

»Ganz schön gewieft, meine Frau. Weiß genau, dass ich nicht mal so eben übers Moor kann.« Welle verzog seinen Mund zur Schnute und brachte damit alle zum Lachen. Vergessen war die Misere.

»Zurück zur Uhr! Was ist, wenn der Sohn im Besitz der Uhr war? Was, wenn er nicht dic Wahrheit sagt? Er könnte die Uhr ebenso verloren haben.« Kuhlmann sah Welle fragend an.

»Stimmt. Aber das glaube ich nicht. Der Mann ist gradlinig, die ganze Situation ihm weder unangenehm noch peinlich. Er versucht, zur Aufklärung beizutragen, und muss mit den schlimmsten Enthüllungen rechnen. Ich werde explizit danach fragen.«

Das Sonargerät zeigte Unebenheiten im Schlick. Erneut formatierten sich die Boote, Gerätschaften wurden positioniert. Die Männer zerrten und zogen an den Utensilien. Wert sprach nicht, packte still mit an. Der Frust saß nach mehr als einer weiteren Stunde tief. Außer Schlick und einem Rehkopf, den sie, wie es aussah, durch das Gezerre vom restlichen Körper abgerissen hatten, beförderten sie nichts Aufregendes mehr ans Tageslicht.

Inzwischen war es früher Nachmittag. Welles Vernunft siegte, er brach die Aktion ab.

»Stopp! Vorsichtig zurück! Halte die Kamera in dieser Position. Mehr rechts, weiter – weiter – halt! Was ist das?« Der Mann am Monitor deutete auf etwas Langes. »Verdammt, halten Sie bitte die Boote still.«

Das Sonar wurde zu Wasser gelassen. Sofort schlug es aus. Mit dem Spaten klopfte man den vermeintlichen Gegenstand ab. Die Spitzhacke kam zum Einsatz. Man zog und rupfte. Das Ding bewegte sich keinen Millimeter. Sander war es, der nach geraumer Zeit meinte, es könne sich um einen Baumstamm handeln. Zunächst sahen sich alle achselzuckend an, dann wägten sie ab, bis Welle das Wort ergriff.

»Lasst es gut sein. Schluss. Ein Baumstamm kommt schon infrage, sind ja gerade mal einen Meter vom Ufer entfernt. Was es auch immer ist, es verwehrt uns den Zugriff. Feierabend.«

KAPITEL ZWANZIG

Jäger versicherte, sich um die Rückgabe der Kähne zu kümmern. Bis die Geräte grob gesäubert, verpackt und in den Autos verstaut waren, verging eine weitere Stunde. Zum Schluss schälte man sich aus Gummistiefeln und Schutzanzügen, die von Schlamm, Erde und Rissen in Mitleidenschaft gezogen waren. Sauber sah anders aus. Sander war nach der Befreiung seiner Stiefel barfuß hineingeschlüpft. Er unterbreitete den Vorschlag, die Geheimmission nicht abrupt enden zu lassen und in der ›Grünhütte‹ eine Kleinigkeit zu essen.

Jäger an ihrer Seite zu haben, brachte den Vorteil, Forstwege befahren zu dürfen, was um vieles bequemer war, als vom Sommerberg aus knappe sechs Kilometer zu laufen, außerdem wäre es dazu heute zu spät. Zwei Fliegen mit einer Klappe schlagen, lautete die Devise.

Wie es der Zufall wollte, betrat Sven Grießbach die ›Grünhütte‹ und wurde von Jäger als Leiter des Informationszentrums Kaltenbronn vorgestellt. Für den hochgewachsenen Mittvierziger mit dicken Brillengläsern, die in einer kleinen, runden Fassung eingearbeitet waren, rückte man zusammen. Er wusste nichts von der Mission und das sollte auch so bleiben. Allerdings wurde er von allen Seiten über das Gebiet gelöchert.

»Wie lange existiert dieses Moor schon?«, fragte Welle.

»Die Entstehung geht auf das Ende der letzten Eiszeit zurück, also vor rund zehntausend Jahren, in der sich auf einem Hochplateau das Moor bildete. Die Bedingungen wurden begünstigt durch viel Regen, Schnee und Nebel, niedrige Temperaturen, eine weite Hochebene, in der das Wasser nicht abfließen konnte und schlussendlich durch den wasserundurchlässigen Buntsandstein.«

»Mir wurde erzählt, dass die Bohlenwege uralt seien, stimmt das?«

»Die ersten Wege durch das Moor zwischen den Ortschaften Kaltenbronn, Gernsbach und dem Sommerberg wurden im Jahr 1701 gebaut. Versuche der Trockenlegung scheiterten ebenso wie das Moor zur Brennstoffgewinnung zu nutzen. Aus heutiger Sicht müssen wir den Menschen für ihre Proteste dankbar sein, dass dieses einzigartige Naturgebiet nicht zerstört wurde.«

»Echt? Man protestierte schon damals? Hätte ich nicht vermutet. Und wann begann die Abgrenzung zum Bann- und Schonwald?« Kuhlmann schaute Grießbach gespannt an.

»1927 bis 1929 wurde ein Teil des Moores zum Bannwald erklärt und 1939 oder 1940 ernannte man das Gebiet um den Wildsee zum Naturschutzgebiet, was den bis dahin regen und unkontrollierten Jagdbetrieb zum Erliegen brachte.«

»Das ist ja spannend. Man sollte wirklich seine Heimat besser erkunden. Jagen im Moor … bestimmt sind dabei einige Menschen nicht mehr aufgetaucht. Um welche Fläche handelt es sich bei diesem Moor?« Jetzt war Sander neugierig.

»Unser Wildseemoor gilt als das größte naturbelassene Hochmoorgebiet Mitteleuropas. Das Naturschutzgebiet umfasst circa vierhundert Hektar, der Bannwald mit dem Moor knapp dreihundert. Im Moor finden sich zwanzig Seen, sogenannte Hochmoorkolke. Der Wildsee liegt auf einem Plateau in einer Höhe von neunhundertneun Metern über Normalnull und ist der größte Kolk mit zwei Komma drei Hektar Fläche, einschließlich der mit Schwinggras bedeckten Wasserflächen. Sehen kann man aber nur einen guten Hektar.«

»Wie tief ist dieser Wildsee?« Welle hakte nach.

»Die tiefste Stelle des Sees beträgt in etwa drei Meter. Unter dem Wasser befindet sich eine ein Meter dicke Schlammschicht, und darunter eine etwa zwei Meter dicke Torfschicht, bevor man dann auf Buntsandstein stößt. Sein kleinerer Kollege gegenüber, der Hornsee, bringt es gerade mal auf null Komma sieben Hektar. Beide Mooraugen, wie man Kolke auch gerne bezeichnet, befinden sich an der höchsten Stelle des Plateaus. Das Gelände drumherum fällt kaum ab, das ist das Besondere.«

»Kann man die Seen alle aufsuchen?«, fragte Sander.

»Nein, Wildsee und Hornsee sind die einzigen Seen, die für den Besucher vom eins Komma sieben Kilometer langen Bohlenweg aus sichtbar sind, wobei man den Hornsee nur durch die Bäume schimmern sieht. Das Verlassen des Weges ist nicht erlaubt und auch nicht ratsam, man könnte durchaus als Moorleiche enden.« Grießbach lachte.

»Klar, das fehlte uns gerade. Es wird doch ein ziemlicher Aufwand zum Schutz betrieben. Ist das wirklich in diesem Ausmaß erforderlich?«, fragte Kuhlmann.

»Aber natürlich! Das Hochplateau hat sich zum beliebten Wander- und Ausflugziel entpuppt. Schutzmaßnahmen wurden zu Beginn des Jahres 1990 erforderlich, nachdem die Besucherzahlen stetig stiegen. Rückbau und Sperrungen von einstigen Moorpfaden waren unausweichlich, um Bann- und Schonwald, die Mooraugen, den Lebensraum von Torfmoosen, Pflanzen und Tieren, die nur in Hochmoorgebieten existieren können, zu schützen. Der große Rundwanderweg wurde angelegt, der ebenso dem Schutz der Moore Rechnung trägt.«

»Da hat man sich ja ganz schön ins Zeug gelegt. Respekt«, sagte Kuhlmann.

»Schon, aber leider ist ein negativer Einfluss auf die Pflanzenwelt dennoch zu verzeichnen. Nur mit einer totalen Sperrung wäre die Landschaft zu sichern, was natürlich nicht möglich ist. Durch die von Menschen eingetragenen Nährstoffe werden Fauna und Flora weiterhin beeinträchtigt, was sich im Moment auf den unmittelbaren Bereich rechts und links der Holzstege begrenzt. Das erwähnte Schwinggras ist so ein Kandidat, das sich dadurch im ausschließlich regenwasserernährten und damit sauren und sehr nährstoff- und mineralsalzarmen Hochmoor bilden kann. Die Entwicklung des Moors wird durch genaue Untersuchungen wissenschaftlicher Institute und Gutachter im Auftrag der Landesnaturschutzverwaltung beobachtet, um gegebenenfalls diese sensible Natur durch weitere Maßnahmen zu schützen.«

»Und durch großzügige Erweiterungen der Naturschutzflächen wurde das Gebiet Teil des europäischen Schutzgebietsystems ›Natura 2000‹, um die einzigartige Pflanzen- und Tierwelt zu retten«, ergänzte Jäger.

»Im Ernst? Zu ›Natura 2000‹ gehört auch eine Lagune auf dem Peloponnes. Ich bin dort immer wieder. Mir war gar nicht bekannt, dass das ein europaweites Projekt ist«, sagte Welle.

»Und dennoch gilt als größter Feind der Moorlandschaft der Klimawandel im Zusammenhang mit dem vor Jahrhunderten angelegten Entwässerungssystem. Vor allem dürfen Sie nicht übersehen, dass das Moor Tag für Tag Wasser verliert. Vom Land Baden-Württemberg wurde deshalb ein umfassendes Moorschutz-Programm gestartet. Wenn Sie noch weitere Informationen möchten, kommen Sie mich in Kaltenbronn besuchen. Ich kann Ihnen Filme zeigen, die Sie noch mehr zum Staunen bringen. Rufen Sie vorher an.«

»Vielen Dank für diese Ausführung. War äußerst interessant – für mich jedenfalls. Wir kommen sicher auf Ihr Angebot zurück.« Welle deutete dabei auf Tula und sich.

Die anderen bestätigten.

»Aber, jetzt verraten Sie mir, was Sie hier machen. Ich kann mir nicht vorstellen, dass Sie zum Vergnügen hier sind.« Grießbach sah Jäger an. »Komm schon, was ist hier los?«

Jäger schaute kurz zu Welle, der unmerklich mit dem Kopf schüttelte.

»Sven, sei mir bitte nicht böse, ich werde darüber keinen Ton verlieren. In ein paar Tagen wirst du es in der Zeitung lesen.«

»Ich gebe mich geschlagen. Hat mich dennoch sehr gefreut, Sie kennengelernt zu haben.« Grießbach trank seine Apfelsaftschorle aus und verabschiedete sich.

Bei riesigen Pfannkuchen und einem Glas Beerenwein lud Jäger die Truppe zur Moorwanderung im kommenden Winter ein. Sogar Sander sagte zu.

Welle telefonierte am Abend mit Keller, der zunächst gründlich angefressen war. Er motzte über diesen Alleingang, sah sich wieder einmal mehr in Erklärungsnot gegenüber dem Dezernatsdirektor. »Zwisten Sie so herum, weil Sie selbst dabei sein wollten oder weil Sie Schiss um Ihren Bürostuhl haben?«, hatte Welle durch die Leitung geschnaubt. Das waren typische Momente, in denen er seinen Nachfolger gerne auf den Mond geschossen hätte. Dieses Memmengehabe brachte ihn als Badener Original zur Weißglut. Selbstverständlich lief auch er während seiner Dienstzeit nicht nur einmal ins offene Messer der Vorgesetzten, verstand es aber stets zu überzeugen. In diesem Fall wird es nicht anders sein. Allein der aufsehenerregende Fund des

Moorschädels wird den eigentlichen Grund für die Suchaktion positiv überschatten. Keller konnte sich aber auch anstellen!

Das Telefonat mit Goldammer war wesentlich angenehmer. Der erinnerte sich an seines Vaters Taschenuhr, die, wie er glaubte, Schutt und Asche zum Opfer gefallen war. Goldammer lud Welle mit Frau für den kommenden Tag zum Kaffee ein.

KAPITEL EINUNDZWANZIG

Silvia Goldammer hatte ihre Termine für den Nachmittag abgesagt und einen erstklassigen Mohnkuchen gebacken. Franz Goldammer erklärte nach einer Weile, dass das Team Wellendorf-Renz und Diamantopoulos sehr gut zusammenpasse. Er bewunderte deren liebevollen Umgang miteinander. Tula hätte Ähnlichkeit mit seiner verstorbenen Frau. Ein Bild an der Wand bestätigte ihn.

Franz Goldammer hatte Fotografien herausgesucht, auf denen Taschenuhr und Uhrenkette gut erkennbar waren. Heinrich Goldammer trug auf den meisten Bildern eine Anzugweste, über deren Tasche sie befestigt war. Ein einziges Bild war dabei, auf dem er sie in der Hand hielt. Die Initialen auf dem aufgeklappten Deckel ließen keine Zweifel zu: Es war die Moor-Uhr. Welle nahm die Fotografie an sich und versicherte, dass dieses Stück bald seinem rechtmäßigen Besitzer übergeben werde. Auch versprach er, das Kleid zurückzubringen.

»So, und jetzt kommen Sie mal mit, ich zeige Ihnen ein paar meiner Meisterstücke. Andreas hat sie aus dem Banksafe geholt.« Franz Goldammer strahlte.

Vom Erdgeschoss führte eine Treppe zwei Etagen tiefer in den Keller. Ja, zwei. So etwas kannte man allenfalls von Bankgebäuden oder Museen. Sie fanden sich vor einer Sicherheitsstahltür mit Dreibolzen-Verschluss-System wieder. Welle begutachtete interessiert diese Hartmanntür, benannt nach ihrem Hersteller, einem Spezialisten für Tresortüren. Er kannte sie.

»Solche Türen hatten mich in einem Raubüberfall auf die Goldschmiedeanstalt zur Verzweiflung gebracht.« Welle erspähte an der Wand zwei Überwachungskameras.

»Ich erinnere mich …«, sagte Andreas Goldammer, der das Rollgitter, eine zweite Sicherung, nach oben schob, »… das war kurz vor dem Jubiläum im letzten Jahr. Dieser Raub hatte für heftige Aufregung in der Branche gesorgt.«

»Das ist durchaus zutreffend. Wollten Sie oder mussten Sie den Goldschmiedberuf erlernen?«, fragte Welle.

»Ich liebe diesen Beruf von Kindesbeinen an. Als Zweimann-Betrieb ist es schwer, sich in der heutigen Zeit über Wasser zu halten. Den günstigeren Herstellungspreisen im Ausland konnte ich nichts entgegensetzen. Die Produktion ist jetzt in Bangkok. Ich bin zwar oft weg, aber immer noch besser, als Insolvenz zu beantragen. Hier stelle ich nur wenige Auftragsstücke her.«

Der Arbeitsraum wurde hell mit Tageslichtlampen beleuchtet. Die Wände schmückten Plakate von Ausstellungen und Schmuckstücken. Auf dem Arbeitstisch fanden sich Tableaus mit erlesenen Kostbarkeiten.

Goldammer senior hatte es im Voraus eingeplant, die Juwelen zu präsentieren. Freudig erklärte er Geschmeide, Ringe, Anhänger und Armbänder aus seiner eigenen Produktion. Welle staunte nicht schlecht, welch kleine Geschichte sich hinter jedem Stück verbarg. Tula, die als einziges Schmuckstück – neben einem geknoteten Armbändchen aus den Meteora-Klöstern in Griechenland – eine zarte Goldkette mit Athener Käuzchen, ein Geschenk von Welle, trug, konnte ihre Augen nicht von einem massiven Ring lassen.

»Darf ich den mal anfassen?«

»Aber natürlich, sehr gerne. Probieren Sie alles, was Ihnen beliebt.« Franz Goldammer nickte ihr aufmunternd zu.

Behutsam, als drohte das Stück zu zerbrechen, nahm sie ihn und steckte ihn an. Die Kombination aus dem in Weißgold gehämmerten breiten Bandring und dem in einer zarten, gelbgoldenen Fassung eingearbeiteten Diamanten ließen ihn in allen Farben funkeln. Sie drehte ihre Hand, streckte sie aus, um das edle Stück besser zu betrachten.

»Er strahlt, wie deine Augen«, sagte Welle.

»Ein wirklich tolles Stück. Sicherlich für mich unbezahlbar, oder?«

»Er liegt um die zweitausend Euro. Wobei … Ihnen überlasse ich ihn etwas günstiger.«

Hörbar pustete sie Luft aus ihrem Mund, zog ihn vom Finger und legte ihn zurück. »Nichts für ungut, aber das sprengt meinen Rahmen. Würden Sie mir so einen Ring in Silber fertigen?«

»Mit Silber arbeiten wir eigentlich nicht. Aber für Sie würde ich es tun, wenn Papa mir sein Design überlässt«, sagte Andreas Goldammer.

Der Senior nickte. Er holte aus einer Schublade Zeichnungen und legte sie ebenfalls auf den Tisch.

»So entstanden meine Arbeiten. Stück für Stück und immer erst auf dem Papier. Schauen Sie mal, das Collier …« Er deutete auf ein Poster an der Wand. »… hat Andreas nach meiner Vorlage gearbeitet.«

»Toll. Eine herrliche Kunst. Chapeau!«, sagte Welle.

»Danke. Gehen wir nach oben und trinken ein Glas Wein. Und dann erzählen Sie mir Ihr weiteres Vorhaben.«

»Sicher, gerne.«

Andreas Goldammer sicherte den Raum und folgte als Letzter mit zwei Flaschen. Nachdem Welle die Etiketten gelesen und sich für einen fränkischen Silvaner entschieden hatte, kam er zu der Überzeugung, dass es einen wohltemperierten

Weinkühlschrank geben musste. Sein Weinliebhaberherz sprang in die Höhe. Endlich einen Silvaner! Nicht viele mochten diesen sehr trockenen Wein. Umso mehr erfreute er sich daran.

»Also, dann schießen Sie mal los.« Der Senior hob das Glas.

»Tja, da Martha uns für eine Tatverbalisierung leider nicht mehr zur Verfügung steht, lassen sich ihre letzten Stunden nicht rekonstruieren. Ermittlung und Spuren deuten auf einen Täter, der dem Krieg zum Opfer fiel. Da niemand zur Verantwortung gezogen werden kann, gibt es auch kein Verfahren. Wir, mein Kollege und ich, haben einen Besprechungstermin mit dem Staatsanwalt. Ich weiß jetzt schon, dass er nichts anderes sagen wird. Marthas Überreste werden auf Staatskosten bestattet, da es keine Nachkommen zu geben scheint. Ich glaube nicht, dass der Richter einem erneuten Aufruf in der Presse stattgeben wird. Die Beweislage gegen Ihren Vater ist so eindeutig, dass sein Name nicht rehabilitiert werden kann.«

Welle hielt kurz inne, griff nach seinem Glas und prostete in die Runde. »Ich weiß nicht, ob es besser ist, Ihre Mutter nicht im Moor gefunden zu haben oder nicht. Wir wussten ja, worauf wir uns eingelassen hatten. Es ist zu neunzig Prozent davon auszugehen, dass dieser Kolk zu ihrem Grab wurde. Alle Indizien sprechen dafür. Ein niederschmetterndes Ergebnis, ich weiß.«

Wieder legte Welle eine Pause ein. »Obendrein trägt der Fund des uralten Schädels ebenso wenig dazu bei, eine Zerstörung von Kolk und Naturschutzgebiet zu rechtfertigen. Offensichtlich ist das auch nicht möglich. In den Laboren arbeitet man derzeit an den Abschlussberichten.«

Andreas Goldammer schenkte nach. Er schaute seinen Vater an. Der alte Mann schien mit sich zu hadern.

»Ich überlege, ob ich das meinem Vater je verzeihen kann. Das Idealbild, das ich von ihm hatte, ist gnadenlos vernichtet, die Vergangenheit ausradiert. Schlussendlich bringt es nichts. Erinnerungen verschönern das Leben, manchmal macht allein das Vergessen es erträglich. Gutes und Böses liegen so eng beieinander, das Leben geht weiter. Marthas Bestattung übernehme ich, das bin ich ihr schuldig. Und ich werde mich in Zukunft mit der Ahnenforschung beschäftigen. Mal sehen, was ich alles ans Tageslicht befördere.«

Goldammer griff erneut zum Glas. »Sie, mein lieber Wellendorf-Renz, sagen mir Bescheid, wann Ihre Helfer Zeit haben, damit ich einen Tisch bestellen kann.«

»Ahnenforschung? Prima Idee, Papa. Ich bin dabei.«

Das Treffen mit allen Beteiligten fand vier Wochen später statt. Es kam, wie Welle es bereits vorausgesagt hatte: Die Fälle wurden geschlossen, beziehungsweise Elisabeth Goldammer zu einem nicht geklärten Tötungsdelikt deklariert. Presse und Medien stürzten sich auf den Moorschädel und hielten sich auf Bitten der Familie in Sachen Goldammer bedeckt. Den Geisterspuk hingegen schlachtete man aus, bis Sander in einem Interview die Menschen ermahnte, sich einmal des Schicksals des eingemauerten Mädchens bewusst zu werden und sich endlich Wichtigerem zuzuwenden.

Der Geist tauchte nicht wieder auf. Ruhe war in die ehemals schwarze Villa eingekehrt. Zwischenzeitlich hatte Sander sie verkauft und ein weiteres Kunstprojekt geschaffen. Übermorgen soll es der Öffentlichkeit vorgestellt werden. Einladungskarten zur Vernissage hatte er zum Treffen mitgebracht; er drückte sie jedem persönlich in die Hand.

Ein Artikel über *Das perfekte Elternhaus,* wie Sander das Projekt nannte, brachte in der einheimischen Presse den Begriff ›sandersieren‹ hervor. Er kauft Häuser, um sie vor Abbruch oder Umbau zu einem Kunstobjekt werden zu lassen. Es gibt Menschen, die ihn als verrückt, selbstsüchtig und als medienfanatisch bezeichneten.

Die Personen in Welles Umfeld hatten ihn besser kennengelernt, und kamen alle zu dem Entschluss, dass er ein Pfundskerl war, der Pforzheim und Pforzheims Künstlern guttat. Einstimmig wurde er als Mitglied des Honoratioren-Treffs aufgenommen.

Sanders erste überzeugende Stammtischhandlung bestand in der Umbenennung des Namens. Die ›Alten Hasen‹ wurden mit zwei Obstlern beerdigt und die ›Betschgräbler‹ mit weiteren zwei ins Leben gerufen. Gleich bei der ersten Zusammenkunft fielen Sander die Schoppenfetzer auf, die sich am Betschgräbler Riesling aus der Ortenau schadlos hielten.

»Pst. Unter uns, Betschgräbler klingt wesentlich besser!«, hatte Welle einmal gesagt. Und viele stimmten ihm zu.

Franz Goldammer kam aus dem Lachen nicht heraus, als Sander erzählte, dass die Stadt ihn anschließend verklagt hatte – nachdem er eine Genehmigung für ein Objekt von eben dieser Stadt bekommen hatte.

»Hoch lebe Pforze!«, hatte Wert gebrüllt. Die Stimmung war ausgelassen und fröhlich, als kenne man sich seit Jahren. Wert, dem der Fall irgendwie am Herzen lag und der Goldammer schätzte, überreichte ihm eine Art Bericht über die Ergebnisse, in einfacher Ausdrucksweise.

»Verraten Sie mich bloß nicht und lassen Sie ihn nirgends auftauchen, sonst fliege ich.«

Die Heidelberger berichteten über erste Ergebnisse vom Mann im Moor. Das Alter des Schädels hatte Wert gut geschätzt. Man stritt sich derzeit um sechshundert Jahre rauf oder runter. Des Rätsels Lösung, wie er so weit an die Oberfläche der Schlammschicht gelangt war, stand noch in weiter Ferne. Wissenschaftler aus mehreren Disziplinen stünden vor einem Buch mit sieben Siegeln.

Als Tula zur Toilette verschwand, wechselte Welle mit Goldammer einen Briefumschlag gegen eine kleine Schachtel. Beide grinsten breit. Wert bollerte gleich, dass er wissen wolle, welch Heimlichkeit da vor sich ginge. Er bekam von Sander, der sich dies als neues Mitglied beim gemeinsamen Stammtisch herausnahm, einen Tritt vor das Schienbein verpasst. Zum Kontern in irgendeiner Form blieb dem armen Wert keine Zeit. Tula war wieder da.

Feucht-fröhlich ließ man den Abend ausklingen. Die auswärtigen Spusi-Leute wurden zur Übernachtung unter den Freunden aufgeteilt. Jäger nächtigte in Dietlingen bei Goldammer.

KAPITEL ZWEIUNDZWANZIG

Pforzheim, 22. Februar 1945

Heinrich Goldammer gab seinem Kapo kurze Anweisungen, er hatte einen Besprechungstermin mit befreundeten Unternehmern. Zielstrebig und immer wieder den Gedanken nachhängend, überquerte er die Straße. Ein Mann schrie, ein anderer zog ihn mit einem Ruck zurück.

»Mensch, sind Sie blind?« Wie aus weiter Ferne klangen die gellenden Worte.

»Danke, ich war in Gedanken.« Erst jetzt registrierte er den Auflauf um ihn herum. Die Straßenbahn stand unmittelbar vor ihm. Der Fahrer fuchtelte aufgeregt umher und schrie ihn erbarmungslos an. Um Haaresbreite wäre er erfasst worden. Goldammer hob als Entschuldigung den rechten Arm und schickte sich an, seinen Weg fortzusetzen. Hastig betrat er die Apparatebau-Firma seines Freundes Johann, die maßgeblich an der Herstellung des X-Strahl-Verfahrens beteiligt war. Zurzeit fungierte Johanns Unternehmen als Zulieferer für Bordfunkgeräte. Um die hohe Nachfrage nach diesen Teilen zu bewältigen, wurden hier ebenfalls internierte italienische Gefangene, zwangsdeponierte Arbeiter aus Frankreich, der Ukraine und Russlands eingesetzt.

Lange diskutierten die Männer über eine eventuelle Arbeitsaufteilung zwischen ihren Firmen. Johann sah sich außerstande, die Aufträge allein abzuarbeiten, und wollte Goldammer mit ins Boot ziehen. Der aber gab sich eigensinnig, er war nicht gewillt, seine Lagerhalle umzustrukturieren. Mit erheblichem Aufwand hätte er die schweren Kettenmaschinen in die Garagen verfrachten müssen. Ein Zeitaufwand von mindestens zwei Arbeitstagen, der sich seiner Meinung nach nicht rechnete. Denn in dieser Zeit hätte die Produktion der Kriegsmunition geruht, was mit großer Sicherheit zu Ärger mit dem Militär geführt hätte. Die Freunde gelangen an diesem Tag zu keinem Ergebnis.

Erst am späten Nachmittag kam Goldammer in seine Firma zurück, die Arbeiter verließen gerade das Gebäude und schickten sich an, nach Hause zu kommen. Niemand wollte nach Einbruch völliger Dunkelheit durch Pforzheims Straßen marschieren, wenn es keinen triftigen Grund gab. Seit Monaten war eine Verdunklung der Stadt angeordnet, was nicht zwingend zu guter Laune beitrug.

»Schönen Feierabend, Männer.«

Der Kapo nickte ihm zu, gab zu verstehen, dass seine Frau ihn im Büro erwartete. Goldammer erblickte die grazile Gestalt, musterte jedes noch so kleine Merkmal seiner Gattin. Sie stand vor dem Fenster, sah hinaus. Eine liebreizende Erscheinung, wie er fand. Wie hatte er diese Frau geliebt. Nein, wie liebte er diese Frau! Ein Jeck war er gewesen. Langsam drehte sie sich um. Leere, dunkle Augen blickten ihn an. Ihr Gesicht blass, fast wie Asche gepudert, was vom Hellgrau ihres knielangen Kleides, das er noch nie an ihr leiden konnte, noch betont wurde.

»Liebes«, setzte er an, »was machst du hier? Warte, sag nichts, du verzeihst mir und kommst zurück?« Er wurde euphorisch. »Du siehst krank aus. Geht es dir gut? Nimm Platz.«

Flugs schob er ihr einen Sessel hin. »Wo ist Franz? Du hast ihn doch mitgebracht? Gott, wie ich euch beide vermisst habe!«

»Bemühe dich nicht, Heinrich.« Ihre Stimme klang tief verletzt, müde, pragmatisch, aber dennoch hart. »Ich komme nicht zurück zu dir, ich strebe die Scheidung an, und ich bitte dich um die Villa. Für unseren Sohn. Franz soll in seiner gewohnten Umgebung aufwachsen, und er könnte dich jederzeit sehen.«

Damit hatte er nicht gerechnet. Die Farbe wich ihm aus dem Gesicht. Schockiert setzte er sich auf die Schreibtischkante.

»Elisabeth, ich flehe dich an, tu das nicht. Die Villa ist mein Elternhaus! Wo ist Franz? Wartet er auf uns?«

»Nein. Er ist bei meiner Schwester geblieben. Ich hole ein paar Sachen und fahre nachher wieder zurück.« Elisabeth war eine starke, eigenständige Frau, die ihrer Spezies immer ein Schritt voraus war. Es wunderte ihn nicht, dass sie die Strecke zwischen Dietlingen und Pforzheim allein im Automobil zurückgelegt hatte. Nichts schien ihr Angst einzuflößen, nicht einmal die Fahrt in Dunkelheit, wo sie jederzeit von Fliegerbomben hätte getroffen werden können.

»Wir wissen nicht, wie der Krieg ausgeht, ob wir überleben, darum bitte ich dich, dass du mir heute vorab ein Schriftstück unterzeichnest, das mir die Villa zusichert. Franz muss wieder in die Schule, da er sonst zu viel verpasst. Nächste Woche kommen wir zurück. Du wirst es sicher schaffen, deine Sachen bis dahin auszuräumen. Die Leiche hast du hoffentlich inzwischen beseitigt?«

Wie ein Keulenschlag trafen ihn diese Worte. Er rutschte vom Schreibtisch, ließ sich in einen Sessel fallen und rieb sich die Schläfen. Seine Sinne schienen ihm zu schwinden. Chaos breitete sich in seinem Hirn aus. Er wiegte sich im Gleichtakt zur tickenden Wanduhr von links nach rechts, wie ein vereinsamter webender Gaul allein im Stall.

Blitze zuckten vor seinen Augen. Verdammt, die Zeit war ihm davongelaufen, als er Martha einmauerte. Drei Stunden, nur drei Stunden mehr Zeit hätten genügt, um das Mauerwerk vernünftig zu sichern. Martha war das Kindermädchen, blutjung, reizend und kokett. Kein Wunder, dass sie ihm den Kopf verdreht hatte. Immer wieder redete er sich ein, dass sie die alleinige Schuld an ihrem Tod hatte. Ja, so war es, sie war schuldig.

Jede freie Minute, wenn Elisabeth abwesend war, nutzte er, um Martha zu hofieren. Vergebens flehte er sie um Sex an. Bettelte und erniedrigte sich, bis es eines Tages mit ihm durchging. Gnadenlos trieb er Martha in den im Bau befindlichen Luftschutzkeller der Villa in die Enge und verging sich grausam an ihr. Wie ein ausgehungertes Raubtier auf Beutezug stürzte er sich auf sie und vergewaltigte sie. Nicht einmal, nicht zweimal, er wusste nicht, wie oft er das arme Ding geschunden hatte. Wie ein Irrer hatte er auf sie eingeschlagen, bis sie sich nicht mehr bewegte. Sein Drang, der Wahn, die Begierde, die Gelüste nach ihr waren immer noch nicht gestillt. Er quälte den bewusstlosen, geschundenen Körper weiter. In alle Körperöffnungen drang er ein, um seinen Körpersaft zu entlassen. Immer und immer wieder, unermüdlich, bestialisch. Stunden waren vergangen, als er endlich erschöpft von ihr abließ. Der geschändete Körper lag zerstört auf dem Naturboden. Das graue Kleid zerfetzt. Nur ein kleiner Streifen Stoff hielt es am Hals. Die Brüste, übersät von Bisswunden, verfärbten sich. Das Gesicht geschwollen. Bauch und Oberschenkel von Hämatomen gesprenkelt. Er ekelte sich vor sich selbst. Was war nur über ihn gekommen? Was hatte er angerichtet? Nur ein Monster wäre zu so etwas fähig. War er dieses monströse Scheusal? Nein, das konnte nicht sein.

Nur kurz hatte er damals überlegt. Die frisch eingezogene, unverputzte Mauer zur Verstärkung der Außenwände war noch nicht ausgetrocknet. Bauutensilien lagen überall herum. Er fasste einen fatalen Entschluss. Mithilfe von Brecheisen und Spitzhacke löste er die rechteckigen Steine. Für etwas musste der Hohlraum schließlich gut sein. Permanent schaute er auf die Uhr, er stand unter Zeitdruck. Elisabeth war mit Franz auf dem Sommerberg. Er erwartete sie am folgenden Tag zurück. Ihm blieb nicht viel Zeit, um das Unheil zu vernichten, bevor ein neues drohte.

Die Leblose quetschte er in den Mauerspalt hinein, rührte Mörtel an und setzte Stein um Stein wieder ein. Beim viertletzten Block angekommen, hechtete er die Treppen hinauf und durchsuchte Marthas Zimmer. Schnell fand er eine kleine Tasche mit Ausweispapieren, die er in seine Hosentasche schob, und wenige persönliche, nicht brennbare Dinge. Die stopfte er zu ihrer Besitzerin, bevor er die Mauer vollends verschloss.

Bis zum Morgengrauen hatte er es geschafft, alle Spuren zu beseitigen, Marthas Kleidung aus ihrem Zimmer zusammenzuklauben und sie im Kofferraum seines Automobils zwischenzulagern. Zufrieden betrachtete er sein Werk. Dann rief er die Handwerker an, dass sie heute nicht zu kommen brauchten.

Als am Abend Elisabeth mit Franz aus Wildbad kam, erklärte er, Martha sei abgeholt worden, sie würde auf dem Hof einer Tante benötigt und käme nicht wieder.

Die Tage vergingen.

Alle waren glücklich, bis die kleine Familie am 21. Januar 1945 im Luftschutzkeller der Villa hockte und betete, dass die Bomben sie nicht träfen. Der Boden vibrierte, die Wände wackelten, das Haus geriet in leichte Bewegung. Der achtjährige Franz schluchzte. Ein weiterer Bombeneinschlag in der Nähe ließ nicht nur die Mauern erheblich schwanken, sondern auch Teile des Mauerwerks bröckeln. Stücke der eingezogenen Schutzmauer brachen heraus und stürzten den dreien vor die Füße. Ein unangenehmer Geruch erfüllte schlagartig den Keller. Bedrückt glotzte Goldammer auf die schon teilweise verweste Martha. Der Verwesungsprozess war nicht abgeschlossen, was wohl an der geringen Luftzufuhr lag. Das Gesicht leicht mumifiziert, der Mund geöffnet, die rechte Hand zur Klaue gebogen. Verdammt noch mal, er hatte sie lebendig eingemauert.

Vorsichtig suchte er Blickkontakt zu seiner Frau. Elisabeth Gesichtsausdruck war nicht zu beschreiben. Eine Mischung aus Wut, Hass und Enttäuschung. Tränen rannen über ihr entsetztes Gesicht.

Sie redeten nicht. Nicht, als die nächste Erschütterung sie heimsuchte, noch später, als das Bombardement vorbei war. Akribisch drückte sie Franz an sich, drehte seinen Kopf in die andere Richtung, sodass er Martha nicht erspähen konnte. Als die Entwarnung kam, zog sie ihren Sohn hoch und stieg mit ihm die Treppe hoch, ohne dass er das Mauerwerk zu sehen bekam.

Goldammer verbrachte die Nacht im Gästezimmer, seine Frau hatte kommentarlos das Schlafgemach hinter sich abgeschlossen. Am folgenden Morgen packte Elisabeth ein paar wenige Kleidungsstücke und persönliche Dinge, nahm Franz und verließ die Villa, um zu ihrer Schwester in das achtzehn Kilometer entfernte Dietlingen zu fahren. Sie gab den Komfort, den Goldammer ihr zu bieten versuchte, bereitwillig im Tausch gegen einen heruntergekommenen Hof ihrer Großeltern auf – glaubte er zumindest.

Wenn sie doch wenigstens getobt, ihm eine Szene offeriert oder ihn angespuckt hätte. Sie aber kehrte sich ohne ein weiteres Wortes von ihm ab. Beleidigt war er darüber, in seiner Ehre gekränkt. Ja, verletzt.

»Heinrich?« Er reagierte nicht. »Heinrich!« Elisabeth wurde lauter. Er fuhr zusammen, er war zurück im Jetzt.

»Entschuldige.« Verwirrt war er sichtlich; er schüttelte sich wie ein Hund. Elisabeth wurde zusehends ungeduldiger, tippte mit dem Zeigefinger auf einem Blatt Papier herum.

»Wenn du das bitte unterschreiben würdest.« Er las erneut das Schriftstück, das den Besitzerwechsel der Villa besiegelte.

»Könntest du dich bitte etwas beeilen.« Ihr Ton verschärfte sich.

Goldammer sah seiner geliebten Frau die Enttäuschung an. Ihre Augen, leer, fragend, bestimmend. Durchsetzungsstark und stolz, wie Elisabeth stets war. Er stand auf, trat einen Schritt mit ausgestreckten Armen an sie heran. Ein kläglicher Versuch sie zu umarmen, zu liebkosen, sich mit ihr zu versöhnen.

Elisabeth wich zurück.

»Heinrich, lass es. Es ist zu spät, begreife das endlich. Ich habe dich angefleht, Martha aus der Mauer zu holen. Ich habe überlegt, dir zu verzeihen, zumindest es zu versuchen, wegen Franz. Aber du wurdest zum Egoisten und warst nicht mehr der Mann, den ich geheiratet hatte. Ich kenne dich nicht wieder. Und jetzt unterschreibe bitte die Übergabe der Villa.«

KAPITEL DREIUNDZWANZIG

Einige Tage später traf man sich bei Sanders Vernissage. Selbst Keller, der inzwischen wieder bestens gelaunt auftrat, zeigte sich keineswegs nachtragend gegenüber seinen Mitarbeitern. Kunstbefürworter, Gegner, Neugierige und immer wieder Menschen mit dem Motto ›Sehen und gesehen werden‹ gaben sich wie schon bei der Trauerfeier zur Villa ein Stelldichein.

Insbesondere freuten sich Tula und Welle, dass Goldammers ebenfalls gekommen waren. Dem alten Goldammer saß an diesem Abend der Schalk besonders im Nacken, was seinem Sohn und Schwiegertochter peinlich war. Er lästerte und scherzte, was das Zeug hielt.

Man streifte durch die Etagen von Sanders Kunstwerk. Das Haus wurde nur von tragenden Mauern und Pfeilern gehalten. Der Rest und die Fenster fehlten komplett. Die Einrichtung hörte mit der Bruchstelle auf. So fanden sich Bett und Kloschüssel ebenso halbiert wie ein Sofa oder der Küchenschrank. Sie drängten sich weiter über knarzende Holztreppen nach oben in den Dachboden und wieder hinunter.

»Was wohl hier alles passiert sein mag?« Franz Goldammer betrachtete ausgiebig das intakte Holzgebälk.

»Wie meinen Sie das?« Welle schaute den alten Herrn aufmerksam an.

»Ach so, ich habe es Ihnen noch gar nicht erzählt. Meine Oma hat sich auf dem Dachboden der Villa erhängt. Nur ein einziger Satz war dies meinem Vater in seinem Tagebuch wert. Schon seltsam. Wenn Häuser erzählen könnten, käme sicherlich einiges Unschönes ans Licht. Ach, ich habe auch eine Stelle gefunden, in der er seine querschnittsgelähmte Schwester erwähnte, die er abgrundtief hasste. Was aus ihr wurde, fehlt. Aber die Art, wie er es notiert hat ... ich glaube fast ... nach allem, was ich jetzt über ihn erfahren habe ... dass er sie auch umgebracht hat.«

Pures Entsetzten stand in den Gesichtern der anderen.

»Nun schauen Sie nicht so. Es ist, wie es ist. Meinen Sie, ich beschönige etwas? Das Ansehen von Heinrich Goldammer ist beschmutzt. Ich bedaure wirklich zutiefst, dass er einer gerechten Gefängnisstrafe entging. Er hätte schmoren und leiden müssen. So, jetzt aber genug. Themawechsel, gehen wir runter? Ich habe Durst.«

Sander winkte sie herüber, als sie im Garten angekommen waren.

»Das Sie ein verrückter Hund sind, muss ich Ihnen nicht sagen, oder? Tolles Spektakel.« Welle nahm das Glas von Sander entgegen.

»Dito, ebenso? Auf unser Wohl.« Bei schönstem Wetter lauschten sie Sanders Statement, schlürften dabei Sekt und ließen sich von der Musik berieseln. Sander hatte eine Anlage aufbauen lassen. An mehreren Pavillons gab es Herzhaftes und Salziges im Häppchenformat.

Gegen zweiundzwanzig Uhr verließen die Gäste das Anwesen. Zeit für Welle, um Trollinger aus dem Auto zu holen. Der Rüde führte vor Freude einen Affentanz auf. Die beiden drehten eine kurze Runde um den Häuserblock, bevor Welle das Elternhaus-Grundstück wieder betrat.

Fleißige Hände, die aufräumten, Wert, Kuhlmann, Welle und Tula waren mit die Letzten. Pforzheims Sonderermittler Nummer eins holte tief Luft. Sein Herz schlug vor Aufregung bis zum Kragen. Er fasste allen Mut zusammen.

»Jetzt hältst du es schon drei Jahre mit mir aus. Meinst du, wir schaffen das, bis uns das Zeitliche segnet?«

Tula kräuselte die Stirn. Die anderen, alle eingeweiht in die Prozedur, verzogen keine Miene. Sander ließ Sekt nachschenken.

»Ich verstehe deine Frage nicht. Natürlich halte ich es mit dir aus, das weißt du doch. Wäre ich sonst hier?«

»Kannst du dir vorstellen, meine Frau zu werden?« Welle legte seinen Dackelblick auf und sah sie erwartungsvoll an. »Weißt du, ich sage so oft ›meine Frau‹ und nicht Freundin oder Lebensgefährtin, da dachte ich …«

»Du redest dich um Kopf und Kragen. Halt einfach den Mund.« Tula unterbrach sein Gestammel und hielt ihrem Peter die badische Gosche zu. Kurz lugte sie zu Sander, der mit dem Sekt-Nachschub wie ein stummer Diener da stand. Kuhlmann hingegen haftete ein Dauergrinsen im Gesicht.

»Danke, Jungs, für die Vorwarnung.« Sie zog ihre Hand von Welles Mund. »Ja, du alter Haudegen, ich kann es mir vorstellen, und ja, ich will es auch!«

»Wirklich?«

»Jaaa.« Sie rief es in die Nacht. Welle zog sie eng an sich und küsste sie.

»Ähm, sorry, trinken wir darauf oder was?«, fragte Sander.

»Ein Prosit auf die Verlobten«, flötete Wert. Der Rest applaudierte und verteilte großzügig Glückwünsche.

Trollinger jaulte instinktiv wie ein Wolf.

KAPITEL VIERUNDZWANZIG

Pforzheim, 22. Februar 1945

Er hatte sie verloren. Wie ein geprügelter Hund, dem das Fell zu kurz geschoren wurde, stand er da. Er fühlte sich abermals verletzt und gedemütigt. Zorn brodelte auf. Sein Puls schien ins Dramatische zu steigen. Ihm wurde heiß. Innere Hitze ergriff ihn, er hätte beinahe geschrien. Krampfhaft rang er um Eigenkontrolle, er atmete schwer und sog tief Luft ein, die er hörbar durch den geöffneten Mund wieder entließ. Ein paar Sekunden nur schauten sie sich tief in die Augen, dann wandte er sich ab, öffnete eine Holztür, die in den angrenzenden Lagerraum führte, in dem die Feinmechanik-Maschinen zur Kettenherstellung lagerten, und trat hinein.

»Heinrich!«

Er antwortete nicht. Ging einfach weiter. Elisabeth sprang auf, raffte das Schriftstück vom Tisch und eilte ihm nach.

»Heinrich! Würdest du bitte … neiiin!«

Mit geballter Faust holte er aus und brachte sie zu Fall. Etwas krachte unschön; es fuhr ihm durch Mark und Knochen, als sie mit dem Kopf auf einem Schmiedebrett mit Eisenbeschlag aufschlug. Der Aufprall brach augenblicklich das Genick.

Goldammer verharrte. Suchte vergeblich den Puls an seiner geliebten Frau. Weinend sackte er neben ihr zusammen, krümmte sich im Schmerz der Trauer. Was hatte er jetzt schon wieder getan? Die Liebe des Lebens getötet und Franz die Mutter genommen. Er begriff die Welt nicht mehr.

Er verstand sich nicht mehr. Befand er sich auf dem Weg in die Schizophrenie? Er war nicht mehr Herr über seine Sinne. Er zweifelte, haderte. Zwei Seelen existieren in seiner Brust, anders konnte es nicht sein. Sachte hielt er Elisabeths Kopf. Blut sickerte aus einem Ohr, troff auf seine Hand. Er hievte sich hoch, zerrte sie auf und trug sie zum Automobil.

Da war er wieder, der eiskalte Teufel, der seine Arbeit vollenden musste. Einmal mehr lobte er sich selbst, dass die Einteilung der Firma gelungen war, die es ermöglichte, zwei Autos unterzustellen. Souverän vollzog er seinen Plan. Zellstoff zwirbelte er in den Fingern zusammen, stopfte es in ihre Ohren, um das Blut zu stoppen, das kontinuierlich aus dem toten Körper lief. Umständlich friemelte er Elisabeth Spannriemen unter das Kleid, um sie unsichtbar auf dem Beifahrersitz zu fixieren, ohne dass ihr Körper einsackte.

Er schwitzte. Schweiß rann den Rücken hinab, durchtränkte sein Hemd. Er musste sich frisch machen. Kostbare Zeit, die ihm fehlen würde. Er verfluchte sich, wie so oft in seinem gottverdammten Leben.

Dreißig Minuten später rollte er aus der Garage, sein Ziel: Wildbad.

In der Dunkelheit hatte er ein relativ einfaches Spiel, ungesehen aus der Stadt zu kommen. Kurz trieb es ihm auf Höhe der Flakgranaten-Fabrik den Schweiß auf die Stirn. Automobile mit offenen Fahrertüren, Soldaten mit Gewehren im Anschlag behinderten die Weiterfahrt. Er drosselte die Geschwindigkeit, kurbelte sein Fenster ein Stück herunter.

»Soldat, was ist los? Meine Frau ist kollabiert, ich muss dringend zum Krankenhaus.« Der Soldat näherte sich, sah ihn an, blickte auf die Gestalt auf dem Beifahrersitz, leuchtete sie kurz an.

»Himmel, die ist ja ganz blass. Lasst den Mann durch, schnell«, schrie er einem Kameraden zu. »Fahren Sie schon, los! Alles Gute.«

Goldammer winkte dankend und gab Gas. Glück gehabt, es hatte funktioniert. Ebenso würde es ihm gelingen, die Kontrollen auf dem Sommerberg zu passieren. Genüsslich steckte er sich eine Zigarre an, kontrollierte immer wieder die Position seiner toten Gattin. Bevor die Straße steil den Berg hinaufführte, hielt er an, stieg aus, um die Tote neu zu drapieren. Sie war leicht verrutscht. Goldammer erschrak, als er das Gesicht sah. Die Schläfe, auf der sein Fausthieb gelandet war, hatte sich verfärbt und überhaupt wurden die ersten Leichenflecken sichtbar. Fluchend knipste er die Lampe aus. Wenn auf der Beifahrerseite ein Soldat in den Wagen leuchtete, würde er auffliegen. Ein Sanitätslastwagen näherte sich.

»Können wir helfen?«, rief es aus dem Fahrerhaus. Das Fahrzeug hielt an.

»Nein, schon gut. Meiner Frau ist es nur übel geworden. Ich fahre dann eh hoch!« Er winkte kurz und beugte sich gleich wieder über Elisabeth. Die Sanitäter fuhren weiter – Gott sei Dank. Sein Entschluss stand fest. Er suchte den Boden nach einem geeigneten Stein ab. Nur wenige Meter vom Wagen fand er einen, hob ihn auf und trat an Elisabeth heran. Tief sog er die kalte Nachtluft ein, zögerte kurz, streckte sich und hieb ihn an ihre Schläfe. Vernehmlich entließ er die Luft aus seinem Körper, als er sah, wie eine Wunde klaffte und Blut auf das Kleid tropfte. Darauf hatte er nicht zu hoffen gewagt, denn er registrierte die eintretende Totenstarre. Verdammt, keine Verzögerungen mehr, ermahnte er sich. Im gefühlten Schneckentempo nahm das

Auto die Steigung. So sehr er auch auf das Gaspedal drückte, der Motor brachte nicht mehr Leistung. Immer wieder sah er auf die Uhr, und zum wiederholten Male verfluchte er seine Verfehlungen.

Der Schlagbaum wurde sichtbar.

»Hey«, schrie er schon Weitem aus dem Fenster. »Macht auf, meine Frau braucht einen Arzt.« Beidseitig trafen Scheinwerfer auf das Armaturenbrett.

»Sie verblutet, macht hoch!«, rief ein Soldat auf der rechten Seite. Goldammer nickte kurz und gab Gas, um etwaigen weiteren Fragen auszuweichen.

Das letzte Mal, als er im Haus war, versteckte er sein vollgeschriebenes Tagebuch vor Hitlers Schergen in einer Kellernische. Heute klaubte er zügig aus dem Keller Gummistiefel, Schubkarre, Spaten, Hacke und eine alte Decke. Mühselig zog er Elisabeth das Kleid aus, verfrachtete sie in die Schubkarre, und bedeckte sie notdürftig mit der modrigen Wolle.

Unter großen Mühen schob er die Karre vor sich her. Die Wege durch das Moor hatten sich in all den Jahren nicht wesentlich verändert, kamen ihm lediglich länger vor. Er benötigte zwei geschlagene Stunden bis zu einem der zahlreichen Kolke. In seinen Glanzzeiten schaffte er dies in halber Zeit. Das letzte Stück war er gezwungen, Elisabeth zu tragen, was zunächst schier unmöglich schien, da die Totenstarre nahezu ausgeprägt war. Die Schubkarre ließ er auf den alten Holzplanken zurück, schwang sich den Rucksack mit der Gerätschaft auf den Rücken und schulterte seine Frau. Bereits nach wenigen Metern sackte er zum ersten Mal ein. Mühselig befreite er sich aus dem Morast. Schulterte die Tote erneut und suchte in der Finsternis nach einem Durchlass. Stück für Stück schob er sich tiefer durch dichter werdenden Wald. Speichel lief ihm aus dem Mund, entlang des Griffs der Taschenlampe zwischen seinen Zähnen. Fortlaufend verfingen sich Körperteile von Elisabeth an Ästen, blieben hängen oder schlugen an Bäume. Er hatte zu tun, um überhaupt vorwärtszukommen. Seine Kräfte verließen ihn zusehends, er hechelte und schnaubte wie ein Ross. Die Tote war kein bisschen geschmeidig.

In Pforzheim hatte es Plusgrade, aber auf dem Berg war es immer kälter. Endlich spürte er leicht gefrorenen Boden unter den Schuhsohlen, das Ziel war erreicht. Nur wenige Meter und er konnte die Last ablegen. Gekrümmt, so wie sie über seinen Schultern gehangen hatte, lag sie nun auf dem kalten Moorsee, dessen vereiste Oberfläche im Mondlicht schimmerte und eine bizarre, mystische Atmosphäre zauberte. Mit der Hacke prüfte Goldammer die Tiefe des Frosts. Er war zufrieden, nachdem er mit dem ersten Schlag im Schlamm steckte. Um Elisabeths Körper herum hackte er die dünne Eisschicht auf.

Ein letztes Mal strich er trotz Beulen, die sich durch Fäulnisgase bildeten, und die signalisierten, dass der Verwesungsprozess im vollen Gang war, zärtlich über den Körper seiner Gattin. Tränen schossen ihm in die Augen.

»Warum? Warum nur?« Er heulte. Er schrie es förmlich heraus. Hier konnte ihn eh niemand hören. Nur mühsam trennte er sich von der vom Mond beleuchteten Szenerie.

»Lebe wohl, in Kürze hat das Moor dich umschlungen, niemals wird dich jemand in deiner Totenruhe stören. Nie, mein Herz. Gott behüte dich.«

Wenige Stunden ruhte Goldammer auf dem Sofa. Ständig sah er Elisabeth vor sich, wütend, drohend. Dann tauchte Martha vor seinen Augen auf.

»Verschwörung! Ihr konspiriert gegen mich!«, schrie er und wachte davon auf.

»Nacht der Geister.« Goldammer stierte vor sich hin, verfiel in Selbstgespräche, kämpfte mit Schweißausbrüchen. Er musste weg hier, zurück nach Pforzheim. Wie spät war es? Vergeblich suchte er seine Taschenuhr. Wo war sie? Hatte er sie in der Firma vergessen? Nein, er hatte auf die Uhr gesehen, bevor er Elisabeth zum See brachte. Verflucht, er hatte das wertvolle Geschenk seiner Frau verloren.

Zwanghaft kontrollierte er, ob Schubkarre und Werkzeug aufgeräumt waren. Ihm fehlte jeglicher Bezug zum Hier und Jetzt.

Er verschloss das kleine Haus auf dem Sommerberg. Elisabeths Kleid stopfte er unter den Fahrersitz. Er würde es in der Firma verbrennen, genau so, wie er es damals mit Marthas wenigem Hab und Gut getan hatte.

KAPITEL FÜNFUNDZWANZIG

Welle fischte in seiner Jacke herum und zog ein Schächtelchen hervor.

»Ta-ta-ra-ta.«

»Das ist ... das sind ... das ist der Ring von Goldammer.«

Sie strahlte. »Und du hast dir den gleichen herstellen lassen?«

Oje, jetzt liefen Tränen. Sie schluchzte so arg, dass Welle sie erst einmal festhalten musste. Dann schob er sie behutsam von sich, trocknete die letzte Träne mit einem Kuss und streifte ihr den Ring über den Ringfinger der linken Hand. Sie tat es ihm nach.

»Du hast auf einen Stein verzichtet.«

»Hör mal, die Ringbreite hat mich schon Überwindung genug gekostet. Und auf Tussi-Style verzichte ich dankend.«

»Du nun wieder.«

»Und wann läuten die Hochzeitsglocken?«, fragte Kuhlmann?

»Mal sehen. Darüber habe ich noch nicht nachgedacht.« Welle kratzte sich am Kinn.

»Falls Sie einen Trauzeugen benötigen, ich stehe Ihnen gerne zur Verfügung«, sagte Sander.

Jäh wurde die Szenerie durch ein aufdringlich klingelndes Klingeln gestört. Welles Handy.

»Keller, Sie stören! Ja. Ja. Wert und Kuhlmann sind hier, warum? – Wie bitte?« Welle verdrehte die Augen und zog seine Augenbraue nach oben. »Es gibt weitere Kollegen.

Nehmen Sie ein anderes Team! Was? – Bei Ihnen? Himmelsackzement!« Er seufzte.

Wert und Kuhlmann hatten ihre Gläser abgestellt und waren startklar. Sie kannten Welles Mimik und wussten sie zu deuten.

»Wir sollen kurz zu Keller nach Hause kommen.«

Welle drehte sich zu Tula.

»Agapi, es tut mir leid. Ich habe mir wahrlich einen besseren Ausklang gewünscht.« Betroffen schaute er sie an.

»Jetzt geh schon, scheint ja wichtig zu sein, wenn Keller euch anfordert. Ich fahre heim und warte auf dich.«

»Ich denke nicht, dass es lange dauert. Sander, wir sehen uns beim Stammtisch! Danke für die tolle Vernissage. Sie wissen genau, was Sie wollen, und das ist gut so.«

KAPITEL SECHSUNDZWANZIG

Pforzheim, 23. Februar 1945

Heinrich Goldammer saß unzufrieden, nachdenklich und völlig übermüdet am Schreibtisch. Seine Hände rieb er ständig mit einer fettenden Creme ein, sie waren durch die nächtliche Aktion ziemlich zerschunden. Der Maschinenlärm drang aufdringlich zu ihm herein und nervte ihn.

Den Sommerberg konnte er ohne weitere Zwischenfälle und unnötige Fragen verlassen, da ein Verwundetentransport angekommen war, der auf die beiden Lazarette verteilt werden musste. Man achtete nicht auf ihn.

Immer wieder zog er die Schublade auf, in der er Elisabeths Kleid gelegt hatte. Blutverschmiert, wie es war, hatte er es zusammengelegt. Zärtlich spielte er mit dem Stoff. Er benötigt dringend einen Arzt, dessen wurde er sich mehr denn je bewusst. Verzweifelt suchte sein Hirn nach Ausreden, wie er es Franz beibringen würde. Was sollte er ihm sagen?

»Ich habe deine Mutter umgebracht. Getötet aus einem krankhaften Trieb heraus, bitte verzeih mir, mein Sohn. Komm her, lass dich umarmen.« Oder wäre er gut beraten, ihn anzulügen und zu behaupten, dass seine Mutter mit einem anderen Mann weggegangen sei und Franz nicht nachtragend sein dürfe, weil er schließlich schon ein starker Junge sei. Stark wie sein Vater?

Alles Schwachsinn. Franz hatte seine Mutter abgöttisch geliebt, er würde ihm nie verzeihen, egal was er ihm aufzutischen vermochte. Für den kommenden Tag hatte er sich vorgenommen, Franz aus Dietlingen zu holen. Verfluchter Dreck! Eine Lösung, er braucht dringend eine Rechtfertigung.

Der Tag verstrich zäh. Mehrmals mussten sie den Luftschutzkeller aufsuchen. Jedes Mal gab es Entwarnung. Gegen neunzehn Uhr saß Goldammer mit seinem Kapo im Büro. Sie besprachen eine Lieferung, die für kommende Woche geplant war, und überlegten krampfhaft, wie sie nebenbei die Schmuckproduktion wieder ankurbeln könnten. Beide waren guter Dinge, was das Geschäftliche anging, Goldammer gar in Spendierlaune. Er bot seinem Vorarbeiter eine Zigarre an und holte eine Flasche Cognac aus dem untersten Fach des Schreibtisches. Die beiden Männer hatten sich schon immer verstanden. Aus guter Stimmung wurde in kürzester Zeit Heiterkeit. Es war neunzehn Uhr fünfundvierzig, als die Sirenen der Stadt erneut heulten. Akute Lebensgefahr für alle.

»Na klar«, meinte Goldammer, »wieder reine Zeitverschwendung, wetten?« Er schnappte die Flasche und trottete mit schweren Schritten hinter seinem Mitarbeiter in den Keller. Er war dabei die Kellertür zu schließen, als sie einen ohrenbetäubenden Lärm hörten, wie tiefes Donnergrollen. Der Boden bebte unter der Erschütterung der ersten Bombe.

Es krachte.

Risse erschienen in der Kellerdecke. Wieder schlug eine Fliegerbombe in der Nähe ein. Das Gebäude zitterte. Die Männer schauten sich entsetzt an.

»Das klingt gar nicht gut«, sagte Goldammer. Sie setzten sich auf den Boden, schenkten die Gläser voll und leerten sie mit einem Zug. Dann folgte eine heftige Detonation, die Wände gaben nach.

Die Kellerdecke stürzte ein.

Welle ermittelt

PFORZHEIMS APOKALYPSE

Am Freitag, 23. Februar 1945 wurde der erste Alarm um elf Uhr registriert. Am Nachmittag flogen etliche britische Bomber über die Stadt. Beobachter, die man inzwischen gewohnt war. Die Warnungen der Sirenen wollten an diesem Tag nicht verstummen. Um neunzehn Uhr fünfundvierzig heulten die Sirenen mit dem Signal ›Akute Lebensgefahr‹. Nur fünf Minuten später näherten sich die ersten Maschinen der Royal Air Force von Westen. Christbäume, Leuchtsignale, die man zur Beleuchtung von Zielen benötigte, wurden von Flugzeugen abgeworfen. Augenzeugenberichten zufolge war deren Abwurf bis Mühlacker deutlich sichtbar. Den Christbäumen folgten Bomber. Knapp 370 Maschinen und 1.600 Tonnen Spreng- und Brandbomben prasselten auf Pforzheim herab und machten die Stadt binnen 22 Minuten dem Erdboden gleich. Das Gemisch aus Bomben, Brandkanistern und Luftminen hatte in den engen Gassen der Innenstadt katastrophale Folgen. Eine gewaltige Feuerwalze schraubte sich durch die Straßen. Die Feuersbrunst wurde bis nach Calw bemerkt.

17.600 Menschen starben. Wer nicht durch die Detonationen, die glühende Hitze und die Feuersbrunst starb, erstickte grausam an giftigen Gasen und mangelndem Sauerstoff in den Kellern und Luftschutzbunkern der Innenstadt. Selbst die Kellerdurchbrüche zum Nachbarhaus, die als Lebensrettung geschaffen wurden, nutzen nichts.

Auf der Länge von drei Kilometern und eineinhalb Kilometern in der Breite wurden alle Gebäude vollständig zerstört, Pforzheims Innenstadt ausradiert.

Wie durch ein Wunder blieben Randgebiete wie Brötzingen, die Nordstadt oder das Rodgebiet weitgehend verschont. Das kleine Flüsschen Enz war gesprenkelt mit bis zu zwei Meter tiefen Bombenkratern.

Da es nicht genug Hilfsmannschaften gab, suchten Angehörige nach ihren Vermissten. Bargen sie aus Kellern, Trümmern und Bunkern, die ihnen zum Verhängnis geworden waren. Reihen von Toten lagen auf Schulplätzen. Besaß man ein Familiengrab, so gestatteten die Behörden, die Toten dort zu beerdigen, auch wenn die Liegezeit, die es damals schon gab, noch nicht abgelaufen war. Das Grab musste selbst ausgehoben werden, weil Bestatter fehlten. Tote, die nicht von Angehörigen identifiziert werden konnten, begrub man auf dem Hauptfriedhof in einem Massengrab, das von einem Geistlichen gesegnet wurde.

Niemand der einst hitlertreuen Parteibonzen trug mehr eine Uniform, kein Einziger grüßte mit dem Hitlergruß. Der Schock saß tief in den Menschen. Man begann zu fragen, was schiefgelaufen war. Unter anderem wurden Pläne für Luftschutzvorkehrungen nicht genehmigt, weil Pforzheim in der falschen Luftschutzkategorie eingestuft war.

Nur eine geringe Menge von Löschwasserteichen und Luftschutzräumen in öffentlichen Gebäuden waren genehmigt worden. Rund zwanzig Luftschutzbunker, meist aus Privatfinanzierung, befanden sich am 23. Februar noch im Bau. Flugabwehrkanonen gab es in Pforzheim nicht. Die nächstgelegen waren in Stuttgart und Karlsruhe stationiert, die Angriffsbedingungen somit ideal.

Alte Häuser und deren Bauweise taten ein Übriges. Bruchstein-Gewölbekeller, die als Luftschutzkeller ausgewiesen waren, hielten den Druckwellen nicht stand. Hier starben viele Menschen, die sich in Sicherheit wägten. Andere ertranken durch die Flutung der Keller, weil die

Kanäle zerstört waren, oder erstickten qualvoll an Sauerstoffmangel.

Anfang April 1945 wurde Pforzheim zur Frontstadt. Deutsche Truppen verlegte man nach Pforzheim und nur vier Tage später rollten französische Panzer durch die Straßen. In den Tagen der Besatzung waren Plünderungen, Diebstähle und Vergewaltigungen an der Tagesordnung. Am 18. April 1945 erklärte man die Stadt endlich vom Nationalsozialismus befreit, und am 8. Juli wurden Pforzheim und der Pforzheimer Landkreis, wozu damals auch Vaihingen und Leonberg gehörten, an die Besatzungszone der Amerikaner angegliedert, die den Wiederaufbau kontrollierten und bis 1949 das Sagen in Pforzheim hatten. Schon im September 1945 waren wieder Briefträger unterwegs. Die Menschen, die das Inferno überlebten, fanden Unterkunft in den Vororten, auf dem Land und in stehen gebliebenen Gebäuden. In vielen Gärten und Höfen wurden Notunterkünfte geschaffen, indem man kleine Häuser hinein baute. Noch heute kann man dies in einigen Teilen der Nordstadt sehen, insbesondere aber auf dem Land.

NACHWORT

Der Tod lauert immer und überall.

Ein altes Haus birgt viele Geheimnisse. Wohltuendes, Erfreuliches, Liebe, Verwegenes, Mord.

Geister?

Sie, verehrte Leser, stellen sich soeben die Frage nach Wahrheit und Fiktion? Sie sind verunsichert?

Stöbern Sie selbst in Pforzheims Archiven und lassen sich überraschen!

DANKE

Insbesondere gilt mein Dank Andreas Sarow, der mir durch sein Kunstprojekt ›Die schwarze Villa‹ nicht nur die Idee zu diesem Kriminalroman geliefert hat, sondern auch das Coverfoto und zahlreiche Erkenntnisse.

Meiner Verlegerin Silke Boger für die permanente Unterstützung und Feedbacks.

Meinem Lektor Michael Lohmann, ein herzliches Dankeschön für die klasse Zusammenarbeit.

Und allen, die auf meine geistige Anwesenheit während des Schreibens verzichten mussten.

Badisch für Anfänger

Heftlimacher - kleiner Mensch, Pendant
Seckl - Schlitzohr, mittelschwere Beleidigung
Halbseckl - Beleidigung
Ha noi - ach was, nein
So ebbes - so etwas
Gruuschd - Kram, Gerümpel
Will mi da oiner verseggeln - will mich da einer verarschen
Saudomm - saudumm
Alderle - Alter (für erstaunten oder mahnenden Ausruf)
Isch ebber da unne? - ist jemand da unten?
Betschgräbler - Weinsorte der Firma Affentaler, Ortenau
Granadebachel - Steigerung von Riesenblödmann (freundschaftl.)
Topi - Topinambur, gebrannter Schnaps aus der Süßkartoffel
Mir hänn - wir haben

Griechisch

agapi mou - mein Schatz
sagapo - ich liebe dich
ella - komm, komm her, mach schon

›Die schwarze Villa‹ Andreas Sarow

Foto: © Christian Metzler Photography

Der Coup des Künstlers Andreas Sarow, der ihn bundesweit bekannt gemacht hat, gelang über Nacht. Von einem Tag auf den anderen verwandelte er heimlich seine – durch Zufall erworbene – Jugendstilvilla in eine mattschwarze Skulptur, die von nun an wie ein Monolith aus einem Guß wirkte und in der Dunkelheit scheinbar unsichtbar wurde. Für ihn die perfekte Verbindung zwischen Kunst und Architektur und eine Gesellschaftskritik, die bis heute kontrovers diskutiert wird.

Mitten im noblen Villenviertel von Pforzheim deklassiert die schwarze Villa die überrestaurierten weißen Vorzeigeobjekte in der Nachbarschaft mit ihren akkuraten Vorgärten, wie er sagt.

Was ihm eine Anklage in Höhe von 50.000 Euro Bußgeld einbrachte. »Ich kämpfe und würde für meine Überzeugung für die Kunst in den Knast gehen«, sagt Sarow. »Ich lege (decke) den wahren Charakter und das Wesen eines Gebäudes frei (auf).«

ANDREAS SAROW

wurde 1974 in Pforzheim geboren. Er studierte von 1995 bis 2000 unter Professor Hans Klumpp Architektur in Stuttgart. Seit 2015 sorgt er mit zahlreichen urbanen Kunstprojekten für Aufmerksamkeit.

Die Intention: den klassischen Werdegang von Bau, Nutzung und Abriss von Immobilien unterbrechen und ihren tieferen Charakter überzeichnet freizulegen. Damit übt er Kritik an Architektur, Bautraditionen und Gesellschaft.

Durch seine Vergangenheit als erfolgreicher Immobilienspekulant sehen ihn die Medien als unberechenbaren, kapitalistischen Freigeist.

ANHANG

Im 9. Jahrhundert nach Christus entstand an dem Flüsschen Enz die römische Siedlung Portus, was so viel wie Hafen bedeutet.

An einer Römerstraße, die von Straßburg nach Cannstatt führte, fand man im Jahr 1934 in der Nähe von Friolzheim eine Leugensäule, nichts anderes als ein römischer Wegweiser mit Entfernungsangaben. »Von Port fünf Leugen«, steht in Latein geschrieben. Eine Leuge waren 2,2 Kilometer. Die Fundstelle an der Römerstraße musste demnach elf Kilometer von Port, dem heutigen Pforzheim, entfernt gewesen sein. Wissenschaftler entnahmen ferner aus der Inschrift, dass der Leugenstein aus der Regierungszeit des römischen Kaisers Philippus Arabs (der Araber) stammt und auf das Jahr 245 nach Christus zu datieren ist. Dieser Arabs, der gar kein Römer war, sondern Sohn eines arabischen Scheichs und der von römischen Truppen in Mesopotamien an die Herrschaft gebracht wurde, hielt sich gerade einmal fünf Jahre an der Regierung. Lang genug, um für Pforzheim einen wichtigen Zeitzeugen setzen zu lassen. Der Leugenstein steht heute im archäologischen Schauplatz, dem ›Römermuseum am Kappelhof‹ in Pforzheim.

Überhaupt ist für jeden Geschichtsbegeisterten ein Besuch an Pforzheims Ursprung unumgänglich. Um das Jahr 1067 wurde Pforzheim erstmalig urkundlich erwähnt und erhielt zwanzig Jahre später das Marktrecht. Pforzheim erlangte die erste Blütezeit im 13. und 14. Jahrhundert. Und es ist dem Markgrafen von Baden zu verdanken, der die

Stadt zu seinem Sitz erhob. Großgeschrieben wurde die Flößerei, die vielen Menschen Arbeit verschaffte.

Am 29. Januar 1455 wurde Deutschlands größter Humanist, Johannes Reuchlin, eigentlich Johannes Capnion, in Pforzheim geboren. Zusammen mit Philipp Schwarzerd, genannt Melanchthon, seinem Großneffen aus Bretten, besuchte er später die Lateinschule in Pforzheim.

Der klassische Managertyp des 15. Jahrhunderts, Markgraf Christoph, schaffte die Leibeigenschaft ab und erließ eine Tuchmacherordnung.

1501 machte die Pest auch vor Pforzheims Toren nicht halt. Aus Furcht vor Ansteckungen traute sich kaum einer, die Toten zu beerdigen. Das war die Geburtsstunde der ›Löblichen Singergesellschaft‹, die humanitäre Arbeit leistete und heute noch in Pforzheim ansässig sind.

Der Orléansche Krieg 1688-1697 zog mit Brandschatzungen über das Land. Man sicherte das Stadtarchiv auf der Burg Liebeneck, leider vergebens. Wertvolles Archivmaterial ging verloren, als sie erobert wurde.

Die Stadt brannte und musste von vorn beginnen.

Als im Jahr 1767 Markgraf Friedrich von Baden den Grundstein zur Pforzheimer Schmuckindustrie legte, war niemandem bewusst, welche Auswirkung diese Entscheidung auf die Entwicklung und die Bedeutung der Stadt weltweit haben würde.

Im selben Jahr, am 6. April, wurde in einem Edikt dem Franzosen Jean Francois Autran die Einrichtung einer Taschenuhrfabrik und kurze Zeit später die Erweiterung in eine Schmuck- und Stahlwarenfabrik gestattet. Eigentlich beabsichtigte Autran, diese in Karlsruhe zu errichten, er hatte sich um den dortigen Standort bemüht. Doch der Markgraf sah Bedarf und Potenzial in Pforzheim und machte dies zur Bedingung seiner Unterstützungen. Nach der Fertigstellung wurden in dieser Fabrik vornehmlich Zöglinge aus dem am Enzufer gelegenen Waisenhaus beschäftigt.

Privatwirtschaftliche Initiativen blieben nicht aus und führten dazu, dass die Stadt schon bald zur bedeutendsten Fabrikstadt der Markgrafschaft heranwuchs, der im benachbarten Ausland Respekt und Bewunderung gezollt wurde. Pforzheim galt als das bedeutendste Zentrum der Bijouterie-Fabrikation in der Welt – mit seinen Hunderten Fabriken, die nicht in großen Gebäuden außerhalb der Stadt zu suchen waren, sondern vielmehr als zahlreiche Klein- und Kleinstbetriebe im Stadtzentrum und in Wohngebieten. In Pforzheims Schmuckindustrie waren bis zu 25.000 Menschen beschäftigt.

Die Goldschmiede pflegten schon vor dem Krieg ihre eigene Sprache. Nicht im heutigen badischen Dialekt, nicht im Schwäbischen, sondern einfach ein Pforzemer-Dachtraufschwäbisch. Im Übrigen besteht der Ur-Pforzheimer noch heute auf seine eigenwillige Aussprache. Wenn ein Fasser Brillanten wachsen ließ, tat er nichts anderes, als dass er größere gegen kleinere Steine austauschte. Ein Kapo war das Herzstück eines Unternehmens. Er war der Kabinettmeister. Ganz wichtig auch die Polisseuse, die Feinpoliererin, im Dialekt – Bolissese und natürlich der Prinzipal, der Chef.

Goldschmiedewitze über Kapo und die Polisseuse sind heute noch Bestseller in der Branche.

Am 28. August 1939 wurden in Pforzheim Lebensmittelkarten ausgegeben, obwohl der Krieg erst wenige Tage später ausbrechen sollte. Von diesem Tag an war ein Einkaufen nur noch mit Marken, Punkten oder Bezugsscheinen möglich. In der Stadt wurde es schnell offiziell, dass das Drucken von Lebensmittelmarken von der Reichsregierung schon 1938 in Auftrag gegeben und getätigt wurde: ein Hinweis darauf, dass der Krieg längst ins Kalkül gezogen wurde. Die Verdunklung der Stadt wurde angeordnet. Das Nachtleben gelang zum Erliegen, nur wenige Menschen bewegten sich in der Finsternis.

Nach dem ersten Fliegeralarm, der ohne Folgen blieb, brachte die Stadt ihre Kunstschätze und das Stadtarchiv in Sicherheit.

Im Sommer 1940 marschierten deutsche Truppen gen Frankreich. Das Grollen der Geschütze konnte man abends in Pforzheim wahrnehmen. Trotz der Entfernung und der Kapitulation Frankreichs stieg die Anzahl der Fliegeralarme erheblich an, auf 35 im Jahr 1940. Im Herbst dieses Jahres beschloss der Gauleiter von Baden und der Pfalz, die Regionen von Juden zu säubern. Laut Verzeichnis der im Oktober aus Pforzheim ausgewiesenen, meist älteren Juden handelte es sich um 182 Menschen. Viele wanderten 1938 nach der sogenannten Reichskristallnacht aus. Ein paar blieben bis Februar 1942 in der Stadt, wurden dann aber von den Nazis deportiert.

Die Lage spitzte sich zusehends zu, die Bevölkerung versuchte, mit der Angst zu leben. Die Alarme und vor allem die Signaldauer steigerten sich. Im Jahr 1944 wurden 298 Warnungen mit einer Dauer von 261 zermürbenden Stunden verzeichnet.

Aus Unterlagen des Bomber Command der Royal Air Force vom Juni 1944 geht hervor, dass Pforzheim eines der Zentren für Juwelen und Uhrenherstellung war und mit der Herstellung von Präzisionsinstrumenten von erheblicher Bedeutung geworden war. Vielleicht einer der Gründe, warum Pforzheim erst spät von den Luftverbänden ins Visier genommen wurde.

Pforzheims Straßen und Schienenanlagen hatten zu dieser Zeit eine wichtige Schlüsselfunktion für militärische

Verbände. Ein reger Transport von Rüstungswaren sowie ganzer Truppenverbände fand auf der Ost-West-Linie statt und wurde so zum wertvollen Umschlagplatz zur Sicherstellung der Versorgung der Front. Noch wurde Pforzheim bei der Royal Air Force als niederrangiges ›Ausweichziel‹ gelistet. Im Spätjahr des Jahres 1944 häuften sich die Angriffe auf Pforzheim – mit überschaubarem Ausmaß und relativ wenigen Menschenopfern.

Die damaligen Bestände aus dem Stadtarchiv und dem städtischen Museum wurden 1944 auf Anordnung der Wehrmacht aus Westwallbunkern zurück nach Pforzheim geholt und im Keller der Hildaschule deponiert. Ein fataler Fehler, wie sich später herausstellte.

QUELLENNACHWEISE FÜR DIE HISTORIE DER STADT

- Adliges und Jüdisches: aus der Familienchronik der Autorin
- Groh, Christian: Pforzheim – 23. Februar 1945, in historicum.net (2017)
- swr.de/geschichte-des-suedwestens/zeitstrahl/1945/bombenangriff-Pforzheim/
- pforzheim.de/buerger/über-pforzheim/stadtgeschichte
- pforzheim.de/buerger/über-buerger/ortsteilehistoricum.net/themen/bombenkrieg/themen-beiträge/staedte-regionen
- Besatzungszonen:upload.wikimedia.org/wikipedia/commons/d/d2
- johannesklinik-bad-wildbad.de/2012-08-22-Fliegerheim
- waldhotel-riexinger.de/Chronik
- Stadtarchiv Pforzheim
- Pforzheim – große Welt – kleine Welt
- Bernd Roeck, Stadtgeschichte – Weltgeschichte, eine Stadt im historischen Prozeß
- schwarzwaelder-bote.de/inhalt.schoemberg-einstige-heilanstalt-charlottenhoehe
- hg-schoemberg.de/sanatorien-weitere.htm
(Bericht Friedrich Eschweyer)
- ghosthunter-nrwup.de/geräte-verfahren/verfahren/
- Regierungspräsidium Karlsruhe, Referat 56, Naturschutz- und Landschutzpflege
- Informationszentrum Kaltenbronn
- schwarzwaldnatur.blogspot.de/2011/04/wildsee
- planet-wissen.de/natur/landschaften/lebensraum
- jüdische-Gemeinden.de
- Gerhard Brändle, Die jüdischen Mitbürger der Stadt Pforzheim

Mehr Lesestoff
von
pinguletta

Grenzenlose Intrigen

Band 1 der ›Welle ermittelt‹ Reihe. Eine wunderbare Mischung aus Leichtigkeit, Spannung und griechischen Impressionen. Verbrannter Wald – schaurig, grausig. Verwesungsgeruch. Es sollte ein entspannter Griechenlandurlaub werden, den sich der Pforzheimer Sonderermittler Wellendorf-Renz, genannt Welle, gönnen wollte. Aber die feine Nase seines Vierbeiners veränderte alles. Gemeinsam mit den Athener Ermittlern stößt er auf Angst, Korruption und skrupellose Intrigen bis in die höchsten Instanzen von Staat und Kirche. Ihre länderübergreifenden Ermittlungen können weitere eiskalte Morde nicht verhindern.

Grenzenlose Intrigen. Tod in Alepochori

Claudia Konrad
Kriminalroman

Taschenbuch 195 Seiten | ISBN 978-3948063078
eBook | ISBN 978-3948063085

Wintertöchter. Die Kinder

Band 2 der Forstau Trilogie. Die Forstau-Saga geht weiter. Eine Familie, zwei Höfe, drei Frauen. Liebe, Verlust und – unendlich viel Schweigen. Die Ehe der melancholischen Marie mit Roman Wojtek ist längst gescheitert. Hilflos muss Barbara Sittler zusehen, wie ihre Nichte Anna zusehends in seinen Bannkreis gerät. Dann tritt Roman Wojtek auch ihr zu nahe und Barbara fasst einen entsetzlichen Entschluss. Die geheimnisvolle Gabe, das Erbe der Frauen ihrer Familie, erscheint als einziger Ausweg – doch sie hat ihren Preis ...

Wintertöchter. Die Kinder

Mignon Kleinbek
Roman

Taschenbuch 342 Seiten | ISBN 978-3981767896
eBook | ISBN 978-3948063009

Wintertöchter. Die Frauen

Das fulminante Ende der Erfolgs-Trilogie. Zwei rätselhafte Tagebücher. Eine Niederschrift voll Leidenschaft, unendlichen Leids und einer Tat, die Leben zerstörte. Das Päckchen ohne Absender stürzt Helena und Christina in tiefe Verwirrung; wer ist die geheimnisvolle Anna und was hat es mit dem silbernen Medaillon auf sich? Die ungleichen Schwestern tauchen ein in die mysteriöse Geschichte ihrer Herkunft. Und nichts mehr in ihrem Leben bleibt, wie es war. **Wintertöchter. Die Frauen** – eine Erzählung über starke Frauen, die ihr Vermächtnis über Generationen erhalten und weitergeben.

Wintertöchter. Die Frauen

Mignon Kleinbek
Roman

Taschenbuch 480 Seiten | ISBN 978-3948063054
eBook | ISBN 978-3948063061

Das geheime Kapitel

Manche Bücher bleiben besser ungeöffnet ... Die unglücklich verheiratete Anna experimentiert mit den magischen Rezepten aus dem Buch vom Dachboden. Die Zauber scheinen zu wirken und sie schafft sich ein Problem nach dem anderen vom Hals. Einer der Hofbewohner liegt plötzlich tot im Bett. Anna wird panisch: Hat sie ihren Schwager versehentlich vergiftet?
Ein Mann, zwei Frauen, zwei Perspektiven, ein Zauberbuch, ein fränkischer Hof und ein Mord sind die Zutaten, aus denen Mara Winter einen tödlichen Cocktail voller Überraschungen mixt.

Das geheime Kapitel

Mara Winter
Roman

Taschenbuch 223 Seiten | ISBN 978-3948063030
eBook | ISBN 978-3948063047

pinguletta
MARIO.
Reise zum Glück.
Frag nach Mario.
Frag nach Mario
Gerd Schäfer
pinguletta

Als ich aus der Zeit fiel

Jens Jüttners Weg durch die paranoide Schizophrenie. Zehn Jahre Albtraum. Zehn Jahre voller Ängste. Eine Krankheit, bei der das ganze Leben aus den Fugen gerät. Die Diagnose Schizophrenie verbreitet gemeinhin Schrecken, und das nicht ohne Grund. Jens Jüttner berichtet aus eigener langer Erfahrung über seine paranoide Schizophrenie. Offen erzählt er über seinen langen Weg mit vielen Tiefen, und wie er es am Ende geschafft hat, aus der Krankheit herauszufinden. Das Buch klärt auf, wirbt um Verständnis und will anderen Betroffenen und deren Umfeld eine Hilfestellung sein und Mut machen - informativ, emotional, spannend, authentisch geschrieben.

Als ich aus der Zeit fiel

Jens Jüttner
Autobiografisches Sachbuch

Taschenbuch 138 Seiten | ISBN 978-3-948063-11-5
eBook | ISBN 978-3-948063-12-2

Der Pinguin.
Sympathischer Bewohner
der Südhalbkugel.
Unser Maskottchen.

[ˈpɪŋgu]

pinguletta

[lɛˈta]

La lettera.
Italienisch für Buchstabe
oder Schreiben.
Unsere Leidenschaft.